陀思妥耶夫斯基喜剧小说

斯捷潘奇科沃的人们

〔俄〕陀思妥耶夫斯基 著　张有福 译

人民文学出版社
PEOPLE'S LITERATURE PUBLISHING HOUSE

The Village of Stepanchikovo
F. Doestoevsky

Simplified Chinese edition copyright © 2025 by Shanghai 99 Readers' Culture Co., Ltd.
All rights reserved.

图书在版编目(CIP)数据

斯捷潘奇科沃的人们／（俄罗斯）陀思妥耶夫斯基著；张有福译. -- 北京：人民文学出版社，2025. --（陀思妥耶夫斯基喜剧小说）. -- ISBN 978-7-02-019433-9

Ⅰ.I512.44

中国国家版本馆 CIP 数据核字第 2025HT0877 号

责任编辑　卜艳冰　周　展
装帧设计　汪佳诗

出版发行　人民文学出版社
社　　址　北京市朝内大街 166 号
邮政编码　100705

印　　制　山东新华印务有限公司
经　　销　全国新华书店等

字　　数　190 千字
开　　本　850 毫米×1092 毫米　1/32
印　　张　11.625
版　　次　2025 年 7 月北京第 1 版
印　　次　2025 年 7 月第 1 次印刷

书　　号　978-7-02-019433-9
定　　价　65.00 元

如有印装质量问题，请与本社图书销售中心调换。电话:010 - 65233595

陀思妥耶夫斯基的喜剧小说（代序）

王志耕

《舅舅的梦》和《斯捷潘奇科沃的人们》是陀思妥耶夫斯基自称为"喜剧"的两部"中篇"小说。陀氏的创作素以描写苦难著称，同时代的批评家米哈伊洛夫斯基因此称其为"残酷的天才"。但这两部作品是在作家生命中一个特殊的时期写成的，这或许是成就其为"喜剧"的主要原因。不过，这两部作品从实质上还是体现了陀思妥耶夫斯基固有的艺术精神。

陀思妥耶夫斯基年轻时按父亲的意愿考入军事工程学校，毕业后进入军事制图部门工作，然而从少年时代萌生的文学梦最终使他辞退公职，成为自由写作者。1846年，他凭借长篇小说《穷人》一举成名。在19世纪的俄国，文学从来不只是供大众娱乐或为自己牟利的方式，而是一种社会使命，因此，陀思妥耶夫斯基称自己是"时代的产儿"，这就意味着，文学梦从来就是与俄国人民的解放——无论是肉体上的解放还是精神上的解放——联系在一起的。因此，陀思妥耶夫斯基一边写作，一边狂热地投入对西方社会主义思想的研读和讨论。他频繁地参与当时各种各样的"小组"活动，不幸的是，他参与活动最多的彼得拉舍夫斯基小组被告密，全体被捕，1850年1月被判处死刑。当然，即使是在尼古拉一世严酷统治下的俄国，仅仅参加一些政府禁止的学术活动还不至于定下死罪。但沙皇政府有一个传统，对政治犯往往先判死罪，然后再赦免，以显示皇恩浩荡，让你幡然悔悟，回归正道。因此，当陀思妥耶夫斯基已经站到死刑场上，用他自己的话说，"当生命只剩下不到一分钟"的时候，圣旨传到，改判流放。此后，陀思妥耶夫斯基被发配到西伯利亚的鄂木斯克服刑，在条件极为恶劣的苦役场内度过了五年时光，能够生存下来已是幸事，文学的梦想几乎破灭。1854年初苦役结束，他被编入当地驻军，成为列兵，调到隶属西伯利亚总督管辖区但位于哈萨克东北部的小城塞米巴拉金斯克。在这里，陀思妥耶夫斯基开始了《死屋手记》的构思，同时他也平生第一次堕入爱河，爱上了有夫之妇伊萨耶娃。1856年1月，他在给诗人迈科夫的信中坦承，当时他完全沉浸于这种感情的涡旋之中，无法坐下来写作。然而伊萨耶娃一家很快就迁到了几百公里之外的库兹涅茨克，又几乎让他的爱情梦破灭。正是在这种境况下，作家的脑海里浮现出了某种不断遭遇命运捉弄的人物形象。他曾对迈科夫说，"主人公跟我有些相似"，这里说的"主人公"显然指的不是试图控制别人的玛丽雅·亚历克山德罗夫娜·莫斯卡列娃（《舅舅的梦》）和福马·福米奇·奥皮斯金（《斯捷潘奇科沃的人们》），而是指K公爵和罗斯塔涅夫上校。这两位主人公虽然身份显赫，但是失去了人生的主导权，处处被人控制，最终把别人的意志视为自己的意志，甚至无法区别梦境与现实。陀思妥耶夫斯基一方面急于将自身的体验表达出来，一方面又要填补无法沉下心来进行"严肃"写作的失落感，同时又怀着一旦获得重新发表作品的权利就能有挣钱的资本的愿望，于是开始了他的"喜剧"写作。

然而，写作并不顺利。尽管他最初是把"喜剧"的写作当作一种消遣，可一旦要将其写成一部真正的作品时，他对文学事业的严肃态度又立刻体现在了这个他自我调侃为"玩笑式"的写作中。此外，如他在给迈科夫的信中所说，他此后的几年时间都受到和伊萨耶娃情感关系的困扰，甚至使他一度失去了对喜剧的写作兴趣。在伊萨耶娃一家迁走之后，其丈夫不久即因病去世，随即，伊萨耶娃和儿子陷入极度贫穷的境地，向陀思妥耶夫斯基求助。而陀思妥耶夫斯基本人身无分文，并且还欠着别人的债，所以，他也只能求助于一些熟人帮伊萨耶娃借债。在这种状态下，二人的婚事一直拖延到1857年2月份举行，结婚的费用也是靠朋友的资助。两个欠债的人合为一家，艰难度日，加上陀思妥耶夫斯基的癫痫不时发作，生活难以为继。1858年初，陀思妥耶夫斯基向当局提出退役申请，直到一年后才获批准。1859年8月，陀思妥耶夫斯基一家迁回内地，先居住在特维尔，12月份终于回到彼得堡。他抓紧写完《舅舅的梦》和《斯捷潘奇科沃的人们》，两部作品相继在《俄罗斯言论》和《祖国纪事》杂志上发表。这是陀思妥耶夫斯基在解除流放、获准继续发表作品后的首次亮相，然而这两部作品并未像当年的《穷人》一样为他赢得广泛喝彩。主要原因是小说的题材。在结束流放之后先发表"喜剧"不仅仅是当时境遇所决定的，同时也出于"稳妥"的考虑，避免流露出"激进思想"的苗头，因此，选择这种以家庭纠纷为主的题材固然难以表现出"自然派"的深刻性，但仍具有雅俗共赏的品格。所谓"深刻性"，就是指作品与当时俄国社会变革的相关程度。大家知道，19世纪50年代后期，正是俄国克里米亚战争失败、农奴制面临废除的时期，整个俄国人心思变，而受到广泛关注的文坛也在围绕艺术的现实性和审美性展开论争。所以，这个时候陀思妥耶夫斯基绝不能涉及敏感题材，而要暂时远离社会关注的焦点，以喜剧性作品出场，既带有对社会陋习的嘲讽，又不触及政治变革话题。也由于这个原因，相对于陀思妥耶夫斯基早期的《穷人》《双重人》以及长篇小说系列而言，这两部"中篇"小说长期以来都没有受到太多的重视。但我们需要明确一点，陀思妥耶夫斯基一生对待创作始终保持着神圣的敬畏。就在上述他给迈科夫的信中，他一边说自己是怀着"玩笑式的"的动机开始喜剧写作的，同时又说："我创造的角色作为整部小说的基础，需要若干年的时间去展开构想，如果我在没有任何准备的情况下一时兴起就仓促动笔，我确信我会毁掉一切。"这里说的应当是最先动笔的《舅舅的梦》。而谈到《斯捷潘奇科沃的人们》，他在给哥哥的信中称这是其"最好的作品"之一，"倾注了我的全部心血"，而且"其中两个强大的典型性格，是用五年时间创造和描绘出来的，完成得无可挑剔"。因此，这两部作品绝不像他自己说的是"玩笑式的"写作，相反，却是呕心沥血之作。而只要我们认真读进去，就会发现，如果说陀氏的这两部作品属于"喜剧"，那它们在本质上也是极为严肃的喜剧。

首先，尽管作家尽量避免触碰到沙皇当局的忌讳，但这两部作品仍属于"自然派"风格。苏联科学院十卷版《俄国文学史》将这些作品与尼·奥斯特罗夫斯基、皮谢姆斯基、萨尔蒂科夫-谢德林的作品一并归入果戈理的"讽刺传统"之中，并称其对贵族阶层及改革前后的社会秩序"进行了尖锐的、揭露性的批判"。俄国的文学受到东正教文化"虚己"（自降为卑）精神的影响，从18世纪的戏剧到普希金、果戈理，就形成了自我反省、自我嘲讽的特点。《叶甫盖尼·奥涅金》中的主人公其实就是普希金自己的影子，诗人借助这个形象对那个时代贵族青年的多余性进行反思。普希金的长诗《努林伯爵》则是对贵族家庭生活的讽刺性描写,有评论家认为,陀思妥耶夫斯基的两部喜剧小说明显受到了这部长诗的影响,揭示了作为俄国最有教养阶层的贵族生活的本质,而且批判性更加深刻。陀氏的作品将贵族家庭的利益纠葛、情感纠纷转换到了阴谋与控制、侮辱与损害的层面,从而强化了陀氏习惯的对恶的追问。只不过这种追问在文学社会学视域之下,矛头是对准俄国统治阶级的。有人甚至认为莫尔达索夫城和斯捷潘奇科沃村在陀思妥耶夫斯基笔下就是充满谎言、阴谋和权力争夺的国度。而这样的描写意味着小说已间接参与了农奴制改革前夜对俄国贵族阶级罪恶本质的清算。

其次,从陀思妥耶夫斯基人学思想的层面上看,这两部小说是其全部创作中的一个核心命题——自由与控制——的重要环节。有许多评论受到弗洛伊德学说的影响,从施虐和受虐的角度来看这个问题,这只是从精神分析的层面上来解读,弱化了陀思妥耶夫斯基对人的全部精神世界的探索力度。陀氏早在18岁的时候就在给哥哥的信中说:"人是一个秘密。应当猜透它,即使你穷毕生之力去猜解它,也不要说虚度了光阴;我正在研究这个秘密,因为我想做一个人。"而到他临终前所写的笔记中对自己的创作有一个归纳,就是"在充分的现实主义条件下发现人身上的人"。这种对人的秘密的探索与发现体现在两个向度上,一个是对人的神圣性的发掘,这从他最早的《穷人》

中的男女主人公到《罪与罚》中的索尼娅、再到最后一部作品《卡拉马佐夫兄弟》中的阿辽沙、佐西马长老等形象身上表达出来；另一个则是对人的恶的追问，而恶的最高形式就是背弃上帝、自我成神（即陀思妥耶夫斯基所说的"人神"），或者说，就是通过成为他人的主宰、对他人的自由实施限制来实现其自身自由的最大化。在这两部小说中，无论莫尔达索夫城还是斯捷潘奇科沃村，其中的人物关系实质上构成的是一条控制链。在《舅舅的梦》中，玛丽雅·亚历克山德罗夫娜站在了这个控制链的顶端，小说中称"人们甚至拿她与拿破仑相比较"；她的丈夫阿法纳西·马特维伊奇、女儿齐娜伊达以及寄居在她家的远亲纳斯塔霞等人，在她多年的控制下都已成为被驯服的对象，而齐娜伊达的追求者莫兹格里亚科夫、K公爵则是她试图操控的对象。有意味的是，在这个控制链条中，身份最显赫的莫尔达索夫城第一府第的男主人阿法纳西和大贵族K公爵却居于最底端。小说中称阿法纳西身材高大、严于律己，然而骨子里没有任何主见，平庸无能，只知吃喝玩乐。而K公爵则终日刻意装扮自己，身上能换的零件都是假的，然而玛丽雅立刻看出，这个人年迈且痴呆，已经失去了最基本的生活能力，甚至人人皆可对他实施操控，当然，除了玛丽雅，还有他冒名顶替的"外甥"莫兹格里亚科夫。同样，在《斯捷潘奇科沃的人们》中，居于控制链顶端的是将军家的"寄食者"福马·福米奇·奥皮斯金，而将军本人却成为福马获取控制权的工具。福马千方百计博得了将军及其夫人的信任,终于,在将军死后成为村里的暴君,成功地将庄园继承人罗斯塔涅夫上校规训成为一个驯服者和崇拜者。上校不仅按照福马的安排放弃了自己的心上人,在福马死后还把其遗物视为宝物珍藏,到墓地去凭吊,甚至觉得自己成了孤儿。陀思妥耶夫斯基通过K公爵和罗斯塔涅夫这两个人物试图说明,人是否能够拥有自由意志并不取决于他的财富、身份和地位,甚至恰恰相反,被财富与地位所累的人本身已经成为丧失了自主意识的奴隶,从而极易成为被利用和操控的对象。而那些地位未必崇高、财产未必宏富的人,却为了实现向上跃升的目标,拥有强大的行动能力,一旦进入争夺控制权的进程之中,他们就变成了疯狂的权力追逐者。最终,他们所要实现的便不仅限于自己的生活目标,而是要将自己的意志强加给所有人,甚至要按照个人的意愿来改变社会,进而推开上帝,自己成为这个世界的主宰。从这个意义上说,玛丽雅和福马就是陀思妥耶夫斯基后期小说《罪与罚》中的拉斯柯尔尼科夫、《群魔》中的五人小组、《卡拉马佐夫兄弟》中的伊万·卡拉马佐夫等"人神"(自我成神)类人物的先驱。他们就是要用自己的意志来替代上帝的意志,而一旦上帝退场,他们便可以为所欲为,剥夺所有人的自由,甚至将世界推向血泊。

不过,陀思妥耶夫斯基在描写这些权威性人物时,总要采用狂欢化的手法来消解他们的威权，以一种解构的形式让不同身份的人物获得平等对话的自由。巴赫金在解释什么是艺术表现中的狂欢化时就举了这两篇小说为例。在他看来，《舅舅的梦》采用了较为外在的狂欢化手法，直接让大人物"脱冕"，首先通过"狂欢体解剖学"——细数身体各部位的人工替代品——让公爵的上流贵族身份脱冕，而最主要的，小说描写的不仅是"舅舅的梦"的破灭，而是玛丽雅如拿破仑一般控制所有人的美梦的破灭。实际上，长期在母亲的操控下生活的齐娜伊达在最后扮演了一个反叛的狂欢式角色，她拒绝了母亲的安排和哀求，在自己的恋人瓦夏临终前回到了他的身边。而试图掌控一切的玛丽雅最后被所有人抛弃，小说第十四章末尾写道："客人们连叫带骂地四散了。最后，只有玛丽雅·亚历克山德罗夫娜一人留在她那昔日光荣的废墟和瓦砾之中。唉！势力、声望、荣耀——全都在这一个晚上烟消云散了！"而《斯捷潘奇科沃的人们》虽然描写了一个更为严密的控制链，但也突出展示了一个更为普遍的狂欢化场景。巴赫金认为，在斯捷潘奇科沃村的背景下，所有的人物都做着与其身份不相符的事，都染上了狂欢的色彩。

> 如发狂的富有女人塔季娅娜·伊万诺芙娜，她的心为爱情的欲火折磨着（属于庸俗的浪漫主义风格），同时又是那么纯洁、那么善良。又如发狂的将军夫人，

她是如此爱慕和崇拜福马。再如傻瓜法拉列伊，没完没了地梦见白牛，梦见科马林舞；发狂的马车夫维多普利亚索夫，不断地给自己换上高雅一点的姓氏，例如叫什么"坦采夫"呀，"埃斯布克托夫"呀（他这么做，是因为农奴们每次都利用他的新姓名编难听的顺口溜）；老头加夫里拉，上了年纪还被迫学法国话；尖刻的小丑叶热维金；"进取"的傻瓜奥勃诺斯金，幻想找个富有的未婚妻；倾家荡产的骠骑兵米津奇科夫；怪人巴赫切耶夫等等。所有这些人，由于这样那样的原因，都脱离了普通的生活轨道，丧失了生活中他们应有的正常的地位。这部小说的整个情节，就是一串接连不断的吵闹、古怪行径、欺骗、脱冕和加冕。（巴赫金：《陀思妥耶夫斯基诗学问题》）

实际上，整部小说描绘出了一种喜剧性的狂欢化广场，在这个广场上，所有人物的社会身份都发生了紊乱，显贵者被降格，卑贱者抬起头，世界"翻了个儿"。也可以说，让世界翻转——就是陀思妥耶夫斯基这两部喜剧作品的核心意图。在创作这两部作品的时候，他充分感受着自身命运被多少只可见和不可见的手在无情地捉弄，因此，他希望创造一个翻转过来的世界，让那些站在控制链顶端的人物跌到地面上来，让那些被操控的人物戴上冠冕，哪怕只是用枯草编成的冠冕；让他们发出声音，在粗鲁的笑声中让那些试图自我成神的人走下神坛。当然，这种狂欢化的世界并非人类最理想的状态，但是在陀思妥耶夫斯基看来，这是人类最不坏的状态，因为它起码避免了让那些"人神"给世界带来灾难，同时，也给处于苦难中的底层民众带来复活的希望。

斯捷潘奇科沃的人们

(一个无名氏的见闻)

目　录

第一部

一　前言　3

二　巴赫切耶夫先生　34

三　叔叔　58

四　用茶时分　82

五　叶热维金　98

六　关于白牛和科马林舞　120

七　福马·福米奇　130

八　求爱　155

九　将军阁下　164

十　米津奇科夫　187

十一　困惑莫解　209

十二　大难临头　230

第二部

一 追踪 243

二 新闻 266

三 伊柳沙的命名日 273

四 驱逐 289

五 福马·福米奇普施恩泽 306

六 结局 333

第一部

一 前言

我的叔叔叶戈尔·伊里奇·罗斯塔涅夫上校,退伍后便移居到作为遗产接受下来的斯捷潘奇科沃村,从此在这里定居,仿佛一辈子都是土生土长的地主,从来没有离开过自己的领地。有些人的禀性就是随遇而安,对一切都能够绝对心满意足并且习惯起来;退伍的上校就是这样一种人。很难设想世上有谁比他更随和、更善于赞同一切了。倘若有人异想天开,当真地要求他驮着走两俄里①,说不准他也会去做的:他太善良,以致有求必应,随时准备奉献一切,几乎能把自己的最后一件衬衫都送给第一个想要它的人。他有勇士般魁伟的外貌:体格高大匀称,面颊红润,牙齿如同象牙一样洁白,蓄着一副长长的深褐色的胡须,嗓音高昂洪亮,笑声爽朗坦荡;他说起话来断断续续,却又很快。当时他四十岁左右,差不多从十六岁起,他全部时间都是在骠骑兵中度过的。他结婚的时候年纪还非常轻,他对妻子爱得神魂颠倒;而她却撒手人寰,只在他心

---

① 一俄里等于一点零六公里。

里留下一个永不磨灭的美好回忆。终于，他获得了斯捷潘奇科沃村这份遗产，他的产业因而也增加到六百农奴，于是他便解甲归田，如上面所说，在农村定居下来，还接孩子们来与他同住。这就是八岁的伊柳沙（分娩时他母亲因难产去世）和大女儿萨申卡：一个十五岁的小姑娘，母亲死后她便在莫斯科一所寄宿学校里读书。可是，没过多久，叔叔这个家就变得如同挪亚方舟①一样了。事情是这样发生的。

正当我叔叔获得自己的遗产并退伍回家的时候，他的妈妈、将军夫人克拉霍特金娜，这时也又一次丧夫寡居了，他妈妈再醮嫁给一个将军是大约十六年以前的事，当时我叔叔还只是一个骑兵少尉，而且自己正打算要结婚。他妈妈很长时间都不肯为他的婚事祝福，她流着痛苦的泪水，责怪他自私自利，不思知恩图报，不守孝道；她一再据理证明说，他拥有的那份二百五十名农奴的产业，别说娶亲，就是维持他现在的家庭生计，也刚刚勉强够用而已（也就是说，仅够养活妈妈以及伴随她左右的那一大帮食客和成群的名目繁多的什么哈巴狗、狮子狗、中国猫等等）。可就在这一片数落、责怪、尖声叫骂之中，她自己竟抢在儿子之前，完全出人意料地突然出嫁了。那时她年纪已四十有

---

① 见《圣经·旧约·创世记》(6：11—22)：上帝用洪水毁灭世界，命挪亚造方舟救他一家，并要他把每种生物各两个（一公一母）放进方舟，以免绝种。"挪亚方舟"已转义为"避难所"。

二。然而，即便如此，她还是找到了一个借口怪罪我可怜的叔叔，硬说她之所以迈出这出嫁的一步，唯一的原因就是为了在老年有一个归宿。而对此，她那个自私自利、大逆不道的儿子竟然悍然不顾，而去营造自己的窝。

我始终也没有搞清楚，已故的克拉霍特金将军看起来是个很精明的人，为何要同一个四十二岁的寡妇结婚，促使他这样做的真正原因究竟是什么。可以认为，他猜测她很有钱。也有人认为他只不过需要一个保姆，因为他那时已经预感到会百病缠身，果然到了老年就一病不起了。有一点很清楚，就是将军与这位妻子共同生活的整个期间，他对她是极不尊重的，一有机会就刻薄地嘲笑她。这是一个怪人。他喝过一些墨水，并不很笨，无论对谁，他都一概看不上眼，他无所顾忌，嘲笑一切的人和事。由于过去不规律的和放荡不羁的生活而导致的各种疾病，使他在老年变得更加易动肝火，暴戾恣睢。在职时，官运也还不错。但由于某件"不愉快的事"，他很尴尬地弃官而去，差点儿吃官司，还被取消了养老金。这使他怨恨至极。他差不多没有任何财产，只拥有百来名赤贫的农奴，在余生的整整十二年中，他甩手什么事也不干，也从不过问他靠什么生活，谁在养活着他。与此同时，他却要求生活得舒舒服服，无节制地挥霍，还置备有一辆马车。没有多久，他的两条腿就不再听使唤了，他只得坐在安乐椅中度过最后的十年。如果需要活动，就由两个身材高大的仆人来推这把安乐椅。

这两个仆人除了听他各式各样骂人的话以外,从来没有听他说过什么好话。马车也好,仆役也罢,甚至连安乐椅也都是由那个不孝的逆子出钱维持的。儿子将自己的产业抵押再抵押,倾其所有,把钱都寄给母亲,而自己却节衣缩食,债台高筑,按照当时他的财产状况,简直就是资不抵债。尽管如此,加在他头上的自私自利和不孝逆子之名还是没有去掉。但是,我的叔叔生来就是这样一种性格,最后甚至连他自己也相信他是一个自私自利的人了。因此,为了惩罚自己,也为了不再做一个自私自利的人,他就给母亲寄去更多的钱。将军夫人对自己的丈夫则感恩戴德,毕恭毕敬。话得说回来,她最得意的无非是他是一位将军,而她,由于他也成了一位将军夫人。

在家里,她有自己的活动用房。在她丈夫勉强活着的年月里,她同城里的长舌妇、女食客以及那些菲杰尔①厮混在一起,可是十分露脸、大摆阔气了。在她居住的这个小城里,她算得上是个头面人物。传传流言飞语,应邀去当教母和做主婚人,玩玩输赢微不足道的纸牌,还有因为她这将军夫人的身份而受到的普遍尊重,这一切足以补偿她在家里受到的约束。城里那些爱嚼舌头的婆娘们经常登门向她说三道四;无论何时何地,她都被奉为上宾,一句话,她从她这将军夫人的身份里获得了她所能获得的一切。将

---

① 法语 fidèle(忠实)的音译,这里指小狗。

军并不干预这些；然而，当着众人的面他倒会昧着良心无端奚落自己的妻子，例如，他曾向自己提出这样一类的问题：他干吗要跟"这样一个烤圣饼的女人"结婚？对他的话没有一个人敢持异议。所有的熟人都逐渐离开了他；可是他必须与人交往：他爱好聊天、与人争辩，他喜欢永远有听众坐在自己面前。他是一个自由思想者和老式的无神论者，因而还喜欢高谈阔论。

但是，N城的听众不爱听他海阔天空的闲聊，来捧场的人越来越少。也曾经尝试过在家里组织牌局；但是牌戏往往以将军惯常的大发雷霆而告终，以致将军夫人和她那些女食客们胆战心惊地点燃蜡烛，拜神祈祷，用黄豆和纸牌占卜吉凶，去监狱里施舍白面包，然后又要战战兢兢地等待着午饭后的时光，届时还得安排牌局，还得因为每次的失误而忍受吼叫、辱骂，直至几乎要挨打。每逢将军不开心的时候，不论对谁他都不管不顾：他会像泼妇一样大喊大叫，像马车夫一样臭骂，有时把纸牌撕碎扔得满地都是，把牌友统统撵走，甚至还会因为悔恨而放声大哭，只不过由于他自己该出一张"九"点的牌，却错出了一张"十一"。最后，他的视力衰退，需要一名侍读来帮他。于是福马·福米奇·奥皮斯金出场了。

毋庸讳言，我是带着几分庄重的语气宣告这位新人物登场的。他毫无疑义是我这部小说中最主要的人物之一。至于他何以有权引起读者的关注，用不着我来多嘴；这样的问题留着读者自己解答可能更礼貌、更妥当。

福马·福米奇之所以来依附克拉霍特金将军，别无他图，恰恰只是为了混口饭吃，充当一名食客。他来自何方，是重重黑幕下一个无人能够破解的谜。不过，我可是特意对这位惹人注目的人物做过一番调查，对他过去的情况略知一二。首先，据说他曾在某地供过职，曾在某地受过难，当然啰，是"为了真理"而受难的。其次，又据说有一个时期他曾在莫斯科搞过一阵子文学。这没有什么不可理解的；福马·福米奇的卑劣无知当然也不可能成为他文学生涯的障碍。但是有一点确信无疑，那就是他一事无成，最终不得不来投靠将军，充当他的一名侍读和受气者。为了混将军的一碗饭吃，他什么样的屈辱都忍受过。说真的，后来，在将军死后，当福马本人全然出人意料地突然变成一位重要而不同凡响的人物时，他曾经不止一次地当着我们大家的面说，他之所以乐意于充当一名供人取乐的小丑，是因为他豁达大度，为友情而献身。将军曾经是他的恩人，这是一位伟大而得不到理解的人，他只对他，即只对他福马一个人，才吐露自己内心深蕴的秘密；最后，如果说他福马曾根据将军的要求装扮过各种野兽，出演了其他的活报剧等等，那也仅仅是为了给病魔缠身的朋友解闷、供这位受痛苦折磨的人取乐而已。但是，福马·福米奇对此事的种种说词和解释不免令人产生很大的怀疑。因为同样一个福马·福米奇，虽为小丑，却在将军家女眷的那片天地

8

里扮演着完全不同的角色。至于这事他是如何得手的，不谙此道的门外汉是很难猜度的。将军夫人对他的尊崇简直到了神秘莫测的程度，而究其原因却不得而知。他渐渐对将军家的女眷有了惊人的影响，其影响之大，简直有点像形形色色的伊凡·雅科夫列维奇①以及诸如此类的圣者和先知们，他们在疯人院还常有乐于此道的女士去探访。福马·福米奇朗读劝人为善的书，流着感人的泪水讲解基督圣徒们的种种善行和美德；讲述自己的身世和功绩；去做弥撒，甚至还做早祷；他又常常或多或少预言未来；特别善于解梦，谴责他人也很有一手。将军猜出他的后院里正在发生什么事，于是他就变本加厉地折磨他的这位食客。但加在福马身上的苦难反而使他在将军夫人和她家里所有人的眼里赢得更多的尊敬。

终于，一切都彻底改变了。将军去世，他的死也相当稀奇。他原本是一个自由思想者和无神论者，却怕死到了无以复加的地步。他痛哭流涕，他忏悔，他高举圣像，他一再呼唤神父。人们为他祈祷，给他涂圣油。这个可怜的人叫喊说，他不想死，甚至还流着眼泪请求福马·福米奇宽恕他。将军的这最后一个举措无疑给福马日后的盛气凌人起了非同小可的作用。可是，将军的灵魂与将军的躯体即将分离之际却出了这样一件怪事。我的姑妈普拉斯科维

---

① 伊凡·雅科夫列维奇·科列伊沙（1780—1861），莫斯科的一个装疯卖傻、假托神命的先知，1820—1830年间很知名。——俄编注

娅·伊莉伊尼奇娜，将军夫人与前夫所生的女儿，是一个常年住在将军家中的老姑娘。她是将军最为钟爱的牺牲品之一。将军的两腿瘫痪整整十年，她一直是不可或缺的侍候他的人。只有她一个人能以无怨无悔的温顺迎合他的心意。想不到在她流着悲痛的眼泪走到临终将军的床前，正想把受难人头下的枕头摆好，将军却竟然伸手一把揪住她的头发，使劲拽了三下，还恨得差点儿口吐白沫。然后大约过了十分钟，他就与世长辞了。尽管将军夫人宣称，她不愿意看见她的儿子，说什么，在这种时刻，宁愿死也不想让他出现在自己眼前，但是，人们还是把将军的死讯通告了上校。葬礼十分隆重，当然啦，一切费用都是家人不愿见的、背着不孝之名的儿子负担。

破落的克尼亚焦夫卡村，分别属于几个地主，将军也有一百来名农民在这里。这村中有一处用白色大理石建造的陵墓，上面镌刻着歌功颂德的铭文，赞扬死者的智慧、才能、心灵的高尚以及勋章和将军头衔。福马·福米奇对撰写铭文曾鼎力相助。将军夫人扭捏作态，许久都不肯饶恕她那个不听话的儿子。她在女食客和哈巴狗的团团簇拥下痛哭流涕，大喊大叫说什么她宁可啃干面包，当然"还得就着自己的泪水下咽"，宁可手执讨饭棍到人家窗下要饭吃，也不愿意向"忤逆之子"低头，绝不答应他的邀请搬到他的斯捷潘奇科沃村去住；还说，她的腿永远、永远不会踏进他家的门！一般来说，腿这个词用于这种意思时，有些太太们是拿着腔调以图引出非同寻常的效果。将军夫人很老练地、很富有艺术魅力地说出了这个词……总之，慷慨激昂的话真说了不少。应该指出的是，也就在她大哭大叫撒泼之际，就已经在不紧不慢地收拾行装，准备往斯捷潘奇科沃村搬迁了。上校不顾马匹累得死去活来，差不多每天都要从斯捷潘奇科沃村奔驰四十俄里去城里，求见他的母亲。但只是在埋葬将军的两周之后，他才获得恩准去拜见生气的高堂老母。福马·福米奇居中谈判，被派上了用场。整整两周的时间里，他一直申斥这个不孝之子，责骂他的行为"缺乏人性"，使他羞愧得热泪盈眶，几乎到了痛不欲生的地步。也就是从这时候开始，福马·福米奇对我可怜的叔叔产生了不可解释的专横无情的影响。福马·福米奇已经揣摩透了他是在同怎样的人打交道。于是，他马上感到他的小丑角色已告结束。山中无老虎，他福马也可以当个贵族老爷啦。他要捞回自己的东西了。

"如果您自己的母亲，也就是今天的未亡人，"福马说，"果真拿起讨饭棍，用她那颤颤巍巍而又瘦骨嶙峋的手拄着，沿街乞讨起来，您心里将是什么滋味呢？这岂不是天大的笑话吗？首先，她是有将军夫人身份的人；其次，她又德高望重。如果她突然来到您的窗前，当然啰，那是由于不慎而出的差错（但这又是很可能发生的），向您伸出她乞讨的手，这时您作为她的儿子，可能正躺在鸭绒褥子上……总之,过着穷奢极侈的生活,那么您又将如何呢?可怕呀,太可怕了!但尤其可怕的是(上校,请允许我坦诚相告),最最可怕的是,您现在张着嘴巴,眨巴着眼睛,像一根毫无感情的柱子一样呆呆地立在我面前,简直不像话,因为只要设想一下有可能发生类似的情况,您就该把您的头发从头上连根拔下来,就该泪如泉涌……不,看我说的!就该泪流成河,成湖,成海,成洋!……"

一句话,福马由于过度激动便信口雌黄起来。他的巧言善辩一贯都是如此这般收场的。不用说,结果还是将军夫人带着她的那群女食客、哈巴狗,带着福马·福米奇以及她主要的心腹佩列佩莉岑娜小姐,大驾亲临来造福斯捷潘奇科沃村的。她说,她只是为了考验儿子的孝心,才来他这里试着住一住的。可以设想上校的处境,来他这里住只不过是考验他的孝心而已!开始的时候,将军夫人本着自己新寡的身份,认为有义务每周内两三次想起永绝人寰的将军,为之痛不欲生。而且每次不知为什么,上校准要遭受折磨。有时候,特别是当客人来访时,将军夫人就把自己的幼小的孙子伊柳沙和自己十五岁的孙女萨申卡,唤来坐在自己身旁,然后用忧郁痛苦的眼神,久久地注视着他们,仿佛是看着毁于这样一个父亲之手的孩子。同时,她还深深地连声叹息,最后终于淌出无声的、莫名其妙的眼泪,起码哭一个小时。糟糕的是,上校竟然不会理解这眼泪为何而出!而这位可怜的人差不多从来也弄不明白这些眼泪的来由,几乎总是天真地在她泪水涟涟的时刻,身不由己地来接受她的考验。但他的孝心并未因此而稍减,且终于达到了极致。一句话,无论将军夫人,也无论福马·福米奇,两人都充分感到,多年来克拉霍特金一人在他们头顶上发作的雷暴已经一去不复返了。将军夫人有时突然跌进沙发里,无缘无故地昏厥过去。于是引起一阵跑动声,大家手忙脚乱,不知所措。上校更是吓得丢了魂一样,浑身哆嗦,抖得像一片杨树的叶子。

"狠心的儿子啊!"将军夫人醒过来以后叫喊道,"你撕裂了我的内脏……我的内脏,我的内脏!①"

"可是,妈,我怎么就撕裂了您的内脏呢?"上校怯生生地反问道。

"撕裂啦!就是撕裂啦!他还在抵赖!他还敢撒野,出言不逊!铁石心肠的儿子!我不得活呀!"

不用说,上校完全被制服了。

但是结果将军夫人总能活过来。半小时后,上校就会揪着某个人的衣扣向他解释说:

"哦,老弟,要知道,她可是贵妇人②,将军夫人哪!一位极善良的老太太;你要知道,她可是习惯于那种优雅细致……可是我这种蠢笨的人哪儿配呢!现在她生我的气。这当然是我的错。可是,老弟,我还是不明白,我究竟错

---

① 原文为法文。
② 原文为法文。

在什么地方。当然啰,全是我的错……"

就连那位韶华已逝、说话发出咝咝声的女人,眉毛脱净,顶着假发,有一双色眯眯的小眼睛,嘴唇薄得像一条细缝,双手像在腌黄瓜的汤汁中浸泡过一样的佩列佩莉岑娜小姐,有时也觉得自己责无旁贷,理应对上校晓以大义:

"您的过错在于您大逆不孝。您的过错在于您自私自利,因此,您才会凌辱您的母亲;她老人家受不惯这一套。"

"这个嘛,老弟,那位佩列佩莉岑娜小姐,"上校向听他说话的那位听众说,"可是一个非常出色的小姐,保护妈妈绝对可靠!难得的一位小姐!你别以为她是一个寄人篱下混饭吃的食客;她本人是一位中校的千金,老弟。知道是怎么回事了吧!"

当然,上面所说的还只是冰山的小小一角。那位变着花样耍弄人的将军夫人,见到那个靠她为生的食客就像耗子见到猫一样发抖。福马·福米奇彻底用魔法把她给镇住了。将军夫人对他不敢喘大气,察言观色,言听计从。我的一个远房哥哥,也是一个退伍的骠骑兵,人还年轻,穷困到令人难以置信的程度,有一个时期也住在我叔叔家。他曾直截了当不加掩饰地向我宣称,他确信将军夫人与福马·福米奇之间肯定有不正当的关系。当然啰,我当时就立即愤慨地反驳了他这种猜测,简直太粗俗、太率真了。不，这里另有缘由，至于这缘由到底是什么，如果我不预先向读者说清楚福马·福米奇的性格，是无论如何也讲不明白的。而他的性格，我自己也只在日后才有所了解。

不妨请读者设想一下，有这么一个最渺小、最怯懦的小人物。他是一个没有人需要的社会弃儿，他毫无可取之处又十分卑鄙，可他有大而无当的自尊心，又绝对没有能力多少足以证明他配得上那病态的、动辄发怒的自尊心。我要预先提醒读者：福马·福米奇有种根本不着边际的自尊心，同时还是一种特殊的自尊心，具体来说：它产生于极端的卑微之中，正如通常在这种情况下所发生的那样。这是一种受过屈辱的、受到沉重失意压抑的自尊心，它早已糜烂化脓，并且从那时起每当遇到别人得意时，它就排放出妒火和毒液。在这一切之外无疑还要加上最不像话的气量狭小和最疯狂的神经过敏。也许有人会问：这种自尊心从何而来？在那样十分卑微的境遇下，在那种受轻视的人们身上怎么会产生呢？这些人意识到自己的社会地位，难道不该有点自知之明吗？应该怎样来回答这一问题呢？谁知道，也许确实有例外，而我的这位主人公就正是属于这种例外。他的的确确是打破常规的一个例外，这在后面的叙述中自会分晓。不过，请允许我问一下：你们是否确信，那些十分恭顺并心甘情愿充当你们的小丑、食客和奉承者并以此为荣和感到幸福的人，你们是否确信他们就已经彻底与自尊心无缘了呢？那么，忌妒，造谣中伤，谗言陷害，告密，在你们家的阴暗角落里、在你们近旁、在你们饭桌边上的各种诡秘私语又都是从何而来的呢？……谁知道呢？也许在命运不济、饱受凌辱的漂泊者身上，在你们的那些小丑和癫僧身上，自尊心不仅没有因屈辱而消失，反而正是由于遭受屈辱、装疯卖傻、强颜欢笑、阿谀奉承和永远不得已的卑躬屈膝、丧失人格等等，自尊心变得更加强烈了。谁又知道呢？也许这种畸形增长的自尊心，只不过是个人尊严受到伤害的一种虚假的、原已扭曲了的情感。也就是说，个人尊严或许还在童年时就受到欺压、穷困、污秽等等的伤害，或许早年就已亲眼在父母身上看到了个人尊严的横遭污辱。但是，我曾经说过，福马·福米奇毕竟是一个打破常规的例外。这是千真万确的。有一个时期，他曾经是一个写作者，他痛心疾首，因为未获公众认可。而受文学之害的也不只是福马·福米奇一个人，当然我说的可是不为公众所认可的文学。我不确切知道，但是应该设想，福马·福米奇还在从事文学之前就一事无成；或许，他在别的事业上也都处处碰壁，一无所成，不但没有捞到什么钱，也许比这还要糟。不过，这事我并不知底里；但是，后来我曾经打听过，并且确切知道，福马真的曾经在莫斯科胡乱撰写过那么一本长篇小说，非常像十九世纪三十年代每年出上好几十部的那类小说，例如什么《收复莫斯科》《哥萨克风暴大王》《儿子辈的爱》（又名《1104年的俄国人》)之类，当时曾给勃拉姆别乌斯男爵①说俏皮话提供过可口的食粮。这当然是很久以前的事了；但是，文学自尊心这条蛇，有时咬人很凶而且中毒后也无法医治；特别是对那些浅薄无知的小人危害更大。福马·福米奇在文学上刚起步就因失败而痛心疾首，于是便彻底归附了失意者的大军。所有那些癫僧、漂泊者和云游四方的朝圣者，后来都一概由此而来。我想，从那时起，这种变态的自我吹嘘，这种渴求博得喝彩、表现出众、要别人折服和惊叹的欲望在他身上就大大地增长起来了。作为小丑，他甚至还为自己拼凑了一小撮景仰他的傻瓜。随便什么地方，不论什么方式，只求能出头拔尖儿、显示有先见之明、装腔作势和自我吹嘘，这成了他的主要需求！要是人家不夸赞他，他就自己夸耀自己。我曾亲耳听过福马在叔叔家、即在斯捷潘奇科沃村时说的话，那时他已是那里的一个十足的主宰和未卜先知的预言家。"我可不是你们中间的一名居民，"有时他以一种神秘兮兮的庄重态度说

---

① 1830年至1840年期间充斥书市的，就是这类假托历史事实之名而杜撰的冒险小说。例如：伊·格卢哈列夫的长篇小说《波扎尔斯基公爵和下城公民米宁》(又名《1612年收复莫斯科》)(1840)；普列斯诺夫的长篇小说《哥萨克风暴大王》(又名《外伏尔加的自由逃民》)(1835)等；而《某某年的俄国人》也是常用的书名，很具典型性。勃拉姆别乌斯男爵是《读者文库》(1834—1865)的编辑奥·伊·先科夫斯基(1800—1858)的笔名。他常发表文章讥刺浅薄作品的缺点。陀思妥耶夫斯基的父亲曾订阅《读者文库》，作家本人从小就读过它。——俄编注

道,"我可不是这儿的居民!我是来看看,把你们所有的人安排好,指点指点,完成教诲,到那时就要告别再见了:我将去莫斯科出版杂志!每月将有三万人济济一堂听我讲课①。那时,我终将名震四海——我的那些敌人就该吃苦头了!"但是,一个尚在酝酿中准备名闻天下的天才要求立即能获得褒状。一般来说,能预支到报酬总是愉快的,特别是在这种情况下。我知道,他曾经煞有介事地要叔叔相信他福马正面临一项最伟大的功勋②;他就是肩负这一使命才来到世上的;每晚都有一个背生双翼的什么人③出现在他面前,强制他去完成使命;以及诸如此类的一些话。这就是他的使命:撰写一部类似拯救灵魂那样寓意深邃的作品,这作品一问世,就会发生波及四方的地震,整个俄罗斯都毕毕剥剥传出开裂的响声④。而一旦整个俄罗斯毕毕剥剥开裂作响,他福马蔑视荣耀,将去修道院,在基辅的洞穴修

---

① 陀思妥耶夫斯基用福马这句话暗示1834年果戈理任圣彼得堡大学教授而终以失败告终一事。——俄编注
② 1857年,果戈理致谢·季·阿克萨科夫的一封信发表,其中说:"我的劳作是伟大的,我的功勋是普救众生。我现在已为一切琐碎小事而寿终正寝……"(《果戈理全集》,俄文版,第11卷,莫斯科:苏联科学院出版社,1938—1956年,第332页。下文中除另注明外,引用果戈理文字的出处均为此版本。)——俄编注
③ 指天使。
④ 果戈理在《遗嘱》中曾提到他所构思的一部《告别的中篇小说》,并说,这是"他的笔写出的最好的一部作品",是"作为他自己最好的一件珍品长期藏在他心里的"(《果戈理全集》,第8卷,第220页)。——俄编注

道院中日日夜夜为祖国的幸福而祈祷。① 所有这些话无疑迷惑住了叔叔。

现在请大家设想一下，一辈子遭受欺压，备受折磨，甚至可以说实际上被击待毙的福马会变成一个什么样的人呢？从这个私下里十分好色和自尊的福马，从这个因失败而心碎的写作者福马，从这个因讨一口面包吃而充当小丑的福马，从这个以前虽是卑贱可怜、无足轻重而内心是个暴君的福马，从这个牛皮大王和得意时厚颜无耻之徒的福马，从这个多年流离失所而终于落脚到保护人家里的福马，从这个依仗傻瓜女保护人和受他迷惑而一切都听从他的男保护人钟爱与赞扬并因之身价陡增、荣耀备至的福马，总之从这样一个福马身上又能变出一个什么样的人来呢？当然，关于我叔叔的性格，我有义务作出较为详细的说明，否则无法理解福马·福米奇为何能春风得意。但是，且慢，让我先说一下，福马的事正好应验了一句谚语：得寸进尺。他的过去总算得到了补偿！卑劣的灵魂，则一摆脱压迫，就去压迫别人。别人压迫过福马，他呢，也立即感觉到有必要去压迫别人。人们曾对他装腔作势，他呢，也开始对别人装腔作势起来。他曾经充当过别人的小丑，于是

---

① 可比较果戈理在《与友人书简选》前言中的话。他说，他将在天主的棺木旁毫无例外地为他所有的同胞祈福（《果戈理全集》，第8卷，第218页）。——俄编注。译者按：从这里可以看出陀思妥耶夫斯基是在暗讽晚年的果戈理。

立即也感到有必要豢养一批自己的小丑。他吹牛到了荒谬绝伦的程度，装腔作势达到无以复加的地步，他穷奢极欲，甚至索求鸟禽之乳，他暴虐无度。总之，他的行径，即使善良的人们只听传闻而并非亲眼看见，也会被认为是一种怪诞和邪恶的行径。人们对之画画十字，啐口唾沫，远远避开。

我上面讲了叔叔。要是不对他这种卓越的性格（让我再重复说一次）加以说明，自然就不能理解福马·福米奇喧宾夺主、在别人家里主宰一切的无耻行为；也就不能理解这种由小丑摇身一变而成为伟人的变换术。叔叔不仅极其善良，还是一位十分温和的人，尽管他外表略显粗鲁，却是个最具高尚美德、经受过考验的英勇的人。我大胆说"英勇"这个词，因为无论在责任面前，无论在义务面前，他都决不畏缩不前，而且在这种情况下，他从来不畏惧任何险阻。他心地纯洁，像一个孩子。这确实是一个年届四十的孩子。他情感高度外露，总是乐而忘忧，以为所有的人都是天使，明明是别人的缺点，他也代人受过，并把别人的优点夸大到极度，甚至连没有而且也不可能有优点的地方，他也认为有优点。这是一个最高尚、心地最纯真的人。这种人甚至羞于去揣测别人身上有什么坏的地方；这种人忙不迭地给自己的亲友们梳洗打扮，给他们披上各种美德的外衣；这种人对别人的成就都由衷高兴。因此，他们经常生活在一种理想化的世界里；而这种人遇到失意的情况时，总是先于所有的人把罪责揽到自己身上。为别人的利益而牺牲自己，就是他们的天职。有人会说他们是胆小怕事、缺乏个性和软弱可欺的人。当然，他是软弱可欺，而且甚至性格也太温顺，可是这并非因为他缺乏刚毅性，而是因为他担心伤害别人和对别人太残酷无情，因为他过分尊重别人，而且一般来说，凡是对别人他都分外尊重。只是在事情涉及他个人利益的时候，他才显得缺乏个性和软弱可欺。他对自己的利益从来就极不在意，因而一生都备受讥诮，而这些讥诮甚至往往来自那些他为之牺牲了自己利益的人们。此外，他还从来不相信他会有敌人；然而，他是有敌人的，只不过他并不觉察而已。他最害怕的是家里大吵大闹。一遇到这种情况，他就会向所有的人退让，对一切事情迁就。他退让是出自他的那种不好意思的宽宏大量，出自他的那种羞怯的谦恭有礼。"就这样吧。"他会忙不迭地脱口而说。旁人对他指责，说他姑息和软弱等等，他一概置之不理。他会说："就这样吧……只要大家满意和幸福就好！"没有什么好说，凡是高尚的影响他都准备接受。于是，狡猾的无耻之徒完全能够将他操纵，甚至诱迫他干坏事，当然事先得把坏事佯称为高尚的事。叔叔常常太容易轻信别人，因此难免犯这样那样的错误。当他经受了许多磨难之后，终于深信不疑，说那个欺骗他的人不仁不义；但是又先于所有的人责怪自己，而且往往只责怪自己一个人。现在不妨设想一下这样一种情景：在他平静的家里突然闯入一个指手画脚主宰一切、任性昏聩的女傻瓜以及与她形影相随的另外一个男傻瓜，也就是她的偶像。在此之前，她仅仅害怕那位将军，也就是她先前的丈夫，而如今则无所顾忌，并且甚至觉得有必要为自己的过去索取报偿。正是对这样一个女傻瓜，叔叔居然认为尽孝道是自己责无旁贷的义务，究其原因只不过因为她是他的母亲。他们向叔叔发难的是，证明他粗鲁无礼，没有耐心，不谦恭忍让，而最主要的则是说他是个自私自利到了顶点的人。妙不可言的是傻瓜老太婆自信她所宣讲的全是事实。我想福马·福米奇也相信，至少部分相信她宣讲的东西。他们硬逼叔叔相信，福马是上帝亲自派来人世拯救他的灵魂和抑制他放荡不羁的人欲的。他们硬让他相信，他骄傲自大，他因享有财富而爱好虚荣，他可能会因为福马·福米奇白吃他家的饭而责骂他。可怜的叔叔很快就相信自己已经沉沦到了深渊，他懊悔至极，随时准备请求宽恕……

"兄弟，是我自己的过错，"他经常对与他谈话的某个人这样说，"错都在我一人身上！应该对受你恩惠欠你情的人加倍有礼[①]……就是说……我这是怎么啦！说什么受你恩

[①] 这句话反映了陀思妥耶夫斯基本人在1855年8月14日给亚·叶·弗兰格利的信中所谈到的想法。他说："我很清楚，您可能比别人更懂得应该如何对待有恩于您的人。我知道，您会两倍甚至三倍地对他谦恭有礼；受人之惠而欠人之情，对这人就应当特别关注；他敏感多疑；他会认为，对他不太客气，对他随意而不拘礼节，是想要向他讨还他施恩而应得的回报。"——俄编注

惠欠你情!……又没有说实话!全然不是施恩于别人;相反,他住在我这里,是他施恩于我,而不是我施恩于他!可我还为吃我家一口饭而责怪他!……就是说,我根本就没有责怪过他,但是,显然,话就这样从嘴里脱口而出了——我常常脱口说些什么……你瞧,人家毕竟吃过苦,立过功;十个年头,不顾任何伤害和屈辱,一直伺候着患病的朋友;这一切都应该有所补偿!嗯,还有,他学问大,还是个作家!一个最有文化素养的人!一个最最道德高尚的人,总之……"

福马这样一个有文化素养而又很不幸的人,这样一个为任性而残暴的老爷充当小丑的人,福马的这样一种形象,深深地打动了叔叔这颗高尚的心,使叔叔感到惋惜和愤慨。福马身上的一切怪癖,一切很不高尚的乖张行为,叔叔立即都归之于他过去所受的痛苦、屈辱和怨恨……于是在叔叔温柔而高尚的心灵中立即认定,不应当像苛求一个普通人那样来苛求一个受过苦难的人;对他不但应该宽恕,而且应该对他温顺,并以此医治他受的伤害,使他得到复原,使他与人们和解。目标既已确立,叔叔兴奋到了极点,并且已经完全丧失了哪怕是任何的观察能力,以致看不到他这位新朋友原来是一个色鬼、喜怒无常的畜生,一个自私自利的家伙,一个懒汉和二流子,如此而已,再没有别的了。对于福马的学问和天才他深信不疑。我还忘记说了,对于"科学"或者"文学"这类词,叔叔崇敬得极其稚气而纯真，尽管他本人是一个胸无点墨的人。

这是他最根本的和最纯朴的怪癖之一。

"他正在写作呢！"他这样说，经常如此，距离福马·福米奇的书房还隔着两个房间，他就已经踮起脚尖走路了。"虽然我不知道他写的是什么，"他带着神秘和骄傲的神情补充说，"但毫无疑问，兄弟，可是那样一种浊酒①啊……就是说，是一种高尚意义上的浊酒。对于某些人来说，它是一清二楚的，可是对于你同我来说，我的兄弟，它就是天书呢……他好像在写关于生产力什么的，这是他本人说的。这大概是政治方面的什么问题吧。是的，他将名震四海！那时候，你我都将沾他的光呢。我的兄弟，这可是他亲口对我说的……"

我确切知道，叔叔遵从福马之命不得不剃掉了他那漂亮的深褐色的连鬓胡子。因为叔叔蓄着连鬓胡子有些像法国人，从而他的爱国之心就差了些②。福马逐渐干预起田产的管理事务并提出许多英明的建议。这些英明的建议却很可怕。农民们很快就明白这是怎么回事，并且懂得了谁才是说话算数的老爷，因而就只有抓耳挠腮不知所措了。后来我曾亲耳听到过福马·福米奇同农民们的一次谈话。我承认，这次谈话是我偷听来的。福马早先就曾宣布过，他

---

① 此处原文 бурда 是一种浑浊的劣质饮料。
② 此处暗含讽刺沙皇尼古拉一世之意。1837 年 4 月 2 日，尼古拉一世颁布了一项禁止文职官员蓄胡须的专门法令。

喜欢同聪明的俄国农夫交谈。于是，有一次他来到打谷场，同农夫们谈论农事，尽管他本人连燕麦和小麦都分不清；甜言蜜语地谈论农民对老爷的神圣义务；谈话还涉及有关电以及劳动分工等问题，这些他当然也一窍不通；又向他的听众们解释地球是怎样绕着太阳旋转的；最后，心灵完全陶醉于自己振振有词的雄辩，就以这种平和的心境大谈起政府各部的大臣们来了。对此，我是理解的。要知道，普希金也讲过关于一个好爸爸的故事。这位好爸爸向自己四岁的乖儿子暗示说，他，也就是他这个好爸爸"多么用胆①，连皇上都喜爱他"②……难道这位好爸爸就非得要一个才四岁的儿子做他的听众吗？农民们则总是毕恭毕敬地聆听福马·福米奇天花乱坠的吹牛。

"那么，老爷，你拿皇上的俸禄大概很高吧？"突然，一个绰号叫矮子阿尔希普的须发斑白的小老头儿从另外一群农民中间发问。他显然是想要讨讨好；但是，福马·福米奇觉得这个问题太放肆了，而他最不能忍受的就是套近乎。

"这关你什么事，蠢材？"他极其轻蔑地瞥了这个可怜的矮小农夫一眼，回答说，"显露你那狗脸出来干什么！要我朝它吐唾沫吗？"

---

① "勇敢"的不正确发音。
② 原文见《普希金全集》，俄文版，第12卷，苏联科学院出版社，1937—1959年，第160—161页。——俄编注

福马·福米奇一向就是用这样的腔调同"聪明的俄国农夫"谈话的①。

"你是我们的父亲……"另外一个农夫接茬儿说,"我们都是些大老粗。也许你是少校,或者是上校吧,要不就是什么爵爷,——我们不知道应该如何称呼你才好?"

"蠢材!"福马·福米奇重复说道,然而口气已经缓和了些。"俸禄和俸禄也是不同的呀,你这个木头脑瓜儿!有的人虽然身为将军,他却分文不取,就是说不能无功受禄:他没有给沙皇做出贡献。当我在大臣手下供职的时候,可拿两万;不过这两万我没有拿,因为我供职是出于荣誉,我有自己的财产。我把自己那份俸禄捐赠给了国家的教育事业和喀山遭了火灾的居民们。"

"你看看!那么喀山周围的房屋都是你盖的啦,老爷?"惊讶的农夫继续说道。

总之,农夫们对福马·福米奇都感到很惊异。

"不错,那里我也出了一份力。"福马·福米奇好像不大乐意地回答说。他仿佛在怨恨自己:居然赏脸给这种人

---

① 作者用福马同农民谈话时的语调讥诮果戈理的《与友人书简选》。例如其中"俄国地主"这封信中,果戈理建议同懒散的俄国农民谈话时用这样的语言:"瞧你,肮脏的猪脸!你全身都滚在油烟里过日子,甚至连眼睛都看不出来了,而且还不愿意尊重一下正派的人。"(《果戈理全集》,第8卷,第323页)别林斯基曾在1847年7月15日那封著名的"给果戈理的一封信"中愤怒地引述了上面的话。——俄编注

说这样的话。

同叔叔的谈话则属于另外一类。

"过去您是什么人?"例如,在饱餐一顿之后,往安乐椅里随便一仰,福马就开口说话,与此同时,一个仆人就得站在椅子后面手持新折下来的菩提树枝为他驱赶苍蝇。"我没有来以前您像什么人?而现在在您心灵里燃着天国的圣火,这是我到来后才给您投入的火星。是不是我给您在心里投入的圣火火星?请您回答我:是我给您投入的火星,是,或者不是?"

真的,连福马·福米奇自己也不知道为什么要提出这样的问题。但是叔叔的沉默和局促不安立即就惹得他要寻衅滋事。他过去是一个一贯忍受屈辱、被人欺压的人,现在则成了稍不遂意就要像火药一样爆炸的人。叔叔的沉默使他感到好像受了侮辱,因此他非要叔叔回答不可。

"请您回答呀:您心中是不是燃着火星?"

叔叔迟疑不安,踌躇不决,不知道该怎么做才好。

"请允许我向您指出,我在等候您的回答。"福马用一种受委屈的声音说。

"您回答呀[1],叶戈鲁什卡[2]!"将军夫人耸耸肩膀,随声附和地说。

"我问您:这火星是不是正在您心中燃烧?"福马先从

---

[1] 原文为法文。
[2] 叶戈尔的小名。

总是摆在他面前的精美糖盒（这可是将军夫人的安排）里取了一块糖，然后屈尊俯就地又重复了一遍问话。

"说实话，福马，我不知道，"叔叔终于带着绝望的眼神说，"类似的什么东西总会有点吧……真的，你最好还是不要再问我吧，否则我会编造出什么来的……"

"好吧！那么，在您看来，我是如此卑下，甚至没有资格聆听您的回答，您是想这样说吗？好吧，就算是这样，就算我等于零。"

"啊，不是的，福马，上帝保佑你！我什么时候想要说这话的呢？"

"不，您想要说的正是这个话。"

"我发誓，不是的！"

"好吧！就算我是个瞎说的人！据您认定罪责在我，就算我有意寻找借口挑起争端；就算除了所有的凌辱之外又加上这一种，我将忍受这一切……"

"但是，我的儿子……①"吓坏了的将军夫人惊叫了起来。

"福马·福米奇！好妈妈！"叔叔绝望地大声说道，"上天可鉴，我没有过错！除非是无意中脱口说了什么！……福马，不要同我一般见识：要知道，我是个粗人，我自己都觉得我是个粗人；我自己都感到我笨拙不开窍……福马，我知道，我全都知道！再没有什么好说！"他挥着手继续

---

① 原文为法文。

说道,"我活了四十年,一直到认识你的那一刻止,我总以为我自己还是一个人……不管怎么说,也还算过得去。在此之前,从来也没有发觉我像公山羊那样罪恶深重①,我是头号的自私自利者,我作恶太多,天地还能容我,真是怪事!"

"不错,您的确是一个自私自利的人!"终于如愿以偿的福马·福米奇说道。

"现在连我自己也已经明白我的确是一个自私自利的人!行啦,到此为止了!我一定要改过,我要善良起来!"

"上帝保佑你!"福马·福米奇结束这段谈话说。他虔诚地吁着气,起身离开安乐椅,准备去睡午觉。福马·福米奇午饭后总要睡一觉的。

在这一章结束的时候,请允许我来谈一谈我同叔叔的私人关系,并且说明我是如何同福马·福米奇面对面地打交道,又是怎样突然卷入幸福之乡斯捷潘奇科沃的事件旋涡之中。我打算以此来结束我的前言,然后就言归正传。

我在童年就成了孤儿,孤苦伶仃,叔叔代替父亲出钱将我养育成人,总之,叔叔为我所做的一切连亲生的父亲也未必总能做得到。从他收养我的第一天起,我就全身心地依恋上了他。那时我才十岁,但至今都记得,我们很快

---

① 见《圣经·旧约·利未记》:耶和华要求以色列人把双手按在赎罪祭祀用的公山羊头上,承认以色列人诸般罪孽,把这罪都归在羊的头上,这羊要担当他们一切的罪孽。

就亲密无间，完完全全地相互理解。我们在一起玩陀螺，还结伙偷了与我俩都沾点儿亲的一个极坏的老太婆的睡帽。我立即就把这顶睡帽系在风筝的尾巴上，并把它放飞到云端。许多年以后，我与叔叔的短暂再会已经是在彼得堡了。那时我靠叔叔的供给在那里的学业就要结束。这一次我以青春期的全部热情依恋着他：他性格中有某种高尚、温顺、真诚、欢愉和极其稚气的东西，这都使我倾倒，也吸引了所有的人。大学毕业后，有一段时间我仍然住在彼得堡，暂时无所事事，就像通常那些乳臭未干的年轻人那样，我也坚信过不了多久我也会干出特别多非常出色、甚至伟大的事来。当时我真不愿意离开彼得堡。我同叔叔很少通信，即使写信也只是在我缺钱花的时候，而他从来也没有拒绝过我。不过我从因事来彼得堡的叔叔家仆人口中听说了在他们斯捷潘奇科沃村发生的一些令人惊异的事。这些最初的传闻使我很感兴趣，并使我深感吃惊。于是我给叔叔写的信比以前勤快多了，但是叔叔的回信总是隐晦而古怪。每一次信中他都竭力只谈科学，在学业方面对于我的前途寄以特别大的期望，并对我未来的成就引以为骄傲。突然，在相当长的一段暂停通信之后，接到了他的一封奇怪的信，这封信与他以前的信完全不同，满纸都是这样一些莫名其妙的暗示，这样一些矛盾百出的胡话，以致我开始时根本不懂他说些什么。只让人觉得写信的人处于一种特别异常的焦急不安之中。信中有一点是清楚的：叔叔认真地、令人信服地、差不多是对我恳求地建议我尽快同受他过去教养的一位女子结婚。她是外省一个很穷的官吏的女儿,姓叶热维金娜,靠叔叔的供给在莫斯科一所学校受过很好的教育,现在则是叔叔孩子们的家庭女教师。他在信中说,她很不幸,而我能够营造她的幸福。如果我那样做的话,我的行为将是豁达大度的。他向我高尚的心呼吁,并答应他要替她出一份嫁妆。然而,关于嫁妆的事,他又说得有些神秘,有些畏首畏尾。写到最后,他恳求我对这一切务必严守秘密。这封信使我如此惊异,最后连我的头都被弄得晕晕乎乎。这样的一个建议,哪怕就其浪漫性来说,怎能不对我这个刚摆脱学业熬煎的年轻人产生诱惑作用呢?此外我还听说,这位年轻的家庭女教师十分漂亮。然而,我还是不知道究竟该怎么办,尽管我当时立即给叔叔回信说,我马上启程前往斯捷潘奇科沃村。叔叔在那封信里还随信寄来了路费。虽然如此,我还是犹豫不决,甚至还有些惶惶然,在彼得堡拖延了三个星期。突然,我偶然遇见一位叔叔过去的同事。他从高加索返回彼得堡途中,曾顺便到斯捷潘奇科沃村去了一趟。这是一位年岁已经很大并且很有判断力的人,一位誓不娶妻的单身汉。他愤慨地向我讲述了福马·福米奇其人,并随之又告诉我一个我至今都毫不理解的情况,这就是福马·福米奇和将军夫人策划了一桩婚事,并决定付诸实施。他们要叔叔同一个非常古怪的老姑娘结婚。她青春早已消逝,并且差不多完全是一个疯疯癫癫的女人，还有一段很不寻常的经历，但是嫁妆可观，近五十万之巨。将军夫人已经来得及诱骗这位老姑娘相信，他们沾亲带故，并借这个口实招引她登门作客。叔叔当然已经陷入绝境，但是看来事情的结局将必定是他娶那五十万嫁妆了。最后，那两个聪明的脑瓜子，即将军夫人和福马·福米奇，终于对叔叔孩子们那位可怜无助的家庭女教师实施非常可怕的迫害，他们竭尽全力要把她排挤出家门；他们所以这样做，大概担心上校坠入她的情网，或许由于他已经来得及爱上她了。叔叔同事的最后这几句话使我大为惊异。然而，虽然我再三询问：叔叔是否当真爱上了她，给我讲述这些事的人却未能或者不愿明确回答我。何况他话说得原本就少，不愿多谈，显然在回避详尽的解释。我沉思起来：这一消息同叔叔的来信和他的建议是多么奇怪地相互矛盾哪！……没有什么可迟疑的了。我决定到斯捷潘奇科沃去，希望不仅能够开导和安慰叔叔，而且甚至尽可能使他得救，也就是说把福马赶走，拆散那桩同老处女结合的令人憎恶的婚姻。最后，因为据我最终的判断，所谓叔叔的爱情无非是福马·福米奇找碴儿生事的捏造而已，那么我就用自己的求婚使那位不幸的、但当然是可爱的姑娘得到幸福，等等，等等。逐渐地，我欢欣鼓舞起来，情绪也如此高涨，以至于由于缺少阅历和无所事事，从怀疑一下子完全跳到另一极端：我开始有了强烈的愿望，要尽快创造各色各样的奇迹和建立不同形式的功勋。我甚至觉得,我自己正在表现出一种非凡的豁达大度,高尚地做出自我牺牲,从而使那位无辜的和漂亮的姑娘得到幸福。总之,我记得一路上我对自己很满意。那时正是七月份,阳光灿烂;展现在周围的是一望无际的田野和快要成熟的庄稼……我滞留在彼得堡已经太久了,我似乎觉得,如今我才真正地看到了大千世界。

二 巴赫切耶夫先生

我快到这次旅行的目的地了。在还只剩十俄里就到斯捷潘奇科沃而途经小城 Б 时,我不得不在靠近城关的一家铁匠作坊前停下来,因为我所乘的四轮马车的前轮轮箍断裂了。凑合走十俄里,随便把轮箍加固一下,可能很快就能完成,因此,铁匠们干活儿时,我决定在作坊前等待,哪儿也不去。我一下四轮马车,就看见一位胖胖的先生。他也同我一样,不得不停下来修理他的轻便马车。在难耐的酷暑中他已经站了整整一个小时。他大喊大叫,骂骂咧咧,还唠唠叨叨、急不可耐地催促那些在他漂亮的马车旁忙个不停的修理工。初看之下,这位怒气冲冲的老爷是个特别爱唠叨的人。他四十五岁左右,中等身材,很胖,麻脸。他的肥胖、喉结和圆润下垂的两腮,说明他过着安乐自在的地主生活。立即能引人注目的是,他整个体态中有某种属于婆娘们的东西。他穿着宽松、舒适、整洁,但很不入时。

我不懂他为什么要生我的气,况且有生以来是第一次看见我,甚至同我连一句话还都没有说过。我一下车,就从他异常生气的眼神里看出这一点了。可是我非常想同他结识。根据同他仆人们的闲聊，我听出他是从斯捷潘奇科沃来的，从我叔叔那里来的，那么这是一个打听很多事情的机会。我刚要向他脱帽致意，并以尽可能使人愉快的态度试图向他指出，有时中途耽搁是多么烦人的事，但是这位胖子却老大不高兴，用怨气冲天的目光从头到脚把我打量一番，小声地嘟嘟囔囔，艰难笨拙地把身躯扭转过去，用整个腰部对着我。这位人物展示身躯的这个部位，虽然为观赏提供了一个十分有趣的对象，但当然也已经排除了我同他进行任何愉快谈话的可能。

"格里什卡①！不要唠叨啦！要我抽你吗？……"他突然对他的贴身男仆吼叫起来，仿佛根本没有听见我对他说的关于在途中耽搁的话。

这个"格里什卡"是个白发老仆。他穿着一件长下摆的常礼服，蓄着一副特大的灰白连鬓胡。就某些迹象判断，他也是怒气冲冲的，并且也在闷闷不乐地、小声地嘟囔着。在老爷和仆人之间，顿时发生了一场唇枪舌剑的谈话。

"你就抽吧！你就再大声一点儿嚷吧！"格里什卡仿佛是自己对自己嘟囔，但是声音如此之大，以致所有的人全都听得见，接着他就愤愤不平地转身去拾掇马车里的什么东西了。

---

① 胖地主的男仆格里戈里的小名。

"什么？你说什么？'再大声一点儿嚷'？你竟敢撒野！"胖子满脸发红地吼叫起来。

"可是您干吗发火骂人呢？人都不能说话啦？"

"干吗发火骂人？大家听见吗？他嘟嘟囔囔埋怨我，而我却不能发火骂人！"

"我干吗要埋怨呢？"

"干吗要埋怨……那么，难道没有？我知道你为什么埋怨：因为我没有吃饭就走了，这就是原因所在。"

"这关我什么事！您哪怕天天不吃饭呢，关我什么事。我没有埋怨您什么；我只是对铁匠师傅们说了句话。"

"对铁匠师傅们……可是对铁匠师傅们有什么好埋怨的呢？"

"不埋怨他们，那么就算我埋怨马车吧。"

"可对马车有什么可埋怨的呢？"

"马车干吗要坏呢？以后不准再坏，要完好无损。"

"埋怨马车……不，你埋怨我，不是埋怨马车。自己有过错，还要骂骂咧咧的！"

"老爷，您究竟为什么老缠着我不放呢？您饶了我吧，求求您了！"

"你为什么一路都愁眉不展地坐着，一句话也不同我说？嗯？以前每次你都是说话的呀！"

"一只苍蝇掉到嘴里去啦，因此我才愁眉不展地坐着默不作声。难道要我给您讲故事听吗？如果您喜欢听故事，就请把讲故事的马拉尼娅带在自己身边好了。"

胖子要开口反驳，但显然没有找到词儿，于是只好闭口不言。而仆人则为自己的辩才和当众表现出的对老爷的影响而得意，从而对工人们也倍加神气起来，开始对他们指点些什么。

我想与胖子结识的打算落了空，特别是因为我不够机敏，不善于随机应变。但一个意外的情况帮助了我。突然，一个睡眼惺忪、蓬头垢面的人从一个关着的车窗往外看。这辆没有轮子的车子早就停在铁匠作坊前，日日夜夜徒然等待着修理。这副面孔一出现，便立即在修理工中间爆发出哄堂大笑。原来那个从车厢里往外看的人被牢牢地关在里边出不来。醉汉在车厢里醒过酒来，要出来却不能。最后他只好恳求一个人跑去给他把工具拿来。这一切激发起人们极大的乐趣。

有这样一些人，就他们的禀性来说，相当怪诞的事物常常引起他们特别的乐趣。例如，醉酒的农夫的怪相，有人在街上绊了一下摔倒在地，两个婆娘拌嘴骂大街，诸如此类，不知为什么有时能在一些人中间引发最善意的欢乐。胖地主正是属于这样一种禀性的人。渐渐地，他的脸色由严厉和阴沉开始变得相当得意和亲切，最后终于完全开朗了。

"这不是瓦西里耶夫吗？"他关切地问道，"他是怎么到那里边去的呢？"

"是瓦西里耶夫,斯捷潘·阿列克谢伊奇①老爷,是瓦西里耶夫!"人们从四面八方叫嚷起来。

"老爷,他酗酒来着,"一个修理工补充说,这人上了点儿岁数,高个子,瘦削,表情古板严肃,有意显示他在众人中间是个头目,"老爷,他酗酒来着,离开东家三天啦,现在躲在我们这儿,赖在我们这里不走!现在又想要凿子。喂,你现在要凿子干吗?他想把最后一件工具也拿去换酒喝!"

"哎呀,阿尔希普什卡!钱就像鸽子一样:飞来又飞去!看在上天造物主的分上,放我出来吧。"瓦西里耶夫从车厢里探出头来,用尖细颤抖的声音央求说。

"你就好好待着吧,笨蛋,难得有此好运!"阿尔希普②严厉地回答说,"前天你的眼神就不对了。今天大清早人们才把你从街上拖回来。你祈祷上帝吧!人们又把你藏起来,然后对马特维·伊利伊奇说你生了病,'心口痛的老毛病又犯了'。"

又爆发了哄堂大笑。

"那把凿子在哪儿呢?"

"我们的祖伊给你收着呢!颠来倒去就死认一条!嗜酒的人就是这样。斯捷潘·阿列克谢伊奇老爷。"

"咳——咳——咳!哎呀,你这骗子!你在城里还怎么

---

① 胖地主的名字和父名。
② 即阿尔希普什卡。阿尔希普什卡是阿尔希普的爱称。

干活儿呢？你把工具都抵押出去了！"胖子笑得上气不接下气，声音嘶哑地说。他已经完全顺心如意，心情骤然变得非常快活了。

"要知道，这样的木匠在莫斯科也难找哇！这个恶棍，他总是这样吹嘘他自己，"胖子全然出乎意料地向我转过身来补充说，"阿尔希普，放他出来，说不定他有什么事呢。"

大家照老爷的吩咐做了。车厢门上钉了钉子，无非是等瓦西里耶夫酒醒后想拿他开开心。钉子起掉了，瓦西里耶夫也就暴露在光天化日之下。他浑身污秽，邋里邋遢，衣衫褴褛。阳光刺得他直眨巴眼睛，他打了一个喷嚏，身子晃了一下，然后手搭凉棚，环视了一下周围。

"人真多呀，人真多呀！"他摇着头脱口而出，"大伙儿好像都很清醒啊。"他拖长声音说，处于某种忧郁的沉思之中，仿佛在责备着自己。"喏，哥儿们，早上好，祝大家一天顺利。"

又是哄堂大笑。

"什么一天顺利！你倒是看看这一天已经过去多少了，你这个糊涂虫！"

"你只管胡说吧，反正没有人听你的！"

"照我们说，得空就来一杯！"

"咳——咳——咳！好一个贫嘴的家伙！"胖子又叫喊起来，笑得前仰后合，并友善地瞥了我一眼。"瓦西里耶夫，你真不害臊？"

"心里难过,斯捷潘·阿列克谢伊奇老爷,我心里难过。"瓦西里耶夫认真地回答说,挥了挥手,显然他很高兴有机会再一次提到自己的痛苦。

"傻瓜,你难过什么呢?"

"我难过的是有件从没听说过的事:我们全交给福马·福米奇管了。"

"是什么人?什么时候的事啊?"胖子全身一震叫嚷道。

我也向前走了一步,事情完全意外地也牵涉到我了。

"所有卡皮托诺夫卡村的人都被换了主人了。我们那位上校老爷,愿上帝保佑他健康,想把我们整个卡皮托诺夫卡村,也就是他的世袭领地,全部送给福马·福米奇,整整七十名农奴都分给他。他说:'福马,给你!现在你大概一无所有,你这个地主不算大,总共才有两尾在拉多加湖里漫游的纳税的胡瓜鱼。这就是说你已故的父亲仅仅给你留下这点儿纳税农奴。因为你的父亲,'"瓦西里耶夫带着某种恶毒的得意继续说下去,在涉及福马·福米奇的故事中故意添油加醋,"'因为你父亲是一名世袭的贵族,来历不明,身份不清;也像你一样,在许多老爷家里都寄食过,人家慈悲为怀,让他在厨房里填饱饥肠。现在,我把卡皮托诺夫卡村登记在你名下以后,你就将成为一个地主,一个世袭贵族,你将有你自己的农奴,那时你就可以在火炕上高卧,享用空头贵族的称号了……'"

但是斯捷潘·阿列克谢伊奇早已不再听他讲了。瓦西里耶夫这番半醉不醒的话在他身上产生了非凡的效果。胖子气得连脸都涨得通红;他的喉结抖动起来,一对小眼睛满布血丝。我以为他马上就要中风了。

"岂有此理!"他气喘吁吁地说,"福马,这个坏蛋,这个食客,居然要当地主!呸!你们都全给我死去吧!喂,你们,快干完活儿!回家!"

"请问,"我迟疑不决地走上前去说道,"您刚才提到福马·福米奇,如果我没有弄错的话,他的姓好像是奥皮斯金。是这么一回事,我想要……总之,我有特殊的原因对此人感兴趣,另外我还非常想知道,在多大程度上可以相信这位善良的人刚才说的话,说他老爷叶戈尔·伊里奇·罗斯塔涅夫想把自己的一个村庄送给福马·福米奇。我很关心此事,而且我……"

"我也请问,"胖老爷打断了我的话,"既然说感兴趣,您对这个人的哪方面感兴趣呢?我认为,这是一个非常让人讨厌的坏蛋,就应该这样称呼他,而不是什么人物!他,他这个讨嫌的家伙有什么脸面好说!只是个无耻之徒!"

我解释说,是不是个人物,我暂时还不得而知。但叶戈尔·伊里奇·罗斯塔涅夫是我的叔叔,而我本人名字叫谢尔盖·阿列克桑德罗维奇,姓是某某。

"怎么,您就是那位有学问的人?哎呀,那边正在左盼右盼地等您回去呢!"胖子喊叫起来,他真心诚意为此而高兴。"要知道，我本人就是从他们的斯捷潘奇科沃来的；我是从饭桌上离开的。刚刚端上布丁甜点心，我就起身走掉了。我不能忍受福马的在场！由于这个可恶的福马，我同那里所有的人都吵翻了……真是巧遇！您，啊唯，请原谅我。我是斯捷潘·阿列克谢伊奇·巴赫切耶夫。我还记得您那时候才那么一点儿高……啊，可是谁能想得到呢？……请允许我……"

说着话，胖子就跑上来亲吻我。

在多少有些激动的最初几分钟之后，我不失时机地立即开始询问起来，因为这是一个绝好的机会。

"但是这个福马究竟是什么人？"我问道，"他是怎样征服了那一家人的呢？怎么就不拿鞭子把他从家里赶走呢？我得承认……"

"把他赶走？您头脑糊涂还是有什么毛病？要知道，连叶戈尔·伊里奇在他面前都得踮起脚尖小心翼翼地走路呢！有一次，福马吩咐把星期四叫做星期三，于是他们全家人无一例外地都把星期四叫做星期三。'我不要星期四，只要星期三！'这样，一个星期中就该有两个星期三了。您以为我说的是假话？我一句假话也没说！这个嘛，只不过是库克船长①那套把戏罢了！"

---

① 詹姆斯·库克（1728—1779），英国航海家和探险家，曾发现新西兰和太平洋中的许多岛屿，后在夏威夷遇难。18世纪末和19世纪初俄国出版了有关他的书。

"这个我倒是听说过。但是，我承认……"

"左一个我承认，右一个我承认！一个人老把这句话挂在嘴上没完没了地说！有什么承认不承认的？不，您还是问我好了。要知道，把一切都讲给您听，您也不会相信的。您那时还会问：我是从哪片林子里跑到您面前的？上校叶戈尔·伊里奇的母亲，虽说是位值得尊重的太太，而且又是将军夫人，但我看她可是老糊涂了：她对那个可诅咒的福马呵护有加。她正是灾祸之源，是她把他豢养在家里的。他为她朗读各种读物，把她弄糊涂了，也就是说她变成了一个百依百顺的女人，虽然叫她是将军夫人，不过因为她攀高枝嫁给了五十岁的克拉霍特金将军！关于叶戈尔·伊里奇的妹妹，就是普拉斯科维娅·伊利伊尼奇娜，四十岁上还是个待嫁的老姑娘，我连提都不愿意提她。成天价哎呀，哈呀，简直像一只母鸡在咕咕叫，她让我厌烦透顶，去她的吧！她不过是位女性而已，没有什么，简直没有什么可敬的地方，仅仅因为她是女性只好尊敬她吧！呸！这样说可能有些失礼：她毕竟是您的姑妈呢。还有一位是阿列克桑德拉·叶戈罗芙娜，上校的女儿，虽然还只是一个小孩子，才十五岁，但是依我看，她比所有的人都聪明，因为她并不尊重福马，让人看着很痛快。她是一位可爱的小姐，如此而已！有谁会去尊重福马呢？要知道他在克拉霍特金将军家里不过是骗饭吃的小丑而已！要知道，就是他为了讨将军开心，扮演过各种野兽！结果呢，以前瓦尼亚种菜园，如今瓦尼亚当将军。现在上校，您那位叔叔，竟把退职的小丑当成亲父亲来敬奉，把这个下流坯供在像框里跪拜，拜的却是自己的食客……呸！"

"然而，贫穷并不是罪恶……而且……我承认……请问，他漂亮吗，聪明吗？"

"您说的是福马？如同画里的美男子！"巴赫切耶夫回答说，气得声音都异常地颤抖起来（我的问题不知为什么激怒了他，于是他开始用怀疑的目光看我了）。"如同画里的美男子！善良的人们，你们听见吗？可找到一位美男子啦！哎呀，拿所有的野兽来比，哪一个他都像。如果您真想弄个明白的话，这就是真实的答案。他要是有点机灵劲儿也好，哪怕这滑头具备这方面的一丁点儿才能，那我也会违心地赞扬他，可说到底他又毫无机灵可言！只好像一个物理学家给他们大家灌了迷魂汤似的。呸！我说得舌头都累了。只该啐口唾沫，闭上嘴巴。哎呀，同您的交谈扫了我的兴致！喂，你们哪！修理好了没有？"

"还得给那匹黑马换马掌。"格里戈里沮丧地说。

"那匹黑马。又是那匹黑马，看我不收拾你！……好吧，先生，我可以告诉您这样一件事，您听了准会惊得张口结舌，直到基督再次降生您都合不拢您的嘴巴。要知道，从前我也尊重过他。您以为如何？我后悔，我公开表示后悔：我成了一个傻瓜！他可把我捉弄得够呛。他是个万事通！无所不知，无所不晓，所有的学问他都精通！他曾经给过我一点儿药水，要知道，我呀，是一个有病的人，患虚胖病的人。您可能不相信，然而我确实是一个有病的人。我服用了他的药水后，差一点儿没有两脚朝天，魂飞魄散。您别说话，请听我往下说：您自己就要到那边去了，您会欣赏到这一切的。要知道，他在那里早晚会把上校逼得痛不欲生，那可就晚了。要知道，正因为这个可诅咒的福马，周围的左邻右舍都同他们不再来往。要知道，不管谁来作客，福马都要把人家侮辱一通。我又算什么，连职位显要的人他都不放过！对任何一个人他都要教训一通；这个无赖，口口声声全是什么道德；说什么他是圣人，比所有的人聪明，都得听他的；说什么他是一位学者。学者又怎么样呢？就因为他是有学问的人，就必定要把没有学问的人吃掉吗？……于是他就拨弄他那有学问的如簧巧舌，嗒嗒嗒，嗒嗒嗒，鼓吹个没完！我给您说吧，那是一只唠叨不休的舌头，真该把它割下来扔到粪堆里去，即使扔到那里，它还会喋喋不休，直到老鸹把它吞下为止。这如同耗子对粮食表示傲慢、自满！要知道，他现在硬要往脑袋进不去的地方钻。可不是嘛！要知道，他在那边异想天开要教家仆说法语！信不信由您！他胡说什么，下贱的人、奴仆懂点儿法语有好处！呸！该死的无耻之徒，没有什么好说的！我请问您，一个奴仆懂法语能派上什么用场？甚至连您我之辈也一样，学这法语干吗？干吗？同小姐们跳跳马祖卡舞时用来献殷勤吗？用来同别人的妻子调情吗？没有别的，尽是淫乱！依我看，一瓶伏特加酒下肚，就哪国话都能讲。我对你们的法语就是这样尊重的！大概，您也会用法语说什么：'嗒嗒嗒！嗒嗒嗒！母猫嫁公猫！'？"巴赫切耶夫以一种蔑视的愤怒目光盯着我说，"您也是个有学问的人了，是吧？也是做学问的了？"

"不过……我感兴趣的是……"

"大概，所有的学科您都学过了吧？"

"是这样，就是说，不……我承认，我现在更感兴趣的是观察。我一直待在彼得堡，现在我急着要到叔叔那里去……"

"您本来就有地方待，留在您那里不是很好嘛！谁硬要把您往叔叔那里拖呢？不对，您哪，我对您说，在这里有学问也白搭，而且不论什么样的叔叔也帮不了您什么忙；您会落入套马索里的！在他们那里，我一昼夜就消瘦下来了。嗯，您相信吗，我在他们那里就消瘦了？不，我看得出来，您并不相信。好吧，上帝保佑您，您别相信好了。"

"不是的呀，别那么想，我很相信；只是我仍然弄不明白。"我回答说，越来越不知所措。

"相信，相信，可是我并不相信您！你们这些掉书袋，你们这些人都是好动的人。你们只需要东跑西跑，只需要表现自己！我呀，不喜欢掉书袋；这就是掉书袋在我心中的位置！我也曾经碰到过你们那些彼得堡人，全都是些放荡的人！尽是些共济会①会员；散布不信神；连一杯伏特加都不敢喝，仿佛它会烧伤人，呸！您哪，您让我生气，我再也不想告诉您什么了！要知道，我又不是应该给您讲故事的，而且说得也口干舌燥了。倒也是，不能把所有的人都骂个遍，何况这也是罪过的……只是他，您的那位有学问的人，差一点儿没有把您叔叔家的仆人维多普利亚索夫给弄疯了！由于福马·福米奇的罪过，维多普利亚索夫变得疯疯癫癫的……"

"要是我的话，就把维多普利亚索夫，"此前一直煞有介事地绷着脸旁观我们谈话的格里戈里插话说，"要是我的话，就把他维多普利亚索夫，赤身露体用树条抽打，不放他起来。要是他落到我的手里，我就会把这个家伙打得不再犯德国佬那样的糊涂！把他揍得死去活来。"

"住口！"老爷叫喊道，"闭上你的嘴；不是跟你说话！"

"维多普利亚索夫，"我完全困惑不解了，不知该说什么好，于是说道，"维多普利亚索夫……请说说看，多么奇怪的一个姓啊！"

"这又有什么奇怪的？您也来这一套！唉，您呀，有识

---

① 是在18世纪初起源于英国的一种宗教道德运动，后来在许多国家传播。共济会的宗旨是企图建立一个全世界的秘密组织，以达到把全人类联合在宗教兄弟同盟之中的乌托邦理想。它在18世纪至19世纪初影响最大。小说中故事发生的这段时间它也正在俄国盛行。

之士,有识之士!"

我再也忍不住了。

"对不起,"我说道,"您究竟为什么要生我的气呢?我到底有什么过错?我坦诚相告,我聆听您的高论已足足有半个小时,但是还不甚了解到底是怎么一回事……"

"可您有什么好生气的呢?"胖子回答说,"您没有什么好生气的!要知道,我说这些话完全出自我对您的友爱。您别看我是个爱叫喊的人,刚才还对我手下的人大嚷大叫。我那个格里什卡呀,他尽管是个彻头彻尾的大骗子,但正因为这样,我才喜欢他,喜欢他这个下贱的东西。不妨坦诚相告,心肠太软害苦了我;所有这一切都是福马一个人的罪过!他会毁了我的,我发誓他会毁了我的!看看,不正是由于他的恩赐,我现在顶着太阳已经烤了两个小时了。原本想趁这些笨蛋磨磨蹭蹭修车的工夫顺便去看看大司祭的。本地的大司祭可是一个好人。可是,这个福马破坏了我的情绪,连去看大司祭的兴致都没有了!去他的吧!要知道,这地方连一个像样的小饭馆也没有!我给您说,都是些下流坯,一个好人都没有!哪怕他有个不同一般的官阶也好。"巴赫切耶夫继续往下说,重新又回到福马这个话题上。看来他不能够摆脱这个人。"那么看在他官位的分上,担待他几分也无不可;可他连狗屁都不值的官位都没有;我清楚地知道,他什么官阶都没有。他说,四十岁时在某个地方曾为了真理而受过难,人们就该为此而跪倒在他脚下礼拜！他简直狂极了！稍不如意就暴跳如雷；说什么：'都欺侮我，都欺侮我穷，对我一点儿也不尊重！'福马不入座，你就休想就餐，而他本人又不露面，说什么：'都欺负我；我是个穷苦的游方者，我啃点儿黑面包就行。'可是，人们刚入座，他就立即出现了；于是刺耳的老调又重新弹起来了：'为什么不等我来大家都入座了呢？根本就不把我当回事嘛。'总之，真够你受的！我呢，很长时间一言不发。他以为我也会像哈巴狗一样在他面前踮起后脚跟跳舞；他说，喂，老弟，给你点儿吃食！我说，不，老弟，你刚要去驾马，可我已经在车上坐着了！要知道，我同叶戈尔·伊里奇在一个团队里服过役。我退伍时是一名士官生，他去年回到他的领地时却是个退役上校。我对他说：'唉，您会毁掉您自己的，不要再纵容福马了！您会为此而哭鼻子的！'他说，不会，他是一个再好不过的人（这可说的是福马呀），他是我的朋友；他给我传授仁义道德。好吧，我想，反对仁义道德总是不行的吧！既然他都开始给人讲授仁义道德了，那也就是事情坏到无以复加了。您怎会想到，今天的风波又是因何而引起的呢？明天是先知伊利亚节（巴赫切耶夫先生画了一个十字）：是您叔叔的儿子伊柳沙的命名日。我本想在他们那里过节，并且也在那里用餐，我还订购了一个京城的玩具：一个装了发条的德国人在吻他未婚妻的小巧的手，而她却用手帕擦眼泪，一件非常好的玩意儿！（现在我可送不成了，莫尔根——费里①!它现在就在我车里搁着,连那个玩具娃娃德国人的鼻子也给碰掉了;我把原物带回去。)叶戈尔·伊里奇本人也不会反对在这样的日子玩一玩,庆祝庆祝,然而福马对此严加禁止,说什么:'为什么都开始照顾起伊柳沙来了呢?看来,现在都不关注我了!'什么话?这家伙还是个人吗?连八岁的小孩子过命名日都忌妒起来了!他说:'那可不行,这天也是我的命名日!'可明摆着,这天是伊利亚先知节,并不是什么福马节!他却说,这一天也是我的命名日!我看在眼里,强忍着。要知道,现在人们在他面前都踮着脚尖走路,压低声音悄声说,这可怎么办哪?在先知伊利亚节过他的命名日还是不过?要是不给他过呢,他会感到受了侮辱,而要是给他过呢,或许他会当作是对他的讽刺。呸,真糟糕透顶啦!我们大家都坐下来吃饭……喂,您还在听我说吗?"

"别那么想,我在听着呢;而且听得还特别有兴致哩;因为听您这么一说,我现在已经了解……而且……我承认……"

"好,好,特别有兴致就好!我可知道您的那种兴致……您说什么兴致不是在挖苦我吧?"

"别那么想,怎么是挖苦哇?正好相反。而且,您又如此……您的用词又别出心裁,我甚至都准备把您的话记录

---

① 德语 morgen früh 的译音,意为"清晨",此处可理解为"休想"。

下来。"

"哎呀,这是怎么说的,要记录下来?"巴赫切耶夫先生问道。他疑虑地盯着我,带着几分惧怕。

"不过,我可能不会记录下来……我只是……"

"您准是想引诱我上钩吧?"

"怎么说是我诱您上钩呢?"我惊奇地问道。

"是这样的。您现在诱骗我上钩,我呢,傻瓜一样,把一切都告诉您,您在事后一动笔把我写在某篇文章里。"

我赶忙使巴赫切耶夫先生相信,我不是这样的人。但是他仍然怀着疑虑看着我。

"说什么不是这样的人!谁知道您是什么人!也许可能会好一点儿。福马也曾威胁说要写我,并且拿出去发表。"

"请问,"我打断他的话说道,多少也想改变一下话题,"请您告诉我,叔叔想要结婚是真的吗?"

"想要结婚又怎么样?这原本也没有什么。该结婚就结婚吧;这并没有什么不好的,可是糟糕的是另外一件事……"巴赫切耶夫先生沉思地补充说,"嗯,关于这个嘛,我也不能确切地给您一个答案,就像苍蝇叮果酱一样,各色各样的婆娘很多都聚集到他们那里去了;也搞不清楚,她们之中到底谁想嫁人。我呀,把心里话告诉您吧:我不喜欢娘儿们!只是说起来她们也是人,而实际上只是一种耻辱而已,而且有害于拯救灵魂。至于您的叔叔如同西伯利亚的公猫一样坠入情网一事,我则请您确信,不要怀疑。

关于这件事，我现在保持沉默：您自己就会要看到的。糟糕的只是这事总拖延不决。要结婚，结就得了；可是又不敢对福马说，也害怕对自己的老妈说：那位老妈妈为此会尖声叫骂，震动全村，而且还会蹬腿跳脚不饶人的。她会替福马说话，说什么如果新娘娶进屋，福马·福米奇会伤心的。因为那时他在屋里连两个小时都待不下去了。新来的夫人会亲手掐着脖颈把他推出门去。更有甚者，如果她不是一个傻瓜，她还会采取别的办法收拾他的，让他今后在全县都休想找到一个安身之所！因此他现在才胡来，伙同您叔叔的老妈硬塞给他这样一个女的……可是您呀，您为什么打断我的话呢？我想把最主要的事告诉您，您却打断我的话！我比您年长；打断老年人说话是不适当的……"

我向他道了歉。

"您不必道歉！您哪，作为一位有学问的人，我想请您评断一下，看他今天是如何欺侮我的。如果您是一个好人，那么您就评论吧。我们大家都坐下来进餐。我给您说，就在吃饭的时候，他差一点儿没有把我吞掉！从一开始我就看见他自顾自地坐着，气鼓鼓的样子，气得灵魂都在他躯体内吱吱咂咂发出声来。这个蛇一样狠毒的人，在一匙水里淹死他才叫我开心！这样一个自大狂，甚至连他自己也容不下了！他就异想天开地对我百般挑剔，竟然也想对我讲授仁义道德之类。要我告诉他，为什么我这么胖？缠着人不放，老问为什么我不是瘦子，而是胖子？嗯，请您告诉我这是什么问题呀？哼，这里难道有一丁点儿俏皮话的影子吗？我合情合理地回答他说：'福马·福米奇，这可是上帝的安排：有的人胖，有的人瘦；你我尘世凡人岂能违抗上天的意志。'您以为如何，这样的回答不是很合情合理的吗？他却说：'不，你有五百个农奴，你坐享其成，而对国家毫无贡献；你应该出来供职，可是还总是坐在家里拉手风琴。'我的确在心情不好时喜欢拉拉手风琴。我又合情合理地回答他说：'福马·福米奇，那么我该出去任什么职呢？什么样的制服能装得下我如此肥胖的身躯呢？我穿上制服，全身绷得很紧，我可千万打不得喷嚏——一打喷嚏，纽扣全都得挣飞的，要是不巧正好当着上司的面，上帝保佑，人家还会认为故意对他大不敬呢，那又怎么办？'您倒是说说看，我说的话有什么可笑之处呢？可是不然，他冲我嘻嘻嘻，哈哈哈，笑得前仰后合，没完没了……我给您说，他没有一点儿羞耻之心，再说他还突发奇想，用法国话骂我；他说：'科顺'①。哼，我也懂得'科顺'是什么意思。我想，'你这个该死的物理学家，你以为我就是任人摆布的料？'我忍哪，忍哪，实在忍无可忍，就从桌旁立起身来，当着在场所有的体面人，申斥他说：'福马·福米奇，大善人哪，我在你面前罪孽真不轻；原以为你是一位德行和教养很不错的人，可是你和我们大家没有两样，也是一

---

① 法语 cochon 的音译，意为"猪猡"。

头猪猡。'说完这话，我就离席，不顾席面上的布丁，那是刚端上席的布丁。'去你们的布丁吧！……'"

"请您原谅我，"听完巴赫切耶夫先生的故事之后，我说道，"我当然完全同意您所说的一切。主要的是，我还丝毫不知道……不过，是这样的，关于这个我现在有了自己的想法。"

"您呀，您有了一些什么想法呢？"巴赫切耶夫先生不无怀疑地问道。

"是这样的，"我开始颠三倒四地说道，"也许现在说这话不太合适，不过我还是准备一吐为快。我是这样想的：关于福马·福米奇其人，或许我们俩都想错了；说不定所有这些怪异之处正掩盖着一种特殊的、甚至是颇具才能的秉性，谁知道呢？说不定这是有过惨痛经历、遭受过磨难，也就是说要向整个人类施行报复的心理。我曾听说，他过去当过小丑一类的角色：说不定这侮辱了他，损害了他，使他做不得人？……要明白：一个高尚的人……具有意识……可是，充当着小丑的角色！……于是他开始对所有人都不再信任，并且……并且，说不定如果使他与人类……也就是使他同人们和解，那也许有可能从他身上出现一种特殊的秉性……说不定甚至是很出色的秉性，而且……而且……这人身上不是还有某些可取之处吗？要知道，人们都崇拜他毕竟有其原因的呀？"

总之，我自己觉察到，我信口开河，话说得太离谱了。

少不更事，还情有可原。但是巴赫切耶夫先生仍没有原谅我。他认真而严厉地盯着我的眼睛，最后，终于突然脸涨得通红，活像一只火鸡。

"那么说，福马就是这样的一个特殊人物啰？"他断断续续地问道。

"请您听我说，我本人对刚才说的话也几乎毫无把握。我这样说只不过是一种猜测罢了……"

"那么，您哪，请允许我好奇地询问一下：您学过哲学没有？"

"您这话是什么意思？"我不解地问道。

"不，不要说什么意思不意思；请直截了当地回答我，不要管什么意思，您学过哲学没有？"

"我承认，我有意要学，不过……"

"哼，这就对了！"巴赫切耶夫先生喊叫起来，发泄出他满腔的愤怒。"我呀，您还没有开口以前，我就猜到您准学过哲学！休想骗我！莫尔根-弗里！三俄里之外，凭嗅觉我就能闻出哲学家！您同您那位福马·福米奇亲嘴去吧！可找到一个特殊人物啦！呸！这世上的一切都给我死绝烂掉吧！我原以为您还是个正人君子，可是，您……喂，走吧！"他朝车夫喊道。车夫这时早已在修理好的车夫座上坐好。"回家！"

我好说歹说，才勉强使他平静了下来；他终于心平气和了一点儿；但是很长时间仍然不肯将怒颜换成欢容。与此同时，他在格里戈里和那个曾经教训了瓦西利耶夫一顿的阿尔希普的搀扶下爬进了马车。

"请问您，"我走到马车跟前说，"您再也不会到我叔叔那里去了吗？"

"不再到您叔叔那里去？谁要是对您说了这话，您就往他脸上吐唾沫！您以为我是个有恒心的人吗？我能坚持得住？我的不幸就在于我是软骨头，我不是人！用不了一个星期，我就又会晃到那里去。为什么？您说怪也不怪，我自己都不知道为什么，可是我还是要去，又将会同福马拼杀。这个嘛，正是我的不幸！因为我的罪孽，上帝才派这个福马来惩罚我。我有妇人的性格，毫无耐心！我呀，是首屈一指的胆小鬼……"

我们俩总算和好地分了手；他甚至还邀请我去他家吃饭。

"您来吧，您来吧，咱们一块儿吃顿饭。我有从基辅运来的伏特加酒，我的厨师在巴黎待过。他烧得一手好菜，馅儿饼烤得也不坏，简直好吃极了，叫您不得不佩服，这个坏东西。他是个有文化的人！只是我很长时间没有抽他鞭子了，把他给宠得太厉害了……好在现在您提醒了我……来吧！要不然我今天就请您同我一起去，但是不知道为什么浑身没有劲，提不起精神，疲惫极了。要知道，我是一个有病的人，虚胖的人。可能您还不相信……好啦，您哪，再见吧！我的船该起航了。瞧，您的马车也修理好了。请您给福马说，叫他不要碰见我；否则，我要他难堪得受不了，叫他……"

但是，他最后说什么已经听不见了。他那辆由四匹健壮的马拉着的轻便马车早已消失在飞扬的团团尘土中。我那辆四轮马车也已经备好；我上了车，就立即驶过小镇。"当然，那位先生说得言过其实，"我这样想，"他太生气了，不可能不偏激。不过，话又说回来，关于叔叔他所说的话却非常好。已经有两个人不约而同地说，叔叔爱上了这个姑娘……啊！我娶她还是不娶她呢？"这次我着实陷入了沉思。

三　叔叔

我承认，我甚至有点胆怯了。当我刚驶进斯捷潘奇科沃村的时候，我突然觉得，我的爱情幻想太离奇，甚至也仿佛太愚蠢。这时是下午五点钟左右。道路正好挨着主人家的花园。在离别多年之后，我重新见到了这座大花园。在这座园子里我度过了幸福童年的若干岁月，后来在我求学的学生寄宿宿舍里我多次梦见过它。我跳下车，穿越花园径直朝主人家的住房走去。我很想能够不声不响地出现，打听清楚，问个明白，首先同叔叔谈个够。果然天遂人愿。走过百年老菩提树的林荫道，我踏上了凉台，从那里经过玻璃门就可以进入内室了。凉台周围是花坛，凉台上也摆满一盆盆名贵花草。在这里我遇到一个在本地土生土长的人，他就是老人加夫里拉，过去他曾经照看过我，而现在则荣任我叔叔的贴身男仆。老人戴着眼镜，手里拿着一个笔记本，正在聚精会神地读它。两年前我同他曾在彼得堡见过面，那次他是和叔叔一起去的，因此他现在立即就认出我来了。他流着高兴的眼泪跑上前来吻我的手，连他的眼镜都从鼻子上掉在了地板上。老人的这份情义使我很受感动。但是，由于不久前同巴赫切耶夫先生谈话引起的焦急不安，我现在首先关注的倒是加夫里拉手中拿着的那个笔记本。

"加夫里拉，这是什么？难道他们也开始教你学法语了？"我问老人说。

"少爷，正在教着哪，这么大年岁了，还像教小鸟那样教呢。"加夫里拉悲戚地说。

"福马亲自教吗？"

"少爷，是他在教。他该是最聪明的一个人吧。"

"没有什么好说的，聪明人！他教会话？"

"少爷，就教这本子上的。"

"就是你手里拿的这个本子吗？啊！用俄语字母拼写的法语词汇——真会取巧！对这样一个糊涂虫，十足的蠢货，你们居然毫无办法，受他摆布，不害臊吗，加夫里拉？"我叫喊起来。一时间竟把我对福马·福米奇的全部宽宏的想法置诸脑后了。为这宽宏的想法不久前还受到巴赫切耶夫先生的斥责。

"少爷，哪能那样说呀，"老人回答说，"我们的老爷太太们都那么听他调教，哪能说他是蠢货呢？"

"嗯！加夫里拉，也许你是对的，"听了他的话，我顿了一顿后喃喃地说，"带我去见叔叔吧！"

"我的好少爷，我可不能见他的面，我不敢。我已经怕起他来了。因此我才待在这里，孤苦无聊地打发时光，如果老爷他从这里路过,我就得赶快躲到花坛后面去。"

"你究竟怕什么呢?"

"前不久,功课没有学会,福马·福米奇要罚我跪下,可是我没有下跪。少爷,谢尔盖·阿列克桑德罗维奇,我都这么大年岁了,还拿我来取笑,开玩笑!老爷为此生气了,为什么不听福马·福米奇的话呢?他说:'你这个老东西,他是在操心你的教育呀,想教你发音。'因此我才在这里来回走动,一遍一遍复习生词。福马·福米奇答应傍晚前再考一次。"

我觉得这里仍有不大清楚的地方。我想,学法语必定有什么故事可说,可是老人家并不能给我说清楚。

"加夫里拉,我问一个问题,他这人长得怎么样?仪表堂堂,大高个儿?"

"您是说福马·福米奇?少爷,不是的,他是很丑的矮人儿。"

"嗯!别急,加夫里拉,或许这一切会妥善了结,甚至一定会妥善了结。我向你保证,会了结的!但是……叔叔在哪里呢?"

"在马房后面接见农民们呢。从卡皮托诺夫卡村来了一些求情的老农夫。他们听说要把他们全都转让给福马·福米奇。他们要求收回成命。"

"可是为什么要躲在马房后面呢?"

"少爷,害怕呀……"

果然，我在马房后面找到了叔叔。在那里一块空场地上，他站在一小群农民面前。农民们躬身施礼，苦苦哀求着什么，叔叔则情绪激奋地向他们解释着什么。我走到他跟前，喊了他一声。他转过身来，我们当即相互投到了对方的怀抱里。

他见到我异常高兴，简直欣喜若狂。他拥抱我，紧紧握着我的两手……仿佛我是他的亲生儿子，死里逃生又交还给他一样。仿佛我的来临也使他本人躲过了某种死亡的危险，并为他带来了解决所有疑虑的办法，为他和他所爱的一切人带来了终生的幸福和欢乐。叔叔是不会同意让他自己一个人享有幸福的。乍一见面的狂喜冲动过去之后，叔叔突然又张罗起来，忙乱得颠三倒四，不知所措了。他一会儿向我问长问短，一会儿又想立刻领我去见全家人。我们刚要起步离开，叔叔又返转身，想把我先给卡皮托诺夫卡村的农民们介绍一下。然后，我现在还记得，不知出于何种缘由，他又突然说起一个什么科罗夫金先生，说那人是个不寻常的人，说他三天前在大路上的某处才与那人偶然相逢，而现在则正迫不及待地等他前来作客。然后，他又撇下科罗夫金不谈，却说起别的什么事来了。我欣然地看着他。我一边回答着他一个又一个急匆匆提出的问题，一边告诉他说，我想我最好不去供职，而是能够继续从事科学研究。问题一触及科学，叔叔就突然眉头紧蹙，做出一种非同一般的庄重表情。当他得知我最近一个时期在研究矿物学时，便昂起头骄傲地环顾四周，仿佛他本人独自在毫无外援的情况下，发现并且撰写了全部矿物学。我早已说过，他以最无私的方式崇敬"科学"这个词，加以他对此毫无所知，就更见得无私了。

"哎呀，小伙子，世界上有一种人，他们通晓一切！"有一次，他眼睛里闪耀着欣喜的光芒对我说，"你坐在他们中间，听他们谈话，尽管明明知道你什么也听不懂，可是心里仍然觉得亲切可爱。为什么呢？这是因为有益，表现了智慧，创造共同的幸福！这个我是懂得的。比如说，现在我在铁路上行驶，可是我的伊柳沙说不定会在空中飞呢……再说，贸易，工业，可以说这种潮流……我想说的是，不管如何运行，也是有益的……要知道，是会有益的——不对吗？"

不过，还是回过头来，说我们会面时的情况吧。

"且慢，我的朋友，且慢，"他搓着手快速地开始说道，"你会见到一个人！一个罕见的人，我给你说吧，一个有学问的人，一个科学家；他会流芳百世的。啊，说得多好哇：'流芳百世'！这是福马给我解释过的……别急，我会给你介绍。"

"叔叔，您说的是福马·福米奇吗？"

"不，不，我的朋友！现在我说的是科罗夫金。福马当然也是这样，而且他……不过我现在说的是科罗夫金。"叔叔又补充说，但是不知为什么话题一转到福马他就脸红了，而且仿佛有些心慌意乱了。

"叔叔,他是从事哪方面的科学研究呢?"

"研究科学,小伙子,研究科学,反正是研究科学!我只是不能够说出究竟是什么科学,我只知道是科学。关于铁路的事他说得好极了!你知道吗?"叔叔意味深长地眯缝着右眼悄声补充说,"他有一点自由思想!特别是当他谈到家庭幸福这类问题时,我觉察到这一点儿……可惜的是,我自己对此了解甚少(没有时间),不然,我会有条不紊地讲给你听的。再说,他还是一个品质非常高尚的人!我已经请他来家里作客了。我随时都在等着他的光临。"

与此同时,那些农民瞪着眼睛,张着大口,如同见到奇怪的东西一样盯着我看。

"叔叔,请听我说,"我打断他的话说,"我好像打搅了这些农民。他们肯定是有事求您的吧。他们说什么?不瞒您说,我有些猜想,很乐意听听他们说什么……"

叔叔突然慌乱起来。

"啊,不错!我倒给忘啦!你瞧……拿他们怎么办呢?他们异想天开,我倒想知道他们当中究竟是谁第一个胡编乱造的。他们胡说我要把他们整个卡皮托诺夫卡村都拿去送人。你还记得卡皮托诺夫卡村吗?就是咱们同已故的卡佳晚上常常乘车前去散步的那个卡皮托诺夫卡村。说把整个卡皮托诺夫卡村,把整整六十八名农奴全都送给福马·福米奇。'我们不想离开你'，说来说去就是这一句话！"

"叔叔，这么说，这不是真的？您不会把卡皮托诺夫卡村送给福马了？"我几乎欣喜若狂地喊叫道。

"从来也没有这样想过；脑子里从未闪过这样的念头！可你是听谁说的呀？有一次不知怎么搞的，话脱口而出就不胫而走了。为什么他们就那么不喜欢福马呢？谢尔盖，不急，我会给你介绍的。"叔叔补充说，怯生生地瞥了我一眼，仿佛预感到我将是福马·福米奇的仇敌。"小伙子，他可是这样的一个人……"

"我们不要他，除了你，我们谁也不要！"农民们突然齐声喊叫起来，"您是父亲，我们是您的孩子！"

"叔叔，请您听我说，"我回答说，"我虽然未曾见过福马·福米奇，但是……是这样的……我是有所耳闻。我承认，我今天遇见了巴赫切耶夫先生。不过，关于这个，我暂时有我自己的想法。叔叔，不管怎么说，请您让这些农民回去吧，让我们俩单独谈谈，不要外人在场。我承认，我就是为此才来的……"

"是这样，是这样，"叔叔附和着说，"是这样！让农民们回去，然后我们谈谈。让我们友善地、像朋友一样正正经经地谈谈！喂！"他转向农民快速地继续说道，"我的朋友们，现在回去吧。今后如果有事，还来找我，随时来找我；直接来找我，什么时候找我都行。"

"你是我们的老爷！你是父亲，我们就是你的孩子！别让我们去受福马·福米奇的欺负！我们所有穷苦人都求你啦！"农民们又一次喊着说。

"瞧你们这些傻瓜！不是跟你们说，我不会把你们送给他嘛。"

"不然的话，他也完全会给我们上课的，老爷！这不是，这里的人全让他给教蒙了。"

"怎么，难道他也在教你们学法语吗？"我几乎惊叫起来。

"少爷，还没有，上帝保佑，暂时给免了！"一个农民回答说，大概这人以说话见长，有一头棕黄色头发，后脑勺上秃了一大块，蓄着一部稀疏、尖长的胡须。他说话的时候整部胡须都来回晃动，仿佛是个活物。"还没有，少爷，上帝保佑，暂时给免了。"

"那么，他教你们学什么呢？"

"少爷，他是这样教我们的，照我们的说法就是买个金箱子，往里搁铜币。"

"这铜币是怎么回事？"

"谢廖沙[①]！你误解了；这是诽谤！"叔叔叫喊道，满脸通红，一副窘态。"这是他们这些傻瓜没有弄明白他说的是什么！他只不过是说……哪是什么铜币呀！……不过你没必要把所有的事都翻腾出来，扯起嗓子嚷嚷，"叔叔带着

---

① 谢尔盖的小名。

责备的口吻转向那个农民继续说,"你呀,你这傻瓜,这是为你好哇,可是你不明白,还在嚷嚷!"

"叔叔,请原谅,那么法语呢?"

"谢廖沙,他这是为了学发音,仅仅是为了学发音,"叔叔带着有些歉意的声音说,"这是他亲口说的,为了学发音……不过,这里发生了一桩特别的事,这事你不了解,因此也无法做出判断。小伙子,首先应该了解情况,然后再来指责……指责别人并不难!"

"你们这是怎么啦!"我又愤激地朝农民们喊道,"你们就不能直截了当把一切都说给他听吗?就说,福马·福米奇,这样做是行不通的。这不就行了嘛!要知道,你们不是也都长着嘴巴吗?"

"少爷,哪儿有耗子给猫挂上铃铛的呢?他说:'我是教你这个蠢笨的庄稼汉讲求整洁的。为什么你的衬衣不干净呢?'它不干净是因为总是浸着汗!不能每天都换一件。你干净也不会死而复活,你埋汰也烂不掉、死不了。"

"前不久他来到打谷场……"另一个农民接着开口说,他是个瘦高个儿,穿着一身打满补丁的衣服,脚上是一双破烂不堪的树皮鞋。显然,他是一个满肚子怨气、张口就有刻薄话的人。在这以前,他一直躲在别的农民背后听着,脸色阴沉,一声不吭,总是带着某种含混不清的、痛苦而狡诈的讥诮表情。"他来到打谷场说:'你们可知道,咱们离太阳有多少俄里远?①'这谁知道呢?这种学问可不是咱庄稼汉的事,而是老爷们的事。但是他说:'不对,你是个傻瓜,笨蛋,连自己的利益都不知道;而我是天文学家!上帝的所有行星我都知道。'"

"哦,他告诉你距离太阳有多少俄里远了吗?"叔叔插话说。他突然活跃起来,快活地向我使眼色,仿佛在说:"瞧着吧,将有好瞧的了!"

"是的,他讲了有多么远。"农民不情愿地回答说。他没有料到会向他提这样的问题。

"那么,他说有多远,具体说有多远?"

"老爷您知道得很清楚,可我们都是些无知识的人。"

"兄弟,我嘛,当然知道,那么你还记得吗?"

"他倒是说过,有几百或者几千来着。说是很多很多。三大车也载不走。"

"好兄弟,你可要记住!你大概以为有那么一俄里左右远,一伸手就够得着?不对,兄弟,地球,这个嘛,你看,就像一个圆球,明白吗?……"叔叔用两手在空中画了个

---

① 此处以及前面第1章中福马训导农民的话,与弗·费·奥多耶夫斯基和扎勃洛茨基-杰夏托夫斯基编撰出版的《农村读物》(1843—1848)中的内容相近。在该读物的第1册中有一篇扎勃洛茨基写的文章,其中对太阳比地球大多少倍、距离地球有多少俄里远等等都有具体数字说明。陀思妥耶夫斯基对这种启蒙教育的方法持讥诮态度。后来陀思妥耶夫斯基对自由派启蒙教育观点写过论战性的反驳文章。——俄编注

类似圆球一样的东西,继续说道。

农民苦涩地笑了一下。

"是的,像一个球!它就自个儿悬挂在空中,绕着太阳转,太阳却停在原地不动;你只是觉得,好像它也在动。瞧,地球就是这样的一个东西!而发现这一切的是库克船长,他是一个航海家[①]……可是鬼才知道,究竟是谁发现的,"他又转向我低声补充说,"小伙子,我本人也一无所知……你可知道,到太阳的距离是多少呢?"

"叔叔,我知道,"我惊异地看着这整出戏,回答说,"只是我这样想,当然没有文化也是一种肮脏的事;不过从另一方面说……教农民学天文……"

"正是,正是,正是肮脏的事!"叔叔附和着我说,他听到我用的这个词非常欣喜,他觉得这个词再恰当不过了。"高尚的想法!正是肮脏的事!我总是这样说的……也就是说,我从来没有说过这个,但是我是感觉到了的。你们都听着,"他向农民们叫喊道,"没有文化也像污秽一样,是一种肮脏的事!这就是为什么福马想要教育你们的缘故,这没有什么。兄弟,反正这也是一种差事,抵得上任何一种职位。瞧,科学就是这么回事!哦,好啦,好啦,我的朋友们!上帝保佑你们,我很高兴,很高兴……你们放心吧,我不会丢下你们不管的。"

[①] "日心说"的创始人是波兰天文学家哥白尼(1473—1543),而非库克。

"亲生的父亲,保护我们吧!"

"老爷,让我们见到光明吧!"

于是农民们就跪倒在他脚下。

"行啦,行啦,这是胡来!你们向上帝和沙皇下跪,而不是向我……行啦,你们走吧,好好做事情,要对得起老爷的恩惠……那就好了……你可知道,"他突然转向我说,这时农民们刚刚离开,他高兴得容光焕发,"庄稼汉就喜欢听好话,给个小礼物也没坏处。我是不是送他们点儿东西呢?哎,你以为如何?为了庆祝你的到来……送还是不送点礼物呢?"

"叔叔,我看哪,你简直成了弗罗尔·西林①,成了那位乐善好施的人了。"

"小伙子,可不能这么说,不能这么说,这没有什么。我早就想送他们礼物了,"他补充说,仿佛有点抱歉,"我教农民学科学,你觉得好笑吗?不,小伙子,这是因为我见到你高兴的缘故,谢廖沙。我只不过是想让那个农民知道我们距离太阳多远,让他惊得目瞪口呆。小伙子,看他惊奇得张大嘴巴该多么开心哪……好像为他感到高兴。只是你要记住,我的朋友,你千万别在客厅里讲我在这里同农民谈过话。我是特意在马房后面接待他们的,好不让人看见。小伙子,这在那边做是不行的,这是容易令人误解

---

① 这是尼·米·卡拉姆津(1766—1826)同名小说中的人物。

的事；何况他们也是悄悄来的。要知道，我这更多是为了他们才这样做的……"

"叔叔，看，我这不是已经回来啦！"我换了一个话题开始说道，很想尽快谈到主要的事情上去。"我得向您承认，您的信使我感到非常惊讶，以致我……"

"我的朋友，再也不要提这件事了！"叔叔打断我的话说，他仿佛很害怕，甚至压低了声音。"以后，以后一切都会清楚的。我或许对不起你，甚至或许非常对不起，但是……"

"叔叔，您对不起我？"

"以后，以后，我的朋友，以后再说吧！一切都会清楚的。我的亲爱的！你已经成了一个有出息的好小伙子了！我多么盼望你回来呀！想给你说说心里话，这样说吧……你是个有学问的人，我就只有你这样一个人……你和科罗夫金。应该告诉你的是，这里的人都在生你的气。你可要注意，小心谨慎，不要粗心大意！"

"生我的气？"我诧异地看着叔叔问道，我不明白，我怎么会惹得我还完全不认识的人生我的气呢，"生我的气？"

"小伙子，是生你的气。有什么办法呢！福马·福米奇多少有点……再加上妈妈也随着他。总之，你要留点儿神，要敬重恭顺，不要拗着他们，主要还是要敬重恭顺……"

"叔叔，就是说要对福马·福米奇敬重恭顺？"

"我的朋友，有什么办法呢？要知道，我倒不是为他辩护。的确，他可能是个有很多缺点的人，甚至现在，在此刻……啊，谢廖沙呀，这一切使我多么不安哪！这一切如能妥当地解决就好了，我们所有的人如能满意和幸福就好了！……不过，话又说回来，谁又没有缺点呢？要知道，我们也都不是圣人，对吧？"

"叔叔，请恕我直言！请您仔细看看，他在干些什么……"

"哎呀，小伙子！所有这些只不过是琐碎的闲话，如此而已！我可以举一个例子告诉你：现在他正在生我的气，你猜为什么生我的气？……不过，也许是我自己的过错。最好还是以后再给你说吧……"

"叔叔，您要知道，在这件事上我有自己的特别的看法，"我打断叔叔的话说，急于要说出自己的想法——我们俩好像都急于说自己的话，"首先，他曾经是一个小丑：这伤了他的心，使他做不得人，损害了他的理想；因此就产生出憎恶一切的、病态的、可以说是向全人类报复的性格……但是，如果使他同他人和解，如果使他恢复他的本性……"

"正是这样，正是这样！"叔叔兴高采烈地叫喊起来说，"正是如此！极其高尚的想法！要是我们责备他，那就是不高尚的，问心有愧的！正是这样！……啊，我的朋友，你是了解我的；你给我带来了欢愉！如果那边也能一切和好顺利就好了！你知道，我都怕到那边去露面。现在你到家了，我必定会在那边遭到围攻了！"

"叔叔，如果事情竟是这样……"我为他这种坦诚相告很不自在，刚要开口说话。

"不不不！千万不要！"他抓住我的手喊叫起来，"你是我的客人，我想要这样！"

所有这一切使我异常吃惊。

"叔叔，请您立即告诉我，"我开始坚定地说，"您为什么叫我回来？您期望我做什么，主要的，您说您有什么对不起我的？"

"我的朋友，你不必问了！以后，以后再说！这一切以后自然会清楚的！我也许在很多方面都有过错，但是我曾想如同正人君子那样行事，而……而……而你就娶她为妻！如果你身上还有一丝高尚情操的话，你就与她结婚！"他补充说。由于某种突然迸发的情感，他满脸通红，并且异常兴奋地紧紧握着我的手。"但是行啦，不必再说什么了！一切你很快就会知道。一切都将取决于你……主要的是，现在要让那边的人喜欢你，对你有好的印象。主要的是，要落落大方。"

"但是，叔叔，请听我说，那边是些什么人呢？我承认，我很少与人交往，因此……"

"怎么，因此多少有点胆怯？"叔叔带着微笑打断我的话说，"哎，没有关系！都是自己人，鼓起勇气！主要的是鼓起勇气，别怕！不知为什么我却总替你担心。你刚才问，那边都是些什么人？咱们那边是些什么人呢……首先，是妈妈，"他开始急匆匆地说道，"你还记不记得我妈妈？她是一位最善良、最高尚的老人家；对人没有苛求，这一点可以告诉你。有点老古板，而这反而更好。嗯，你知道，有时有那么一些幻想，会说出那么一些话；她现在正在生我的气，这也怪我自己有过错……我知道，是我的错！嗯，最后，要知道，她就是被称为贵妇人的，是一位将军夫人……她的丈夫曾是一位最出色的人。首先，他是一位将军，一位学识极其渊博的人，他没有留下财产，但是遍体鳞伤。总之，他博得了尊重！其次是佩列佩莉岑娜小姐。嗯，这个人……我不知道……最近以来，她有点那个……性格变成这样……啊，不过，不应该责备一切人的……嗯，愿上帝保佑她……你不要以为她是一个什么寄食者。小伙子，她本人可是个中校的女公子。朋友，她是我妈妈所宠信的人！再其次，小伙子，就是我妹妹普拉斯科维娅·伊莉伊尼奇娜。嗯，关于她嘛，没有什么好多说的：她单纯，善良；多少是一个张罗事的人，但是有颗多么好的心哪！你主要应该看她的心。已经是个老姑娘了。可你要知道，那个傻瓜巴赫切耶夫好像在追求她，想向她求婚呢。不过，你可要守口如瓶。注意这是秘密！嗯，那边还有什么人要给你说呢？关于孩子们就不给你说了：你自己会看见的。伊柳沙明天过命名日……哦，对了！差点儿给忘了，你看，在咱们这里作客的还有伊万·伊万内奇·米津奇科夫，他在这里整整一个月了。他好像还是你的堂兄,不错,正是堂兄!不久前他刚从骠骑兵退役,是个中尉,人还很年轻。一个心灵极其高尚的人!不过,你知道,家产已经挥霍一空了。他如何来得及把家产挥霍得一干二净了呢,这我可就不得而知了。不过,他本来就几乎一无所有;但终归是挥霍光了,背着很多债……现在在我这里作客。此前我根本不知道他,是他自己找上门来的,作了一番自我介绍。他是个可亲可爱的、善良的、温顺的、谦恭有礼的人。这里有谁从他嘴里听到过一个字吗?总是金口难开。福马取笑他是个'缄口陌生人',他不在乎,并不生气。福马感到满意,他说,伊万这人没有出息。不过伊万事事都顺着他,对一切都不逆他的意。嗯!他是一个逆来顺受的人……好了,上帝保佑他!你反正会见到他的。还有一些是城里来的客人:帕韦尔·谢苗内奇·奥勃诺斯金和他的母亲;这是一个年轻人,但他是一个具有极高智慧的人;你知道,他表现出某种成熟和坚定……我只是不会用言语表达出来。还要补充一点,他的品德也很高尚,有严格的道德修养!好啦,终于说到最后一位了,在我们这里做客的还有一位女宾,你看,她就是塔季娅娜·伊万诺芙娜,说起来她还是咱们的远亲呢,你不认识她,她还是一个姑娘,但已不年轻,这不能不承认。但……是一个讨人喜欢的姑娘。小伙子,她很富有,两个斯捷潘奇科沃她都能够买下来;前不久她才得到一份遗产,那以前她一直很穷苦。你呀,谢廖沙，可千万留点儿神：她有一种病态的敏感……你要知道，在她的性格中有某种想入非非的东西。嗯，你是一个高尚的人，你会懂得，你要知道，她曾经遭受过不幸。对待遭受过不幸的人应该双倍小心地对待！不过，你也不必有什么多余的想法。当然，她也有她的弱点：有时会是急匆匆的，嘴快，会说出不该说的话，可也不是说谎，你不要以为……小伙子，这一切，可以说，全都出自一颗纯洁的和高尚的心，也就是说，如若她甚至胡说了些什么，那可以说仅仅是由于为人太高尚，你懂吗？"

我觉得，叔叔此时显得非常局促不安。

"叔叔，请听我说，"我说道，"我非常爱你……请原谅我坦诚相问：您是不是要同这里的什么人结婚？"

"你是听谁说的呢？"他红着脸回答说，像一个小孩子，"我的朋友，你看，我把一切讲给你听：首先，我不会结婚。我的妈妈，还有我的妹妹，但主要的是福马·福米奇，就是妈妈奉若神明的那位福马·福米奇。他为妈妈做了许多事，无可非议，无可非议。他们这些人都想让我娶了那位塔季娅娜·伊万诺芙娜，这是出于一种明智的考虑，也就是说，这是为了全家。当然啰，他们全都是为了我好，这个我都明白。但是无论如何我也不结婚，我已经对自己起过誓。虽然如此，但是回答起来，我不怎么会说，我既没有说同意，也没有说不同意。小伙子，我一向总是这样的。可是他们都以为我能同意，因此他们想要我必定要在明天，赶上家庭节日这一天，表明求婚的态度……因此，明天的麻烦事可多啦，我都不知道该怎么办才好！何况，还不晓得为什么福马·福米奇在生我的气；妈妈也在生我的气。小伙子，不瞒你说，我只等你和科罗夫金来……想说说心里话，就是说……"

"叔叔，可是科罗夫金又能帮什么忙呢？"

"会帮上忙的，我的朋友，会帮上忙的，小伙子，他是这么好的一个人。一句话，是个科学家！我指望他就像指望一座石头山来依靠呢，他是一个无往而不胜的人！关于家庭的幸福，他讲得多么好哇！我承认，我也指望依靠你来着。我曾想，你准会让他们明白事理的。你自己判断一下看：嗯，就算是我的错，的确是我错啦，这一切我全都清楚；我并不是一个无情无义的人。唔，终归有一天能够饶恕我的！那时候我们就该开始好好过日子了！……嘿，小伙子，我的那个萨舒尔卡①可出落成一个大姑娘啦，哪怕马上出嫁都行！我那个伊柳什卡②也长大成人啦，明天是他的命名日。我为萨舒尔卡担心。就担心她！……"

"叔叔！我的皮箱在哪儿？我去换换衣服，马上就来，那边……"

"你的箱子在顶楼上，我的朋友，在顶楼上。我事先就吩咐过了，你一来就把你直接领到顶楼上去，不要让别

---

① 上校的女儿，阿列克桑德拉的爱称。
② 上校的儿子，伊利亚的爱称。

人看见。的确，的确该换换衣服！这很好，好极了，好极了！趁此机会我到那边去让大家有个准备。好啦，上帝保佑你，去吧！小伙子，你要知道，应该讲点儿技巧。你会不由自主成为一个塔列兰①的。嗯，没有什么！他们在那边正在喝茶。我们这里通常喝茶早。福马·福米奇喜欢一睡醒就立刻喝茶；你要知道，这可能更好一点儿……好啦，我这就去那边，你随后快一点儿来，别把我一个人撂在那边：小伙子，一个人在那边总有些感到不自在……对了！你等一等！我对你还有一个请求：在那边你可不要像刚才在这里那样对我喊叫，怎么样？如果你对我有什么话要说，那么就等以后，就在这里，单独对我说好了。在这以前，你就多少忍着些，你就等一等！你看，我在那边惹得乱子已经够多的了。他们现在正在气头上……"

"叔叔，请您听我说，就我耳闻目睹而言，我觉得您……"

"我是个优柔寡断的人，是不是？你只管把话说完好了！"他完全出人意料地打断了我的话，"小伙子，有什么办法呢！这我自己也清楚。好了，你会快点来的，是吧？请你一定尽可能快一点儿来！"

我走上顶楼，赶忙打开皮箱，想着叔叔让我尽可能快

---

① 塔列兰（1754—1838），法国外交家，先后三次任法国外交大臣，是权变多诈、毫无原则的政客。

点儿下去的吩咐。在穿衣服的时候,我发现,虽然我同叔叔谈了整整一小时的话,但是我想要知道的事几乎什么也没有打听到。这使我感到惊讶。只有一件事多少使我清楚一点:叔叔还坚持想让我结婚;由此看来,所有那些自相矛盾的传闻,即所谓叔叔本人爱上了那位女子,都是不确实的。我记得,我当时焦急不安得很厉害。同时,脑子里还产生了一种想法,即几乎在用我的归来以及在叔叔面前的沉默道出了应允,做出了承诺,永远捆住了自己。我当时想:"说出承诺的话束缚住自己的手脚并不难,是不难。可我甚至连未婚妻都还没有看见过呢!"更有甚者,全家对我的敌意又是从何说起呢?为什么他们,正如叔叔说的那样,敌视我的到来呢?叔叔本人在自己的家里究竟扮演着怎样一种奇怪的角色呢?他那种神秘兮兮的东西又是从何而来的呢?他所有这些恐慌和痛苦又是为什么呢?我承认,我突然觉得所有这一切都是毫无意义的;而我那些浪漫主义的和英雄主义的种种幻想,一碰到实际就通通从脑海里烟消云散了。只有现在,在同叔叔谈话之后,我才突然看到他的建议是十足的荒唐,绝顶的古怪。我这才明白,在这样的情况下,也只有叔叔一个人才能提出这类建议。我也明白了,听到他的第一声召唤,为他的建议而倍感欣喜,就拼命往这里赶,这很像一个大傻瓜。我匆匆忙忙穿着衣服,只顾想那些搅得我焦虑不安的问题,开始时甚至都没有觉察到前来伺候我的仆人。

"您结这条阿德兰伊达色①的领带,还是戴这条有碎小方格花纹的领带?"这个仆人突然以一种不同寻常的假意殷勤问我说。

我瞥了他一眼,原来这人也很有趣。这还是一个年轻人,作为一个仆人来说,他穿得相当漂亮,比起外省的某些花花公子来也毫不逊色。棕色的燕尾服,白色的裤子,米黄色的背心,漆皮短统靴和玫瑰色的领结,显然,选择这样一身装束不是没有目的的。这一身穿戴能使人立刻注意到这个爱好打扮的年轻人的优雅口味。表链挂在显眼的部位也必定具有同样的目的。他脸色苍白,甚至略透绿色;鼻子很大,鼻梁拱起,尖细而异常地白,仿佛是瓷做的。他薄薄嘴唇上挂着的微笑有某种忧郁的表情,然而也是一种优雅的忧郁。一双鼓出来的大眼睛仿佛是玻璃做的,看人时显得异常迟钝,然而眼神中仍然闪着一种优雅的东西。单薄而又柔软的双耳也由于某种优雅的原因塞满了棉花。长而稀疏的淡黄色头发卷成一个个发卷并且涂了油。两只不大的手很白净,差不多是在浸过玫瑰的水里洗过;手指尖是颇为考究的、极长的玫瑰色指甲。所有这一切都表明他是个被宠惯坏了的人,是一个花花公子和不爱干粗活儿的人。他发音不清,很时髦地不发出俄语字母"p"这个音,眼睛抬起又垂下,唉声叹气,扭捏作态到了无以复加

---

① 即深蓝色。

的程度。他身上散发着香水气味。他个子不高，瘦弱而委靡不振，走起路来膝部特别要弯一下，他大概以为这样做是一种最高级的优雅风度。总之，他全身都浸透着优柔、娇气和异乎寻常的优越感。我一时气愤，对他这样子不知为什么就没有一点儿好感。

"那么，这条领带是阿德兰伊达色？"我严厉地望了年轻的仆人一眼后，问道。

"是阿德兰伊达色，少爷。"他从容而又优雅地回答说。

"就没有阿格拉芬娜色吗？"

"没有，这种颜色根本就没有，少爷。"

"为什么？"

"阿格拉芬娜这名字不体面，少爷。"

"怎么不体面？为什么？"

"这很清楚，至少阿德兰伊达是个外国名字，少爷，它高贵。至于阿格拉芬娜这个名字，则可以用来称呼任何一个最下贱的婆娘。"

"你是不是疯了？"

"绝对没有，少爷，我神经很正常。当然，您随便用什么话来责骂我都行；但是很多将军，甚至某些都城来的伯爵对我的谈吐都是满意的，少爷。"

"你叫什么名字？"

"维多普利亚索夫。"

"啊！原来你就是维多普利亚索夫？"

"是的,少爷。"

"好吧,等一等,伙计,我这就会同你相识的。"

当我下楼梯的时候,我暗自思忖:"然而这里有点像疯人院。"

四 用茶时分

用茶的房间就通向我刚才碰见加夫里拉的那个凉台。叔叔有关即将接待我的神秘的叮嘱使我很不安。年轻气盛有时会过分自尊，而年轻幼稚的自尊又几乎总是怯懦的。因此出了点儿事令我非常不快，当我踏进门看见人们全坐在茶桌旁时，突然被地毯绊了一下，身体晃了晃。为了保持住平衡，我猛地飞快冲到了房子中央。我感到难堪极了，仿佛这样一下子就断送了自己的前程、荣耀和好名声。我一动不动地站在那里，脸如同煮过的虾那样红，毫无表情地望着在座的人们。我现在之所以提到这件本身完全微不足道的意外事故，仅仅因为它几乎对我整天的情绪产生了非常大的影响，从而影响到我对我这故事中某些人物的态度。我本想试着向大家躬身致意，却半途而止，脸红得更加厉害，一下扑向叔叔并抓住了他的一只手。

"叔叔，您好，"我上气不接下气地说道，我想说的完全是某种别样的非常机敏的话，但是完全出乎意料，仅仅说了声，"您好。"

"小伙子，你好，你好，"替我感到痛苦的叔叔说，"要知道，我们已经相互问候过了。你不要害臊，求你了，"他悄声补充说，"小伙子，这是人人都会碰到的事，还有更糟的呢！有时候恨不得当时就立即钻到地缝里去！……好吧，妈妈，现在请允许我给您介绍一下：这就是我们的那位年轻人；他多少有点害臊，但是您肯定会喜欢他的。他是我的侄子，谢尔盖·亚历山德罗维奇。"最后他又向大家补充说。

但是，在继续讲我的故事之前，亲爱的读者，请允许我向你们逐一介绍一下我突然置身其中的所有在场人。为了使故事听起来层次分明，这样做甚至是必要的。

全体在座的人是由几位女士和仅仅两位男子组成，我和叔叔不计算在内。福马·福米奇——此人我非常想看到，并且早已觉得他就是全家至高无上的主宰——此时却没有在场。他的故意缺席仿佛把房间里的光明也随身带走了。大家都脸色阴沉，显得忧心忡忡。这种情况只需一眼就可以看出，不管我那时如何心慌意乱，但仍然看见叔叔的情绪几乎和我一样，虽然他竭力装出一副自然的样子来掩饰不安，但他还是惶恐的，好像有一块沉重的石头压在他的心上。房间里两个男子中的一位还很年轻，大约二十五岁左右，他就是叔叔刚才提到并夸赞聪明和高尚的那个奥勃诺斯金。我很不喜欢这位先生，他身上有种俗气的考究；他的西服尽管考究，但皱巴巴的；他的脸上也仿佛皱巴巴的。细得如蟑螂触须的两撇小胡子,以及一小簇不像样的有点打绺的下巴胡须,显然是为了表现他这个人的独立不羁,甚至可能为了表现他还是个自由思想者。他时不时地眯缝着眼睛,带着某种做作的尖刻神态微笑,在自己的座椅上扮怪相,并且不停地举起长柄眼镜看我。可当我转身看他的时候,他却立即放下了他的眼镜,仿佛胆怯了。另外一位先生也很年轻,大约二十八岁左右,这就是我的那位堂兄米津奇科夫。的确,他极其沉默寡言,在用茶的时候,他自始至终一言不发,当大家都笑的时候,他也不笑;但是我全然没有发觉他身上有叔叔看到的那种"逆来顺受"的东西;相反,他那浅栗色眼睛里的目光表现出他性格的果断和某种坚毅。米津奇科夫皮肤黝黑,一头黑发,人也相当漂亮,穿着也很体面。我后来得知,都是叔叔出的钱。在女士们中间,我首先发现的是佩列佩莉岑娜小姐,这是根据她凶狠而没有血色的脸庞认出的。她就坐在将军夫人的近旁。关于将军夫人以后还要专门再谈。但她们不是并排坐着。出于敬重将军夫人的缘故,她坐得略微靠后一点儿;她不时地弯腰过去在自己保护人的耳边悄声说些什么。还有两三个上了岁数的女食客默不作声地并排坐在窗前,瞪大眼睛看着她们的女施主将军夫人,毕恭毕敬地等候用茶。有一个胖女人,肥得不成体统,也引起我的兴趣。她大约五十岁左右,穿着鲜艳,俗不可耐,好像还涂了脂粉,牙齿差不多都脱落了,原来长着牙齿的地方残存着某种撅起的黑色小碎块。但所有这一切都无碍于她尖声说话,眯缝起眼睛,扭捏作态,甚至几乎要媚眼频飞了。她浑身都挂着各种小链子,而且如同奥勃诺斯金先生那样,不断拿长柄眼镜瞄着我看。这个胖女人就是奥勃诺斯金的妈妈。我的姑妈,娴静的普拉斯科维娅·伊莉伊尼奇娜,正在给大家斟茶。显然,在多年分别之后,她很想过来拥抱我,而且,理所当然,还想立即喜泪纵横,可是她不敢。这里的一切好像都遭到明令禁止,不得妄自行动。在姑妈边上坐着一个非常漂亮的、黑眼睛的十五岁小姑娘,她以一种孩子的好奇盯着我看。她就是我的堂妹萨莎①。最后,也许比所有在场的人都惹人注目的,是一位非常古怪的女士,她穿着华丽而且特别合乎年轻人的款式,尽管她早已很不年轻了,起码也有三十五岁左右了。她的脸很瘦,苍白而且干瘪,但显得很有生气,只要她身体有所动作、情绪有所激动,鲜艳的红晕就会立即浮现在她苍白的两颊上。她情绪一直不稳定,加以在椅子上扭来转去,仿佛连一分钟都不能够安安静静地坐着。她以某种贪婪的好奇死盯着我看,不住地俯过身去在萨申卡耳边悄声说点儿什么,或者向身旁的另一个女人咬咬耳朵,然后立刻就笑出声来,笑得天真无邪,像孩子般的欢愉。但是使我感到惊奇的是,她的古怪行径丝毫没有引起所有在场人的注意,仿佛他们

---

① 阿列克桑德拉的小名。

预先就约定好要这样做似的。我猜想到,这位就是那个塔季娅娜·伊万诺芙娜,也就是叔叔所说的那个有点想入非非的女人,也就是那个大家硬要叔叔认做未婚妻并且因为她富有而应去巴结的女人。不过,我还是喜欢上了她那对蔚蓝而温柔的眼睛;尽管眼角已经出现了微细的皱纹,但是目光仍是如此天真无邪,如此欢快和善良,不知为什么使人特别乐意与之彼此对视。关于这位塔季娅娜·伊万诺芙娜,我这故事的真正"女主人公"之一,我以后还将详细谈到,因为她的身世实在太引人入胜了。我走进用茶的房间大约五分钟后,从花园里跑进来一个非常漂亮的男童,他就是明天要过命名日的我的堂弟伊柳沙。他的两只衣袋里塞满羊拐子,手里拿着陀螺。跟在他后面进来的是一位年轻、苗条的姑娘。她脸色有点苍白,仿佛疲惫的样子,但是人十分漂亮。她先用探究的、不信任的,而且甚至还带点儿胆怯的目光瞥了大家一眼,然后专注地看了看我,就坐到塔季娅娜·伊万诺芙娜身边。我现在还记得,我的心当时不由自主怦地跳了一下。我猜想,这就是那位家庭女教师……我还记得,叔叔一看见她进来就蓦地向我投来飞快的一瞥并满脸涨得通红,然后又弯身下去,双手抱起伊柳沙,抱来让我亲吻。我还注意到,奥勃诺斯金娜太太首先专注地盯着叔叔看,随后又带着尖刻的微笑把自己的长柄眼镜对准家庭女教师看。叔叔慌乱不堪,不知如何是好,原想把萨申卡叫过来和我认识一下,但是萨申卡只欠起身来,沉默而庄重地向我屈膝致礼。不过我喜欢她这样,因为她的举止对她很适合。就在这一时刻,我的善良的姑妈普拉斯科维娅·伊莉伊尼奇娜再也忍不住了,她停止斟茶,想要跑过来和我亲吻。但我还没有来得及同她说上两句话,就突然响起了佩列佩莉岑娜小姐的尖声叫嚷,她尖着嗓音说什么:"看来,普拉斯科维娅·伊莉伊尼奇娜忘记妈妈(将军夫人)啦,妈妈要吃茶,可是您又不给斟,她老人家正在等着呢。"于是,普拉斯科维娅·伊莉伊尼奇娜只好撇下我,飞快地奔跑过去履行自己的职责。

这位将军夫人在这圈人中间是最重要的一个人物,人们在她面前都战战兢兢,小心谨慎。她是一个瘦削而又凶恶的老太婆,一身丧服。不过其所以凶恶,多半由于年迈,还由于丧失了最后一点儿(先前也并不丰富的)智力。先前她也是一个胡搅蛮缠的女人,有了将军夫人的名分,就变得越发愚蠢和越发傲慢了。她一旦发起火来,家里都和地狱没有两样了。她凶恶起来有两种表现:第一是沉默方式,她几天都不张开那两片嘴唇,顽固地一声不吭,不论给她面前摆上什么,她都推开,有时甚至一概摔到地板上;第二恰恰完全相反,是滔滔不绝的唠叨。开场通常是这样的:奶奶——要知道论辈分她是我的奶奶呢——陷入异乎寻常的忧虑之中,她觉得面临世界的毁灭和全部家当的破败,预感到未来的贫穷和一切可能的不幸。她为自己的预见感到振奋，开始掐着指头遍数即将到来的灾难，数着灾难时甚至兴高采烈，劲头十足。自然，结果发现原来她早已预见了这一切，她之所以事先没有说出来，只是因为在"这个家"中被强制保持沉默罢了。"但若大家能够敬重她，早先愿意听从她，那么……"如此等等。她的这番话立刻就得到她那群女食客和佩列佩莉岑娜小姐的随声附和，最后又得到福马·福米奇认可。当我被引见给她的时候，她正处于异常恼怒之中，大概她在采用她的第一种方式，即可怕的沉默。大家全都心惊胆战地看着她。只有塔季娅娜·伊万诺芙娜一个人心情非常好，因为对她一切都可原谅。叔叔特意地，甚至带着几分得意的心情把我带到奶奶跟前。可是她板起不悦的面孔，恶狠狠地一下子推开了摆在她面前的茶杯。

"这就是那个沃尔——季——若尔[①]吗？"她转身向佩列佩莉岑娜小姐拖长声音、透过牙缝说道。

这个愚蠢的问题彻底让我糊涂起来。我不明白，为什么她把我叫做走绳索者？但是这类问题对于她来说简直算不了什么。佩列佩莉岑娜小姐俯身过去悄声对她耳语了些什么，但是老太婆凶恶地挥了一下手。我目瞪口呆地站在那里，询问地望着叔叔。所有在场的人都交换着眼色，而奥勃诺斯金甚至龇牙咧嘴，这使我异常反感。

---

① 法语 voltigeur（走绳索者）的音译。

"小伙子,她有时候胡说八道,"叔叔悄声对我说了一声,他也有点张皇失措,"不过这没有什么,她就是这样,这是出于好心;你主要应该看一个人的心。"

"是的,心!心!"突然响起了塔季娅娜·伊万诺芙娜响亮的声音。她的眼睛一直没有从我身上移开,并且不知为什么总不能够安安稳稳在座位上坐好。大概悄声说出来的那个"心"字,飞到了她的耳朵里。

但是她没有把话说完,虽然很明显,她想说点儿什么。不知是她不好意思或者由于别的什么原因,只见她突然不再言语了,脸红得非常厉害,很快地俯身向家庭女教师,在她耳边说了几句悄悄话,又突然用手帕掩住口,往椅背一仰,仿佛歇斯底里发作似的哈哈大笑起来。我极度莫名其妙地环顾所有在场的人。但使我深感惊异的是,他们的表情都非常严肃,见怪不怪,好像根本没有发生过什么特别的事一样。当然,我已经明白塔季娅娜·伊万诺芙娜是何许人了。终于给我也上了茶,我也多少有点恢复常态了。不知为什么,我突然觉得有责任带头与女士们攀谈,说些殷勤亲热的话。

"叔叔,您说得对,"我开口说道,"您刚才告诉我说别害臊。我坦白地承认,这有什么好掩饰的呢?"我带着讨好的微笑转向奥勃诺斯金娜太太继续说,"在此之前,我差不多从来没有同女士们交往过。方才我走进房间时,发生了不巧的事,我愣在房子中央的样子一定非常滑稽,有点像个草包，不是吗？您读过《窝囊废》①吗？"我的话说完，越发张皇失措，为自己讨好似的袒露心迹而脸红。我同时又恶狠狠地盯着奥勃诺斯金先生看，他龇牙咧嘴，还在从头到脚地打量着我。

"正是这样，正是这样，正是这样！"叔叔突然异常兴奋地叫喊起来，他看见谈话总算开了头，而且我也正在恢复常态，于是就真诚地高兴起来。"小伙子，你说可能害羞，这也没有什么。嗯，害羞一下也就过去了！可是我呀，小伙子，当我首次亮相时，我甚至还撒了谎——你信不信？不，真的，安菲萨·彼得罗芙娜②，我给您说，听来蛮有趣呢。那时我刚做了士官生，来到莫斯科，拿着介绍信去见一位显要的太太。这位太太是个最傲慢的女人，但实际上不管人们怎样说，她的确是个非常善良的人。我一走进去，人家马上就接待我。客厅里坐满了人，大半是些高官显贵。我向大家躬身致敬，然后就座。二话没说，她就问我：'先生，你有庄园吗？'我连一只母鸡都没有，如何回答才好呢？我臊得要死。所有的人都在看着我（唔，怎么啦，士官生小子）。唔，为什么就不会说：毫无所有；这样不就显得高尚些，因为毕竟说出了真话。我没经受住考验！我

---

① 俄国作家阿·费·皮谢姆斯基（1821—1881）的中篇小说（1850）。主人公别什梅捷夫是年轻的贵族、大学生，但迟钝、笨拙、不谙世事，有过种种悲剧性失误，最终堕落成酒鬼而身亡。
② 奥勃诺斯金娜太太的名字和父名。

说：'有庄子的，有一百一十七名农奴。'我干吗又添上这一十七呢？既然要撒谎，就说一个整数好了，是不是呢？过了一会儿，人家从我的介绍信上看得清楚，原来我一文不名。这还不算，而且我还撒了谎！唔，该怎么办呢？我只好溜之大吉，从此再也不敢登门。要知道，我当时还一无所有。我现有的，三百农奴是叔叔阿凡纳西·马特维伊奇留给我的，还有二百农奴加上卡皮托诺夫卡村，是以前我祖母阿库琳娜·潘菲洛芙娜留给我的，总共有五百多名农奴。这就很不错了！不过从那时起我就悔恨撒了谎，再也不说谎了。"

"嗯，我要是您哪，我才不会后悔呢。天晓得能发生什么事。"奥勃诺斯金说，讥讽地露出微笑。

"唔，是的，这没错，没错！天晓得能发生什么事。"叔叔忠厚地附和着说。

奥勃诺斯金仰在椅背上哈哈大笑起来。他的妈妈微微一笑。佩列佩莉岑娜小姐也那么特别令人憎恶地吃吃笑着。甚至连塔季娅娜·伊万诺芙娜不知为何也击掌哈哈大笑。总之，我清楚地看到，叔叔是在自己的家里，却不被人看重，根本没被当回事。萨申卡恶狠狠闪亮着眼睛盯着奥勃诺斯金看。家庭女教师脸红了，垂下了头。叔叔感到奇怪。

"怎么啦！怎么回事？"他重复说，莫名其妙地瞅着我们大家。

这整段时间里，我的堂兄米津奇科夫一直远远地坐着，一言不发,甚至当大家都笑的时候,他也没有微笑一下。他热衷于喝茶,心气平和地看着众人。仿佛禁不住无聊的发作,大概也由于习惯,他有几次突然吹几声口哨,但又及时停了下来。那个曾想置叔叔于死地并企图加害于我的奥勃诺斯金,仿佛连瞅都不敢瞅米津奇科夫一眼,我看出了这一点。我还发觉,我那沉默不语的堂兄常常看我,甚至带着一种明显的好奇看我,仿佛想明确无误地断定,我究竟是怎样的一个人。

"我确信,"奥勃诺斯金娜太太突然唧唧喳喳地说起来,"我确信无疑,谢尔盖先生①,好像是这样称呼的吧?您在您那个彼得堡是不怎么关注女性的。我知道,那里现在出现了很多年轻人,对女士们的社交场合非常生疏,完全不感兴趣。但我认为,这都是些自由思想派。我看这种现象不是别的,就是不可饶恕的自由思想潮流。我得向您承认,这使我吃惊,吃惊,年轻人,简直非常吃惊!⋯⋯"

"我根本没有参与过社交活动,"我异常兴奋地回答说,"但是,这个⋯⋯我起码以为没有什么⋯⋯我住在,也就是说,我一般是租房子住的⋯⋯但是这没有什么,请您相信,大家会熟悉我的;而此前我一直蜗居在家里⋯⋯"

"从事科学研究。"叔叔摆出一副庄重姿态说道。

"哎呀,叔叔,您总是科学不离嘴!⋯⋯请您设想一

---

① 原文为法文。

下，"我亲昵地咧开嘴很随便地继续说，同时又转向奥勃诺斯金娜太太，"我亲爱的叔叔是如此醉心科学，甚至在大路的某个地方挖掘出一个神通广大的务实的哲学家，也就是科罗夫金先生。在多年分别之后，他今天见到我说的第一句话就是，他正在焦急地，可以说，急不可耐地期待着这位非凡奇迹创造者的到来……当然，这都是出自对科学的热爱……"

接着我嘿嘿嘿笑了起来，期望大家也哄然大笑，对我的俏皮话表示夸奖。

"什么人？他说的是谁？"将军夫人对佩列佩莉岑娜小姐严厉地说。

"叶戈尔·伊里奇请了不少的客人，都是些学者；他在大路上乘车驶来驶去，到处招纳这类人。"佩列佩莉岑娜小姐非常快活地尖声说道。

叔叔完全陷入了惶恐之中。

"哎呀，对了！我都给忘了！"叔叔向我投来含有责备的一瞥，高声叫喊说，"我正在等候着科罗夫金的到来，他是一位科学家，一个将要万古留名的人……"

他的话突然中断了，他闭口不语。将军夫人挥了一下手，这一挥很凑巧，碰到了茶杯，它就从桌上飞落下来摔得粉碎。全家上下乱成了一团。

"她一生气就总是这样，从桌上拿起一件什么东西摔到地板上，"窘迫的叔叔向我耳语说，"不过，仅仅在生气的时候她才这样……小伙子，你不要去看，不要去注意，你把你的目光移到别处就是了……你干吗要提科罗夫金的事呢？……"

我用不着叔叔说本来就看着别处了，因为此刻我碰到了家庭女教师的目光，在这种目光中有某种对我的责备，甚至是某种蔑视。愤怒的红晕游动在她苍白的两颊上。我明白了她这一瞥中的含义，并且意识到，我想多少摆脱一下自己的可笑处境，却因这种拙劣的念头使叔叔成了笑柄，我并没有赢得这位姑娘的好感。我无法表达我当时多么羞愧！

"我们还是说彼得堡吧，"当由于打碎茶杯而引起的慌乱平息之后，安菲萨·彼得罗芙娜又开始响亮地侃侃而谈了，"可以说，我是以极大的欢愉之情来回想我们在这个迷人的首都度过的一段生活……我们同一家人非常熟——保尔①，你还记得吗？波洛维岑将军……啊，将军夫人是多么迷人，多么迷——人啊！嗯，知道吗，这贵族气派，上流社会②！……请告诉我：大概您和他见过面吧……我承认，我迫不及待地等候您的到来，我希望从您这里得知我们彼得堡朋友们的很多、很多情况……"

"我很抱歉，我不能够……请原谅……我已经说过，我很少参与社交活动，也完全不认识那位波洛维岑将军；甚

---

① 即帕维尔·奥勃诺斯金。保尔是帕维尔在法语中的读法。
② 原文为法文。

至从未听说过。"我不耐烦地回答说。忽然,我由亲热一变而为沮丧和恼火。

"他从事矿物学的研究呢!"本性难移的叔叔骄傲地接口说,"小伙子,矿物学就是那个、研究各种各样石头吧?"

"叔叔,是的,是那些石头……"

"嗯……科学有很多种,全都是有益的!小伙子,说实话,其实我并不知道什么是矿物学!我只不过道听途说而已。在别的方面我还马马虎虎,在科学方面我则是愚笨的——我为此公开表示悔过!"

"您公开表示悔过?"奥勃诺斯金得意地微笑着接茬说。

"爸爸!"萨莎责备地看着父亲叫道。

"宝贝,什么事?啊,我的上帝,我总把您的话打断,安菲萨·彼得罗芙娜,"叔叔突然醒悟过来说,其实他并没有理解萨莎为什么叫他,"看在基督的分上,请您原谅!"

"哦,您大可不必担心!"安菲萨·彼得罗芙娜带着酸溜溜的微笑回答说,"不过,要给您侄子说的话我已经说完了。最后我要说的是,谢尔盖先生,好像是这样称呼的吧?您应当坚决改正才是。我相信,科学、艺术……雕塑,例如……嗯,总之,所有这些崇高的思想,可以说,都有自己令人神往的一面,但是它们都不能替代女性!……年轻人哪,女人,女人才能使您成长,因此,没有她们是不行的,不行的,年轻人,没有她们是不——行——的!"

"不行的,不行的!"又响起了塔季娅娜·伊万诺芙娜几声刺耳的嗓音,"请听我说,"她像孩子似的匆忙说,当然是满脸通红,"请听我说,我想问您……"

"您想问什么,小姐?"我注意地凝视着她,回答道。

"我想问您到这里来待的时间长不长?"

"说真的,我也不知道,小姐。这得看事情……"

"事情!他能有什么事情呢?……哦,疯子!……"

于是塔季娅娜·伊万诺芙娜脸红到了耳根,她用扇子遮住脸,转向家庭女教师并立即向她耳语了些什么,然后又突然笑了起来,还拍着手。

"等一等!等一等!"她撇下说悄悄话的密友,匆忙转向我喊叫说,仿佛怕我要走开似的,"请听着,您知道我要对您说什么吗?您非常非常像一个年轻人,像一个极其迷——人——的年轻人!……萨申卡,娜斯坚卡①,你们还记得吗?他非常像那个疯子——记得吧,萨申卡!那还是在我们乘车去兜风时遇见的……他骑在马上,穿着白坎肩……他还拿起他的长柄眼镜对准我看,不要脸的东西!你们还记得吧,我当时还蒙着面纱。我忍受不了,从马车里探出头去朝他喊道:'不要脸的东西!'然后,又把我的一束花扔到了路上……你记得吗,娜斯坚卡?"

这位因自己的恋情而有点疯癫的小姐,激动得用双手捂住了脸;然后突然从自己的位子上跳起,飞奔到窗前,

---

① 娜斯塔西娅·叶芙格拉福芙娜·叶热维金娜的爱称。

从花盆里摘下一朵玫瑰花,掷到靠近我的地板上,就跑出房间不见踪影了。这一次也造成了某种慌乱,尽管将军夫人像上次一样坦然处之。安菲萨·彼得罗芙娜虽然没有感到惊讶,但也突然表现出某些担心,还忧郁地看了看自己的儿子。小姐们则羞红了脸。至于保尔·奥勃诺斯金则带着某种我当时尚不理解的懊丧表情,离开椅子起身走到了窗子跟前。叔叔刚要给我做手势,这时一个新人物进入了房间,把大家的注意力都吸引到自己的身上了。

"啊!叶夫格拉夫·拉里翁内奇①来了!这真是念叨谁谁就到!"叔叔喊道,表露出真诚的高兴,"怎么样,老先生,从城里来的吗?"

"唔,真是些稀奇古怪的人!好像特意把他们集合来的!"我暗自思忖着,还没有很好理解眼前发生的一切,也没有意识到我出现在他们中间也不过是增加一个怪人罢了。

---

① 家庭女教师父亲的名字和父名。

五　叶热维金

房间里走进一个人，或者说不知怎么挤进一个人（虽然门非常宽）。来人还挤在门口时，就已经点头哈腰、咧开笑口了，并且非常好奇地环视所有在场的人。这是一个小老头儿，麻脸，有一双贼溜溜转动的小眼睛，头发已经全秃，在相当厚的双唇上挂着某种捉摸不定的冷笑。他身上是一件穿旧的燕尾服，而且像是别人的衣服。一颗纽扣挂在一根线上吊在那里，另外的两三颗则早已不知去向。一双穿了洞的靴子和一顶油渍麻花的制服帽倒与他寒酸的衣着很协调。他双手拿着一块沾满鼻涕的方格麻纱手帕，擦他额头和鬓角的汗。我发觉，家庭女教师的脸稍微红了一下，并且很快地瞥了我一眼。我甚至觉得，在这一瞥中含有某种骄傲和挑衅。

"我刚从城里来，我的恩人！刚从那里来，我亲生父亲！我全都讲给您听，不过我先向大家请安。"进了门的小老头儿说道。他径直向将军夫人走去，但中途又停了下来，对叔叔说：

"我的恩人，您知道我的主要特点：我是一个卑贱的人！货真价实的卑贱人！我一进门就要找一家之主，上她这个当家人跟前去，从开始就得到她老人家的恩典和庇护。老爷，我是个卑贱的人，我的老爷，我是个卑贱的人！夫人，太太，将军夫人阁下，让我吻一吻您的衣服吧，要不我的嘴唇会把您可爱的手，您那尊贵的将军夫人的手弄脏的。"

使我惊讶的是，将军夫人居然赏脸把手递给他去吻。

"还有您，向您躬身行礼啦，我们的绝色美人，"他继续说着，转向佩列佩莉岑娜小姐，"有什么办法呢，尊贵的太太，我是个卑贱的人！还在一八一四年，我被解除公职的那年，也就是瓦连京·伊格纳季奇·季洪佐夫升了官的那年，我就已经注定是个下贱的人了。给了他一个陪审官做，他就当上了陪审官；而我却被贬为下贱的人。我就是这样被造就的，我一概承认。有什么办法呢！我曾经试着要正直地生活下去，曾经试过，现在该试试别样的生活了。阿列克桑德拉·叶戈罗芙娜，我们红润的小苹果，"他绕着桌子挤过去朝萨申卡继续说，"请允许我吻一下您的衣服。小姐，您身上散发着苹果气味和各种好闻的香气。向我们过命名日的人致敬，少爷，弓和箭已经给您带来了，我亲自给您整整做了一个早晨；我的那些孩子们也都帮了忙；瞧吧，我们马上可以射箭玩了。等您长大以后，就去当军官，去杀土耳其人的头。塔季娅娜·伊万诺芙娜……啊，她不在这里，我的女恩人！不然的话，我也会吻她的衣服。

普拉斯科维娅·伊莉伊尼奇娜，我们亲爱的小姐，我只是挤不过去，到不了您跟前，否则我不仅会吻您可爱的小手，甚至还会吻您那可爱的脚——真的！安菲萨·彼得罗芙娜，我向您致以崇高的敬意。我的恩人，今天我还为您祈祷过上帝，我双膝跪地，泪流满面，也为您可爱的儿子祈祷，祈求上帝赐给他官运和才能：特别是才能！现在正好我们该向伊万·伊万诺维奇·米津奇科夫[①]致以我们最谦恭的敬意了。愿天主赐给您希望的一切。先生，因为谁也弄不清楚您本人究竟希望什么：您哪，如此沉默寡言……你好，娜斯佳[②]；我家那伙小不点儿们都问你好；他们每天都念叨着你。现在轮到我给我们的主人施大礼了。上校阁下，我是从城里直接赶来的。大概，这位就是在学堂里念书的您那位尊贵的侄子吧？先生，请接受我们最谦恭的问候，请伸出您的手。"

响起了一阵笑声。再明白不过，老头儿扮演着一个自愿充当的小丑角色。他的到来使大伙都很开心。很多人甚至都没有明白他的冷嘲热讽，他瞒天过海把大家都骗过了。使我吃惊的是，他竟然称家庭女教师为娜斯佳，直呼其名。而当时只有她一人红了脸，还皱了眉头。我刚要把手抽回来，好像老头儿正等我这样做。

"少爷，要知道，我只是请求握一下您的手，如若您允

---

① 即伊万·伊万内奇·米津奇科夫。
② 娜斯坚卡的另一小名。

许的话,而不是亲吻它。可是您以为我要去亲吻它。不,我亲爱的少爷,暂时还只是握一握吧。我的恩人,您大概拿我当做供老爷取乐的小丑看待吧?"他带着讥诮看着我说道。

"不……不是的,哪能呢,我……"

"少爷,那就好!如果我是小丑,那这里还有人也是小丑!请您对我尊重一点儿:我还不是您想象的那样卑劣。不过,说到底也是小丑。我是奴才,我的妻子是女奴。此外,会点儿拍马呀,奉承啊,总能捞到点儿好处,哪怕是给孩子们捞到点儿牛奶。还有糖嘛,白糖撒得多一点儿,对健康就会更好。少爷,这可是我说给您的机密话,或许对您能有用。我的恩人,我吃了命运的苦头,因此,我也就成了小丑。"

"嘻嘻嘻!这个小老头儿可真能逗乐!他总能引得大家发笑!"安菲萨·彼得罗芙娜尖声尖气说道。

"我的好太太,我的恩人,要知道,人生在世,只有当个傻瓜日子才好过!早知如此,还不如打小就自认傻瓜的好,说不定现在倒会成为聪明人呢。不然,早想成为一个聪明人,到头来现在落得个老傻瓜。"

"请您告诉我,"奥勃诺斯金插话说(他大概对提到他的才能一事不喜欢),他就那么很随便地仰在安乐椅里,透过自己的长柄眼镜察视着老人,仿佛在观察一只小甲虫,"请您告诉我……我总是记不住您姓什么……您倒是如何称呼来着?……"

"哎呀,少爷!我的姓嘛,就是叶热维金,不过这又有什么意义呢?我已经是第九个年头在家里闲待着了,居然还照着自然法则继续活着。我的孩子,我的孩子们嘛,说起来简直就是霍尔姆斯基家族①!正如俗话说的:财主家牛犊多,穷人家孩子多……"

"嗯,不错,……牛犊……不过,这个且不去说它。嗯,请您听好,我早就想问问您:为什么您进门的时候,总要回头看看?这很可笑。"

"为什么要回头看?少爷,我总觉得,在我后面有什么人想要用手掌像拍苍蝇一样拍我,因此我才往后看。我成了患躁狂症的人了。"

大家又笑了起来。家庭女教师从座位上略一欠身,她本想走开,但又坐了下来。尽管她的两颊泛着红潮,但仍然可以看出某种痛楚和难过的表情。

"小伙子,知道这是谁吗?"叔叔向我耳语说,"这可是她的父亲哪!"

我瞪大眼睛看着叔叔。叶热维金这个姓完全从我的头脑里飞走了。我怀着侠义心肠,一路上幻想着这位拟议中的未婚妻,为她构建着种种仗义的计划,却偏偏忘记了她

---

① 指俄国作家 Я.Н.别吉切夫(1786—1855)的长篇小说《霍尔姆斯基一家。俄国贵族家庭以及独身生活方式与风尚的某些特征》(1832—1841)。小说描述家族中四姊妹的生活。

的姓,或者不如说,从一开始就没有予以任何的关注。

"怎么是父亲呢?"我也对叔叔耳语说,"我还以为她是个孤儿呢?"

"是父亲,小伙子,是父亲。你要知道,他可是最正直、最高尚的人,甚至连酒都不喝,只是这样把自己扮成小丑。小伙子,可怕的贫困哪,有八个孩子呢!就靠娜斯坚卡的薪水维持生活。他就因为嘴巴尖刻被革了职。每周他都要到这里来一趟。非常骄傲的一个人,无论如何都不肯接受别人的施舍。我曾经给过他,给过很多次,他一次都没拿!一个满肚子怨恨的人!"

"嗯,怎么样,老人家,叶夫格拉夫·拉里翁内奇,你们那里有什么新鲜事儿吗?"叔叔在他的肩上重重地拍了一下问道。叔叔已经发觉,这个多疑的老头儿正在偷听我俩的谈话。

"我的恩人,您问有什么新鲜的事儿吗?昨天瓦连京·伊格纳季奇就特里申一案递上了报告。特里申就是那个弄得袋袋面粉都缺斤少两的人。太太,也就是那个眼睛看您、嘴上却如同吹茶炊似的特里申。或许您还记得?瓦连京·伊格纳季奇在报告里是这样写特里申的:'如若这位常常被提到的特里申连自己亲侄女的名誉都未能保住——去年他的侄女同一个军官私奔了——那么他又哪里能保护好公物呢?'他在报告里就是这样写的,真的,我绝没撒谎。"

"呸！您在编什么故事啊！"安菲萨·彼得罗芙娜叫喊起来。

"正是这样，正是这样，正是这样！老先生，叶夫格拉夫，你可是胡诌一气，"叔叔附和着她说道，"唉，你会为你这张嘴吃苦头的！你是个正直、高尚、品行端正的人，这我可以担保，但是你的言语太刻薄了！我感到惊奇的是，你怎么在那里就同人们合不来呢？他们好像也是一些和和善善、普普通通的人嘛……"

"我的恩人和父亲哪！我所怕的可就是普普通通的人哪！"老人带着某种特别的激动高声说道。

我很喜欢这个回答。我快步走到叶热维金跟前并紧紧地握了握他的手。说真的，我极想做的是，哪怕用什么办法来一反众人对他的看法，对他表示一下我对他的同情。或许，谁知道呢！或许，我只不过是极想在娜斯塔西娅·叶芙格拉福芙娜[①]心目中有一个较高的评价。但是我的这一举措毫无成效可言。

"请允许我问您一个问题，"我说道，又照例涨红了脸并慌张起来，"您听说过伪善者的事吗？"

"没有，我亲爱的少爷，没有听说过；不过难道说这是什么……可我们哪里能知道呢！怎么啦，少爷！"

"没有什么……我本想顺便说说……不过，有空您再提

---

① 家庭女教师的名字和父名。

醒我吧。现在我要说的是,请您相信,我是理解您的,而且……我也会器重……"

接着,我已经完全慌乱得语无伦次,就又一次抓住了他的一只手。

"少爷,我一定提醒您,我一定提醒您!我要用金色的字母将这件事记录在案。您瞧,这不是,我再打一个结,好牢记不忘。"

于是,他在他那块肮脏的、烟色的手帕上找出干燥的一角,并且果真打了一个结。

"叶夫格拉夫·拉里翁内奇,请用茶。"普拉斯科维娅·伊莉伊尼奇娜说道。

"这就喝,美丽的小姐,这就喝,就是说,是位公主,而不是小姐!多谢您的茶。路上我碰见了斯捷潘·巴赫切耶夫,小姐。他非常快活,快活极了!我甚至都想他不是在准备结婚吧?说好听话,奉承啊!"他端着茶杯从我身旁经过时悄声说,同时还向我使眼色,眯眼睛。"可是怎么就看不见我们的首要恩人福马·福米奇呢?难道他老人家不来用茶吗?"

叔叔哆嗦了一下,仿佛挨了蜇似的,同时怯生生地瞥了将军夫人一眼。

"我,我真的不知道,"他带着奇怪的窘态迟疑不决地回答说,"喊过他了,可是他……我不知道,真的,也许他心情不好。我已经派维多普利亚索夫去请他了……要不,我亲自去一趟?"

"我刚才到他那里去过了。"叶热维金神秘地说道。

"这可能吗?"叔叔惊叫起来,"怎么样?"

"我首先就到他那里给他请了安。他老人家说,他老人家愿意自个儿喝茶,后来又补充说,他老人家有点干面包皮就可以填饱肚皮了,是这样的,老爷。"

看来,这些话使叔叔当真感到恐怖。

"可是你该向他解释的,叶夫格拉夫·拉里翁内奇,你该向他说明的。"叔叔忧郁地、责备地看着老人,最后终于说道。

"说啦,我说啦,老爷。"

"那他又怎么说呢?"

"他老人家好长时间不理睬我。他坐在那里解一道数学题,在测算什么东西;显然是一道难解的题。他当着我的面画出毕达哥拉斯的短裤①,这我可是亲眼看见的。我对他重复说了三次。说到第四次他才抬起头,而且仿佛第一次看见我似的。他老人家说:'我不去。现在那里有一位学者驾到,在这种学界巨子跟前哪儿有咱们的位置呢。'他就是这么说的,在巨子跟前。"

接着这个小老头儿就讥诮地斜眼瞥了我一下。

"嗯,我早就料到有这一手!"叔叔两手一拍叫喊起来,

---

① 学生们对毕达哥拉斯勾股定理(直角三角形斜边之平方等于其余两边平方之和)的戏称,因为该定理画出来像条三角裤。——俄编注

"我早就想到了!谢尔盖,他说的'学者',要知道,指的就是你呀。唉,现在该怎么办才好?"

"叔叔,不瞒您说,"我回答说,带着一种尊严感耸耸肩,"我认为,这样的推托是可笑的,不值得去理会,而且说真的,对您的惶恐我感到惊奇。"

"哎呀,小伙子,你什么也不懂!"他用力挥了一下手,说道。

"追根溯源,既然所有罪恶的缘由都出在您本人身上,"佩列佩莉岑娜小姐突然加入到谈话里来说道,"叶戈尔·伊里奇,那么现在也没有什么好痛苦的了。脑袋都掉啦,就不必再为头发哭泣了。如果当初您听从了您妈的话,现在您也就不会哭鼻子了。"

"安娜·尼洛芙娜①,我究竟错在哪里?您可要敬畏上帝呀!"叔叔用祈求的声音说,仿佛要强求人家做出解释。

"叶戈尔·伊里奇,我是敬畏上帝的。现在发生的这一切,都是因为您自私自利,您也不爱您的母亲,"佩列佩莉岑娜小姐义正词严地说,"为什么您从一开始就不顺从她老人家的意思呢?她可是您的母亲哪。我是不会对您瞎说的。我本人是中校的女公子,并非随便什么人。"

我觉得,佩列佩莉岑娜小姐之所以要加入到我们的谈话中来,唯一的目的就是要向我们大家,尤其是向我这个

---

① 佩列佩莉岑娜小姐的名字和父名。

新来的人宣布,她是中校的女儿,而并非随便什么人。

"因为他伤害了自己的母亲。"将军夫人终于威严地开口说话了。

"妈妈,您可别这么说!我哪能伤害您呢?"

"因为你是个糟糕的利己主义者,叶戈鲁什卡。"将军夫人继续说道。她越来越激动。

"妈妈,妈妈!我怎么是糟糕的利己主义呢?"叔叔差不多绝望地叫喊道,"五天,整整五天,您生我的气,不愿同我讲话!为什么?到底为什么呢?让大家都来审判我吧!让全世界都来审判我吧!最后,让大家都听听我自己的辩解。妈妈,我很长时间都没有说话;您不愿意听我说话。那么现在就让大家来听听我要说的话吧。安菲萨·彼得罗芙娜!帕维尔·谢苗内奇,最高尚的帕维尔·谢苗内奇!谢尔盖,我的朋友!你是一个局外人,可以说,你是一个旁观者,你可以公平地做出裁判……"

"您安静点儿,叶戈尔·伊里奇,您安静点儿,"安菲萨·彼得罗芙娜叫喊道,"您别往死里折磨妈妈了!"

"安菲萨·彼得罗芙娜,我不是往死里折磨妈妈。看吧,这就是我的胸膛,您往这里刺吧!"叔叔继续说,他激愤到了无以复加的程度。性情软弱的人通常总是这样。当他们被逼得忍无可忍时,就会发作,尽管他们的火气充其量不过如同一把点燃的稻草而已。"安菲萨·彼得罗芙娜,我想说的是,我谁都不会伤害。我就从这里说起吧,福马·福米奇是一个最高尚、最正直的人，此外，他还是个具备崇高品质的人，但是……但是，这一次他对我是不公正的。"

"哼！"奥勃诺斯金哼了一声，仿佛有意让叔叔的火气更大些。

"帕维尔·谢苗内奇，最高尚的帕维尔·谢苗内奇！难道您果真以为，这样说吧，以为我是一根毫无感情的柱子吗？要知道，我看得出，我理解，这样说吧，我痛心地理解，所有这一切误会都出自于他对我的过分的爱。但是，随您怎么想，真的，这一次他是不公平的。我要把一切都讲出来。安菲萨·彼得罗芙娜，现在我想把这件事情原原本本、详详细细、清清楚楚地说出来，好让大家看到事情是怎样发生的，妈妈由于我没有满足福马·福米奇的要求就生我的气，这是否公正。谢廖沙，你也听我说，"他转身向我又加了一句，他继续往下说时一直都是这样冲着我，仿佛害怕别的听众，怀疑他们是否会同情他，"你也听听我说，并且评判一下我对还是不对。你看，整个事情是从哪里开始的：一个星期之前，不错，正好还没有超过一个星期，我过去的上司鲁萨佩托夫将军，偕同他的夫人和妻妹路过本市，他们要在这里短暂停留。闻讯后我甚感惊讶，当即想利用这一机会，就飞奔上门求见，并邀请他们来家里共进午餐。他答应如若可能就来赴约。我给你说吧，那可是个最高尚的人，德高望重，加上他还是一个官职显要的贵人!他还施恩于他的妻妹,把这个孤女嫁给了一个非常好的小伙子(他现在是马利诺夫城的司法稽查官,虽然还不过是一个年轻的人,但是可以说,学识非常渊博)。总之,他简直是将军中的将军!哦,当然,家里因之噼噼啪啪、忙忙乱乱,什么厨师啊,烤肉哇,等等;我还请来了乐队。不用说,我当然很高兴,看上去我好像在过自己的命名日!可是福马·福米奇不喜欢我像过命名日的样子!他坐在餐桌旁,我现在还记得,给他端上了他喜欢吃的李子羹,他一声不吭,突然跳起来叫道:'欺人太甚!欺人太甚!'我问道:'福马·福米奇,怎么委屈你了?'他说:'您现在冷落我;您现在只顾那些将军了;您现在把将军看得比我重!'哦,自然啦,如今我只是把这一切简要转述一下罢了。可以这样说,只给你说了最实质性的东西。如果你知道他还说了些什么话,那就好了……总之,他使我的灵魂都感到了震撼!有什么法子呢?我当然垂头丧气。这使我惊呆了。我走来走去,像受气包一样可怜。到了迎候将军的盛大日子。将军派人来说,他不能来了,表示歉意。就是说他不会来了。我跑去告诉福马:'好啦,福马,你放心吧!他不会来了!'你猜怎么着?他还是不肯饶人,就是不肯饶人!还是那句话:'欺人太甚,如此而已!'我左说也不是,右说也不成。他死咬住一句话不放:'不,您还是去找您的那些将军们吧;您把将军们看得比我重';还说什么'您已经扯断了我们之间友谊的纽带。'我的朋友!要知道，我明白他为什么生气。我又不是没有头脑的柱子，不是顽固执拗的公羊，不是什么吃白食的寄生虫！要知道，这样说吧，他过于爱我，出于忌妒才这样做的。这是他本人说的，他忌妒我对将军的敬重，害怕失去我对他的好感，他在考验我，想要知道我能为他牺牲什么。他说：'不，我就是您的将军，我就是您的大人！什么时候您向我证实了您对我的尊重，那时候我才同您和解。'我说：'福马·福米奇，我用什么来证实我对您的尊重呢？'他说：'那您就成天叫我阁下大人，那时就证明是尊重我的了。'我简直要从天上摔下来了！你可以想象我多么惊讶！他说：'就让这个成为您的一次教训，好让您再见到什么将军时别那样兴高采烈了。要知道，还有别的人在，他们可能比您那些将军更纯洁呢！'嗯，这时我可忍不住了。我现在表示懊悔！我公开表示懊悔！当时我就说：'福马·福米奇，这事情可能吗？难道我能够干这事？难道我能够、难道我有权晋升您为将军吗？想想看，谁能够晋升人做将军呢？嗯，我怎能对你说：将军大人？这样说吧，要知道，这可是蓄意侵犯主宰众生命运的至尊呢！要知道，将军乃是为国增光的人：将军奋战疆场，并在光荣的战场洒过自己的鲜血！我怎么能够对你说：将军大人？'他还不肯罢休，就死认他那一条歪理！我说：'福马，你想要什么，我都满足你。瞧，你要我剃掉连鬓胡子，因为你说，留了连鬓胡子，就少了爱国主义，我剃掉啦，虽说极不愿意，毕竟剃掉啦。不仅如此，我还将为你做你要我做的一切，只是你要放弃将军这个头衔！'他却说：'不，除非称呼我将军大人！否则，在此之前我决不罢休。'他还说：'这将有益于您的道德情操，这将驯服您的精神！'瞧，现在已经一个星期，整整一个星期他都不愿意同我讲话；对所有要来这里的人他都生气。他听说你是一个学者，这是我的错，头脑发热，说走了嘴！他这样说：如果你走进这个家，那么这个家里就留不住他了。他说：'这样说来，您已经不认为我是个学者了。'他现在如果再知道有关科罗夫金的事，那就更糟了！哦，饶了我吧，你倒是评评理，我究竟有什么错？难道就该不顾一切尊称他为'将军大人'吗？这样的日子怎么往下过呢？今天他为什么从餐桌旁把可怜的巴赫切耶夫赶走呢？再说巴赫切耶夫没有撰写过天文学呀；要知道，我也没有撰写过天文学，而且，要知道，你也并没有撰写过天文学……可是，究竟为什么？为什么呢？"

"就因为你心怀忌妒，叶戈鲁什卡。"将军夫人又缓慢地含混地说道。

"妈妈！"叔叔完全绝望地叫道，"您会让我发疯的！……妈妈，您说来说去都是重复别人的话，而不是说您自己的话！最终不过是说我是一根立柱、一段木桩、路灯杆子，而并不是您的儿子！"

"叔叔，我听说，"叔叔的话使我惊愕到了极点，于是我打断他的话说，"我听巴赫切耶夫说，不过我说不准他的话是否公允，福马·福米奇忌妒伊柳沙过命名日，并且硬说明天也是他的命名日。我承认，这种颇富特征的个性使我深感惊异，因此我……"

"小伙子，是生日，生日，不是命名日，而是生日！"叔叔打断我的话，飞快地说，"只不过他不是这样说的，可是，他是对的：明天是他的生日。小伙子，真的，首先……"

"根本就不是生日！"萨申卡叫喊道。

"怎么不是生日？"叔叔惊慌地喊道。

"爸爸，根本就不是生日！只不过您说的不是真话，您是为了欺骗您自己和为了讨好福马·福米奇。他的生日在三月份已经过了。还有，您还记得吧，在他生日的前一天，我们还乘车到修道院去为他拜神祷告，一路上他又喊又叫，不让人们在车里安稳地坐着，叫嚷什么垫枕把他的肋部压疼了，他感到拧得难受；他恶狠狠地拧了姑妈两把！后来，当我们跑去祝贺他生日的时候，他却大发脾气，说为什么在我们送给他的鲜花里没有茶花。他说：'我喜欢茶花，因为我的品位是上流社会的，可你们舍不得到花房给我折几枝来。'于是他就整天摆出一副闷闷不乐的样子，不拿好脸色给人看，连跟我们说话他都不愿意……"

我想，如果有一颗炸弹坠落在房子中间，那么它对所有在场的人引发的惊愕和害怕都不会比这一公然揭竿而起的反叛更厉害了。这是谁反叛呢？一个小姑娘，这个小姑娘在祖母面前甚至都不许高声说话。将军夫人由于惊愕和狂怒而说不出话来，她欠起身，伸直了腰，盯着这个放肆的小孙女，简直有些不相信自己的眼睛。叔叔惊呆了。

"无法无天！想送掉奶奶的命呢！"佩列佩莉岑娜小姐喊道。

"萨莎，萨莎，你理智些！萨莎，你怎么啦？"叔叔叫喊道。他一会儿奔向这一个，一会儿又向那一个跑去，一会儿朝着将军夫人走去，一会儿又转身对着萨申卡，以便让她不要再说话。

"爸爸，我偏要说！"萨莎又喊叫起来，她突然从安乐椅上跳起来，跺着她的两只可爱的小巧的脚，闪动一双漂亮的眼睛。"我偏要说，我们大家都为您这个福马·福米奇，为您这个下流的、可恶的福马·福米奇忍受够了！因为这个福马·福米奇会把我们大家全给毁掉的，因为人们常对他说，他是聪明人，是个宽宏大度的人，是个高尚的人，是个学者，是个集各种美德于一身的人，简直就是某种杂拌儿。可是这个福马·福米奇如同傻瓜一样，一切都信以为真！给他供奉上了多少美味佳肴哇，换了别人，会感到问心有愧。可是福马·福米奇，不论给他端来多少，他都一扫而光，而且贪食无厌，还要求给他上菜。等着吧，你们都会看到的，他会把我们都吃掉，而这一切过错都出在爸爸身上！可恶的、可恶的福马·福米奇。我谁也不怕，我要直截了当地说！他愚蠢、任性、肮脏、忘恩负义、心肠狠毒。他是个暴君，是个小人，谎话大王……

哼，换了我呀，我非得把他、非得把他立刻从家里撵出去不可。可是爸爸还把他奉为神明，还对他崇拜得神魂颠倒！……"

"哎呀！……"将军夫人大叫了一声，并瘫软到沙发上去了。

"我亲爱的，阿加菲娅·季莫费耶芙娜①，我的天使！"安菲萨·彼得罗芙娜喊道，"请拿来我的嗅盐瓶！水，快拿水来！"

"水，水！"叔叔喊，"妈妈，妈妈，请您息怒！我给您跪下求您息怒！……"

"把您禁闭起来，只给您一点儿面包和水，别想从黑屋里出来……你们这些杀人的凶犯！"佩列佩莉岑娜小姐气得浑身发抖，低声嘶哑着向萨申卡说。

"禁闭就禁闭，我什么都不怕！"萨申卡也叫喊道，她自己也处于某种失控的状态。"我是在保护我爸爸，因为他自己不会保护自己。他算什么东西，你们那个福马·福米奇在我爸爸面前算什么东西？这个忘恩负义的家伙吃着爸爸的面包，反来侮辱爸爸！我恨不得把他、把你们那个福马·福米奇撕成碎片！我恨不得找他决斗，用双枪就地把他击毙……"

"萨莎！萨莎！"叔叔绝望地叫喊道，"你再多说一句

---

① 将军夫人的名字和父名。

话，我就活不得了，我就无可挽回地毁啦!"

"爸爸!"萨莎喊叫道,她突然扑向她的父亲,泪流满面,并用自己的细小的手臂紧紧搂住他。"爸爸!难道您这样一位仁慈、善良、欢乐、聪明的人,难道您、难道您就要这样毁掉自己?难道您就该去屈从于这个下流的、忘恩负义的人,成为他的一个玩物,拿自己供别人开心取笑?爸爸,我的亲爱的爸爸!……"

她号啕大哭,双手捂住脸,跑出了房间。

出现了一片混乱。将军夫人躺着,已经昏迷不醒。叔叔双膝跪在她跟前,吻她的手。佩列佩莉岑娜小姐在他俩身边转来转去,向我们投来恶狠狠的目光,但目光中不无得意的味道。安菲萨·彼得罗芙娜用水揉擦将军夫人的太阳穴,并且胡乱地摆弄着她那只嗅盐瓶。普拉斯科维娅·伊莉伊尼奇娜在发抖,泪水滂沱;叶热维金正在寻觅一个藏身的角落,而家庭女教师则脸色苍白地站在那里,完全吓得不知如何是好了。只有米津奇科夫一人依然没事一样,完全没有变化。他立起身走到窗前,开始往窗外看,对当前这场演出毫不理会。

突然将军夫人从沙发上抬起来一点儿身子,接着又直起腰来,用严厉的目光打量着我。

"滚!"她朝我跺了一下脚,叫喊道。

我应当承认,这完全出乎我的意料。

"滚!从家里滚出去;滚!他干吗要来?让他彻底滚

蛋！滚！"

"妈妈！妈妈，您怎么啦！要知道，这是谢廖沙呀，"叔叔吓得全身簌簌发抖，"妈妈，要知道，他是来咱们这里做客的呀。"

"什么谢廖沙！胡说八道！我什么都不要听；滚！这是那个科罗夫金，我确信无疑。我的预感不会欺骗我。他来这里是为挤走福马·福米奇；邀请他来就是为了这样。我的心有预感……滚，坏蛋！"

"叔叔，既然这样，"我出于高尚的义愤，上气不接下气地说道，"既然这样，那么，我……"于是我就抓起了我的帽子。

"谢尔盖，谢尔盖，你要干什么？……唉，瞧，现在这一个又……妈妈！要知道，这可是谢廖沙呀！……谢尔盖，你千万别这样！"他喊道，一边追在我身后，一边要强行夺下我手里的帽子。"你是我的客人，你必须留下来。我要你这样做！要知道，她只不过这样说说而已，"他悄声补充说，"要知道，她只不过在生气的时候才这样……现在，你只要先在什么地方躲一下……在什么地方待一会儿，就没有事了，全都会过去的。她会饶恕你的，我向你保证！她是个善良的人，她就是这样，胡说得都没有边儿了……你听见了吗？她把你当成科罗夫金了，我向你保证，事后她会原谅你的……你有什么事？"他向吓得打战的加夫里拉喊道，后者已经走进了房间。

走进房间里来的还不止加夫里拉一个人,同他一起进屋的还有一个家里听使唤的男童。这个孩子大约十六岁,长得很漂亮。后来我才得知,正因为他漂亮才让他留在家里当差的。他叫法拉列伊。他穿着一身很有些特别的服装。衬衫是红色丝质的,领子上绣着金银绦带;腰里系着一条有金色边饰的腰带;下身是一条黑色的波里斯绒灯笼裤;脚上是一双红色翻口的山羊皮靴。这套装束出自将军夫人的妙想。这个男童异常伤心地号啕痛哭着,泪珠一颗接一颗地从他那双蔚蓝色的大眼睛里滚滚而下。

"这又是怎么一回事?"叔叔叫喊道,"出了什么事?你这强盗,倒是说话呀!"

"福马·福米奇吩咐我到这里来,他老人家随后就到,"悲戚的加夫里拉说,"要来考我,可是他……"

"他怎么啦?"

"他跳舞啦。"加夫里拉带着哀怨的腔调回答说。

"跳舞!"叔叔惊恐地叫了起来。

"是跳……舞!"加夫里拉哽咽着哭道。

"跳科马林舞?"

"跳科……马……林舞!"

"福马·福米奇看见了?"

"看……见了!"

"这下全完了!"叔叔喊了一声,"我活不成了!"接着两手抱住了自己的头。

"福马·福米奇到!"维多普利亚索夫一边走进房间,一边通报说。

房门大开,接着福马·福米奇驾到,出现在一群不知所措的人面前。

六　关于白牛和科马林舞

不过在我向读者介绍走进房间的福马·福米奇之前，完全有必要谈一谈法拉列伊，并且向读者解释一下他跳科马林舞被福马·福米奇撞见，究竟有什么可怕之处。法拉列伊原本是一个家奴的孩子，还躺在摇篮里的时候就成了孤儿，是我叔叔已故妻子的教子。叔叔非常喜欢他。福马·福米奇移居斯捷潘奇科沃村并且制服了叔叔之后，对叔叔宠爱的法拉列伊便恨之入骨了。但是不知为什么，这个孩子深得将军夫人的喜爱，因此尽管福马·福米奇怀恨在心，他却仍然留在上边，服侍老爷太太们。这是将军夫人本人坚持的结果，福马也只得让步，并将怨恨藏在心里。他一直认为这对他是一种凌辱，于是一有机会就把报复加之于无辜的叔叔头上。法拉列伊本人的模样出脱得惊人地好看。他有一张少女般的脸，农村美人的脸。将军夫人对他娇宠备至，如同喜爱一件精巧稀罕的玩具。说不清楚她更喜爱哪一个，是那条卷毛小狗阿咪呢，还是法拉列伊？我们已经提到，是她发明了他的一身装束。还要说的是，小姐们给他口红，理发师库济马每逢过节负责给他把头发烫成卷。这个男童是某种奇怪的造化之物。不能够把他称之为十足的白痴或者古怪的疯孩子，但他太天真，太诚实，心地单纯，因此有时的确可以看成是一个傻瓜。哪怕就是做了一个梦，他也立刻去讲给老爷太太们听。老爷太太们谈话，他也插嘴，根本不顾忌打断他们的谈话。根本不应该对老爷太太们说的，他也敢说。每当老太太晕厥过去或者骂他的老爷骂得很厉害的时候，他就会流下真诚的眼泪。对任何一种不幸他都同情。有时他走到将军夫人跟前，吻她的手，恳请她不要生气，将军夫人也会宽宏地饶恕他这种大胆行为。他极端敏感，像羊羔那样善良忠厚，像幸福的孩子那样欢快。人们常常从餐桌上施舍给他一点儿吃的东西。

他经常站在将军夫人的椅座后面，他嗜糖如命。倘若人家给了他一块糖，他就立即用那结实的、如同牛奶一样白的牙齿将它咬碎了吃，于是无法描述的满足也就闪耀在他那快乐的蔚蓝色眸子里和整个姣好的面庞上。

福马·福米奇恼怒了很长时间。但他终于明白只是恼火并无济于事，于是突然下决心成为法拉列伊的恩人。他首先是把叔叔痛骂一顿，说他不关心仆人们的文化教育，他本人则决定立即着手教这个可怜的男童如何有品德、如何能举止文雅、如何讲法语。"怎么？"他在为自己荒诞的想法辩解说（有这种荒诞想法的远不止福马·福米奇一个人，对此本文作者就是见证人），"怎么！他总待在上面侍奉自己的女主人？倘若她忽然忘记他不懂法语，对他说出东涅……穆阿……蒙……穆舒阿尔①这句话，他得立即领悟并马上照办！"但事情明摆着，岂止未能教会法拉列伊说法语，甚至他的舅舅安德伦厨师绝对无私地想努力教会他几个俄国字，也终于毫无结果，早把识字课本扔回到书架上，挥手放弃了！法拉列伊对读书非常蠢笨，简直一窍不通。更有甚者，由此还引发了一件事。仆人们开始挑逗法拉列伊，管他叫法国人，而荣任叔叔贴身男仆的加夫里拉老人竟然公开否定学习法语的好处。福马·福米奇听到此事以后，勃然大怒，于是为了实行惩处，就强迫持异议者加夫里拉本人也来学习法语。这就是令巴赫切耶夫先生非常生气地学法语一事的始末。关于学习举止得体，那结果更糟，福马简直无法按照自己的要求规范法拉列伊的行为。尽管明令禁止，法拉列伊依旧每天早晨来给他讲自己梦见了什么。福马·福米奇认为这是一种不讲尊卑、轻浮越轨的行为。但是法拉列伊顽固地我行我素。不用说，首当其冲代人受过的又是叔叔。

"您知道吗？您可知道他今天干了什么吗？"为了增强效果，福马往往总是挑选大家聚集在一起的时候喊叫，"上校，您可知道，您一贯的放纵娇惯导致了什么后果吗？今天他吃了您在餐桌上给他的一块馅饼，您知道他事后说什

---

① 法语的音译：把我的手帕给我。

么来着？过来，过来，你这个卑劣的东西，过来，你这个白痴，你这红脸蛋儿的蠢货！……"

法拉列伊哭着走上前来，同时用双手抹着两只眼睛。

"吃完馅儿饼以后，你说什么来着？你当着大家的面再说一遍！"

法拉列伊不作回答，只是泪水涟涟地哭个不止。

"既然你不说，那我就替你说。你使劲拍了一下胀得鼓鼓的、极不雅观的肚子说：'我吃饱了馅饼，像马尔滕塞满了肥皂！'上校，恕我多嘴，难道在有教养的社交中，更不要说在上流社会，能讲这种话吗？你说没说过这个？你倒是说话呀！"

"说……过！……"法拉列伊哽咽着承认说。

"好吧，那你现在告诉我：难道马尔滕是吃肥皂的吗？你究竟在哪儿看见过一个吃肥皂的马尔滕呢？你说呀，好让我对这位非凡的马尔滕也有个印象！"

沉默不语。

"我在问你呢，"福马追问不停，"究竟这位马尔滕是谁？我想见他，我想同他结识。唔，他是谁呀？收发员，天文学家，愚昧无知的庸人，诗人，管理员，还是仆人。终归他应该是一个什么人吧。你倒是回答呀！"

"他……是……个……仆……人。"法拉列伊终于回答说，继续哭着。

"谁家的仆人？他家的老爷、太太是谁？"

但是，法拉列伊说不清老爷、太太是谁。不言而喻，结果是福马愤怒地跑出了房间，同时还叫嚷说，人家欺侮了他。将军夫人的病也发作起来，而叔叔则咒骂着自己枉生一世，请求大家都原谅他。这天剩余的时间里，他待在家中属于自己的房间里，理亏似的踮起脚尖走路。

就在发生了马尔滕塞肥皂这件事的第二天，仿佛鬼使神差，法拉列伊给福马·福米奇送早茶时已经把昨天伤心的祸事忘得一干二净。他又告诉福马·福米奇说，他做了一个梦，梦见了一头白牛。真是火上浇油！福马·福米奇顿时愤怒得无法形容，他立即把叔叔叫来，就他的法拉列伊所做的不体面的梦，对叔叔严加申斥。这一次采取了严厉的措施，法拉列伊受到了惩罚，跪在一个角落里，还被严格禁止做如此粗俗的农夫的梦。"我就是为此而生气，"福马说，"此外，他真的不应该，甚至连想一下都不应该，跑到我这里来讲他那些梦，更何况是讲他的白牛的梦。除此之外，上校，您自己也应该同意我的看法，所谓白牛，除了证明您那个不堪造就的法拉列伊粗鲁土气、愚昧无知，还能说明什么呢？有什么样的念想，就会有什么样的梦。难道我没有说过他不会有什么出息，不应该把他留在上面侍奉老爷太太们吗？永远不能，您永远不能把这个不懂道理的凡夫培养成崇高的、有诗意的人。难道你不能够，"他又转向法拉列伊继续往下说道，"难道你就不能够梦见些文雅、温馨、高贵的东西，梦见上流社会的场景，比如说哪怕是梦见正在打牌的老爷们，或者正在美丽花园里散步的太太小姐们？"法拉列伊答应下一次一定要梦见在美丽花园里散步的老爷、太太、小姐。

法拉列伊躺下睡觉的时候，眼里噙着泪水央求上帝，并且想了很长时间，如何才能够不再梦见可诅咒的白牛。但是人的期望都是靠不住的。第二天早晨一觉醒来，法拉列伊惊恐地回想起，整整一夜他梦见的又是那头该死的白牛，在优雅公园里散步的太太小姐却一个也没有梦见。这一次的后果却很特别。福马·福米奇坚决声称，他不相信可能发生这种情况，不相信能重复做一个梦，必定是家中有人故意教唆法拉列伊，而且很可能就是上校自己。他这样做是为了刁难福马·福米奇。又是不住声的喊叫、申斥和眼泪。傍晚，将军夫人发了病，全家人都垂头丧气。还有一线希望就是法拉列伊能在下一夜就是第三夜，梦见个上流社会的什么东西。但令大家愤怒的是，整整一个星期法拉列伊连续不断梦见的还是白牛，只是白牛，别无他物！什么上流社会，连影子也没有！

而最有趣的是，法拉列伊无论如何也没醒悟到要撒谎。他可以很简单地说，梦见的不是白牛，哪怕就说梦见了一辆马车，上面坐满了太太小姐们和福马·福米奇。何况在这种万不得已的情况下撒谎甚至也不能算什么罪过。但是法拉列伊非常诚实，即使他有意要撒谎，他也根本就不会。大家甚至也都没有暗示过他这样做。大家都知道，他开始要说谎的一瞬间，自己禁不住就得露出马脚，福马·福米奇会当场揭穿他在撒谎。究竟怎么办才好呢？叔叔的处境越加不堪忍受了，因为法拉列伊简直不可救药。这个可怜的孩子甚至都愁得瘦了下来。管家婆马拉尼娅硬说他中了邪，便从角落里给他洒了圣水。心肠慈悲的普拉斯科维娅·伊莉伊尼奇娜也参与了这项有益的举措。但是，这也于事无补。什么都无济于事！

"这个该死的东西，这个该杀的！"法拉列伊叙述说，"每天夜里都梦见它！每次天刚黑我就祈祷：'不要梦见白牛，不要梦见白牛！'但这该死的畜生，说来就来，立刻就站在我的面前，身肥体大，两个犄角，厚厚的大嘴巴，哎呀，可怕极了！"

叔叔陷入绝境。幸运的是，福马·福米奇突然仿佛忘记了白牛这件事。当然，没有人相信福马·福米奇会忘记这样重要的情况。大家恐惧地认为，他准是把白牛暂时存起来以备后用，有适当的机会再拿出来。后来才发现，原来这时福马·福米奇已经顾不得白牛了，他另有了要操心的事。在他那多谋好用的脑瓜里正酝酿着另一个阴谋诡计。这就是为什么他让法拉列伊有了喘息的机会。与法拉列伊一起，大家也都松了口气。这孩子高兴起来了，甚至把发生过的事置诸脑后，白牛尽管有时还向人们提示它离奇的存在，但毕竟出现得越来越少了。总之，如果世界上没有科马林舞这码事，那么也就天下太平，万事大吉了。

应该特别指出的是，法拉列伊跳舞跳得非常出色，这是他的一项特长，甚至可以说是他的一种天赋，他跳起来精力充沛，欢乐无比，尤其喜欢跳科马林农夫舞。这倒不是因为他喜欢上了科马林歌子里描述的那个轻佻农夫的狂荡和荒诞，不是的，他喜欢跳科马林舞仅仅因为一听见舞曲就非跳不可。有时一到傍晚，两三个仆人，一些车夫，拉小提琴的花匠，甚至还有几名女仆，在主人庄园最后边的一小块空地上，离开福马·福米奇住处老远的地方，围成一圈奏起音乐，就跳起了舞。等到最后，科马林舞就正式开场了。乐队由两把三弦琴、一把吉他、一把小提琴、一面铃鼓组成。驾驭前导马的马车夫米秋什卡打得一手好铃鼓。现在该看法拉列伊跳成了什么样子：他受到观众叫喊和欢笑的鼓舞，完全忘记了自己，弄得精疲力竭。他尖声叫，大声喊，又哈哈大笑，使劲拍巴掌。他跳起来仿佛受一种外来的、不可思议的力量所诱使，两只靴子用后跟跺着地，死劲儿跟上活泼的旋律，越来越快。这是法拉列伊真正欢愉的时刻。若不是跳科马林舞的事传到福马·福米奇的耳朵里，这一切本来会是很顺利和快活的。

福马·福米奇惊呆了，他马上派人把上校找来。

"上校，我只想向您了解一件事，"福马开始了他的谈话，"您是决心完全毁掉这个不幸的白痴呢，还是不想完全毁掉他？如果是第一种情况，那我就不过问了，退居一旁；如果您不是要完全毁掉他，那我……"

"怎么回事？出了什么事？"惊慌失措的叔叔叫喊道。

"怎么，出了什么事？可是，您知道他在跳科马林舞吗？"

"哦……哦，那又怎么啦？"

"那又怎么啦？"福马尖叫起来，"您竟然说这种话，您是他们的老爷，在某种意义上您甚至还是他们的父亲！说了这话之后，您对什么是科马林舞还不能理解吗？这首科马林歌曲讲的是一个恶劣至极的农夫，他借着醉态蓄意去干最不道德的事，您知道吗？您知不知道这个放荡的奴才图谋干什么吗？他践踏了最珍贵的情谊，这样说吧，他用踩小酒馆地板的农奴烂靴把这种情谊给践踏了！您是用自己刚才的回答伤害了我最高尚的感情，您明白吗？您自己刚才的回答伤害了我，您明白吗？您到底明白这个还是不明白呀？"

"但是，福马……要知道，这只不过是一曲歌子而已，福马……"

"怎么只是一曲歌子而已！您向我承认知道这首歌曲，却不以为耻，您可是高尚社会的一分子，是两个品德兼优、天真无邪的孩子的父亲，加上您还是一名上校！只是一曲歌子而已！但我确信，这首歌唱的是实事！只是一曲歌子而已！有哪一个正派人承认知道这首歌，或者什么时候听到过这首歌，却不羞愧得要死呢？有哪一个，有哪一个是这样的呢？"

"唔，福马，既然你问这个，你就知道嘛。"窘迫的叔叔坦率地回答说。

"怎么？我知道？我……我……是说我！……太欺侮人了！"福马突然喊叫起来，陡然离座而起，气得上气不接下气。他完全没有料到会有这样惊人的回答。

我且不描述福马·福米奇的愤怒。由于回答不得体和不能随机应变，上校不光彩地被逐出了卫道者的视野。但是从那时起，福马·福米奇就暗自发誓：定要把跳科马林舞的法拉列伊当场拿获。每到傍晚，大家都认为他在忙着什么事情，他却故意悄悄走进花园，绕过菜园子，一头扎进大麻田里，从远远可以看见人们在上面跳舞的那块场地。他守候着可怜的法拉列伊，如同猎人在守候一只小鸟。他快活地设想着，如若他成功，他将向全家，特别是向上校，掀起怎样的一场大风波。警觉而不懈怠的劳作终于以获得成功而圆满结束：他看到了科马林舞！在交代上述情况之后，当叔叔看见哭鼻子的法拉列伊以及听到维多普利亚索夫通报福马·福米奇意外地大驾莅临，急得直揪自己的头发，这原因也就不难理解了。

七　福马·福米奇

我怀着极度紧张的好奇心仔细观察这位先生。加夫里拉把他称之为难看而瘦弱的小矮人是很公正的。福马身材短小，头发淡黄但已斑白，鹰钩鼻子，满脸散布着细小的皱纹，下巴上有一颗大瘊子，年龄接近五十。他悄悄地走进屋，步履从容，双目低垂。但那种最厚颜无耻的自负，却活脱脱地映在他的脸上和他那迂腐的体态上。使我感到惊奇的是，他穿着一件家常长衣出场，不错，长衣是外国产品！但毕竟还是长衣。此外脚上居然还是便鞋。没有系着领带的衬衣领子是平翻下来的，依照童装衬衣的式样[1]；这使福马·福米奇的模样显得极其蠢笨。他走到一把空着的安乐椅跟前，将它推到桌旁坐了下来，对谁也不说一句话。一分钟之前的慌乱和骚动顷刻之间不复存在，屋里静得甚至可以听见飞过去的一只苍蝇。将军夫人此时也如同一只羊羔那样驯顺。这个可怜的白痴女人在福马·福米奇面前的奴颜婢膝，现在都暴露无遗。她百看不厌地瞅着自

---

[1] 原文为法文。

己这个宝贝，两只眼睛死死盯着。佩列佩莉岑娜小姐咧开她的嘴，笑着搓她那双手，而可怜的普拉斯科维娅·伊莉伊尼奇娜则明显地因惧怕而颤抖。叔叔立即张罗起来。

"好妹妹，递茶，递茶！好妹妹，不过要甜点儿；福马·福米奇午睡后喜欢喝甜点儿的茶。福马，要甜点儿，是吧？"

"我现在顾不上你们的茶！"福马摆着谱慢慢腾腾地说，他还煞有介事地挥了一下手。"你们什么都要甜点儿的！"

这些话以及他走进来时那妄自尊大的迂腐可笑的模样，使我对福马这个人产生了极大的兴趣。我好奇地想要知道，这人的傲慢自大达到了怎样不顾廉耻的地步。

"福马！"叔叔喊了一声，"我来介绍：这是我的侄子，谢尔盖·阿列克桑德罗维奇！他刚到。"

福马·福米奇从头到脚打量了我一遍。

"上校，我感到惊奇，您总是喜欢不停地打断我的话，"他意味深长地沉默了一阵之后开口说，对我却理都不理，"我在给您说正经事，可是您，天知道讲些什么……议论些什么……您看见法拉列伊了吗？"

"福马，我看见了……"

"啊，看见了！嗯，既然您已经看见了，那么我就再把他拿给您看。您可以欣赏您娇纵下的产物了……当然是指在道德情操方面。白痴，你到这边来！你这丑陋不堪的东西，到这边来！嗯，来呀，来呀！别怕！"

法拉列伊唏嘘着走到福马跟前，张开嘴，吞着眼泪。福马·福米奇兴致极浓地注视着他。

"我故意把他叫做丑陋不堪的东西，帕维尔·谢苗内奇，"福马·福米奇瘫坐在安乐椅里，略微侧身向坐在他旁边的奥勃诺斯金①指出，"而且一般来说，我觉得没有必要把话说得很温和，在任何情况下都不能这样做。真实的东西就是真实的东西。无论您用什么来掩饰污秽，污秽终归还是污秽。干吗要白费力气，把它说得缓和些呢？干吗要自欺欺人呢？只有上流社会愚蠢的脑瓜才想得到讲求这种毫无意义的礼貌。请您告诉我，我请您做裁判，您在他的嘴脸上找得到美好的东西吗？我指的是崇高、优美、高尚的东西，而不是指什么红润的腮帮子？"

福马·福米奇说得慢条斯理、不紧不慢，声音里带着某种庄重的漫不经心。

"他身上的美？"奥勃诺斯金漫不经意地蛮横回答说，"我觉得，这只不过是一块不错的煎牛肉而已，除此之外再无别的好说……"

"今天走到镜子跟前往里边看，"福马继续往下说道，他庄重地把代词我这个字略去不用，"觉得自己远不是个美男子，但是不由自主地得出一个结论，就是在这只灰色的眼睛里的确有某种东西，足以把我和法拉列伊之类的人区

---

① 帕维尔·谢苗内奇的姓。

别开来。这就是里面的思想，里面的生活，里面的智慧！我并非拿我个人来夸耀。我是说我们这个阶层。现在，您怎么看，您认为在这块活的煎牛肉上可有一点鲜活气吗？帕维尔·谢苗内奇，确实没有。请您注意看，这些完全缺乏思想和理想的人们，他们吃的是清一色的牛肉，他们的脸色却永远是令人恶心的鲜嫩，粗鲁而愚蠢的鲜嫩！您乐意知道他的思维水平吗？喂，你，样子货！你再靠近一点儿，让我们欣赏欣赏你！你干吗张开嘴巴？怎么，你想把鲸鱼一口吞掉？你很漂亮？你回答呀，你很漂亮吗？"

"很……漂……亮！"法拉列伊压低哭声回答说。

奥勃诺斯金捧腹大笑起来。我觉得自己气得已经颤抖起来。

"您听到了吗？"福马继续说，同时得意扬扬地转向奥勃诺斯金，"您还有的要听呢！我是来对他进行考试的。帕维尔·谢苗内奇，您看，有那么一些人，他们巴不得把这个可怜的白痴引入歧途，把他毁掉。也许我谴责得有些严厉，我不对。但我是出于对人类的爱才说的。他刚才跳的是舞蹈中最不堪入目的一个。但是这里没有人来管这件事。现在就请您自己来听听吧。你回答，你刚才干了什么？你回答呀，立刻回答，你听见没有？"

"跳……舞……来……着……"法拉列伊说道。他哭得更厉害了。

"你跳的什么舞？什么舞哇？你说嘛！"

"跳科马林舞……"

"跳科马林舞!这个科马林是谁?科马林是什么东西?难道我能够从你这个回答里弄明白究竟是怎么回事吗?你呀,说得清楚一点儿,让我们明白:你这个科马林是什么人?"

"农……夫……"

"农夫!仅仅是一个农夫而已?我感到惊奇!那么,就是说,他是非常好的农夫了,要不干吗还为他编长诗和舞蹈呢?嗯,你回答呀!"

折磨人是福马必不可少的需求。他玩弄自己的牺牲品就如同猫玩弄耗子一样。但是法拉列伊不吭声,他嘤嘤啜泣,根本不明白问题的意思。

"你回答呀!"福马坚持说,"在问你话呢,这个农夫是什么人?你倒是说话呀!……他是属于老爷家的吗,属于官府和皇室的吗,身份自由的吗,尚未偿还完地①金额的吗?还是经济农民②吗?要知道,农夫是很多的……"

"经……济……"

"啊,经济农民!帕维尔·谢苗内奇,您听见了吗?新奇的历史事实:科马林农夫是经济农民。哼!……喂,那么这个经济农民又干了些什么呢?为了何种功勋人们如此

---

① 指地主或村社分给农民的土地。——俄编注
② 指原属教会或修道院的农奴因教会财产世袭化而转给国有后的农民,被称为"经济农民"。——俄编注

歌颂他呢?……还跳为他编的舞呢?"

这是一个微妙的问题,因为它涉及法拉列伊,因此就是一个危险的问题。

"嗯……您……不过……"奥勃诺斯金本待要指出什么,但此时他妈妈在沙发上不知怎的特别扭动了一下身子,他瞥了她一眼就欲言又止了。有什么法子呢?福马·福米奇的任性乃是律法,谁又敢说什么呢!

"叔叔,恕我多嘴,如果您不出来制止这个傻瓜,那么他……您听见了吗?他可是来者不善呢!我向您保证,法拉列伊准会胡说些什么……"我对叔叔耳语说。他正不知所措,慌里慌张。

"福马,可是,你最好……"叔叔开口说道,"福马,现在我给你介绍我的侄子,这个年轻人,学过矿物学……"

"上校,我恳请您不要用您的什么矿物学来打断我的话。据我所知,您对矿物学一窍不通,而且,很可能,别的什么人也同您一样。我不是个小孩子。他会回答我说,这个农夫非但不去为他的家庭幸福而劳作,反而喝得酩酊大醉,在小酒馆里把短皮袄都换酒喝了,醉醺醺地在大街上跑起来。大家都知道,这就是这首讴歌酗酒的整部长诗的内容。请不用担心,他现在知道,他应该怎样回答。唔,你回答呀,这个农夫干了些什么?我已经给你提示过了,把话都送到你嘴里去了。我就是想听你亲口说出来,他究竟干了什么,他何以天下闻名,何以赢得如此不朽的美名,甚至连那些游吟诗人和歌唱家也都赞颂他呢?你说呀!"

不幸的法拉列伊愁苦地环顾四周,困惑地不知该说什么好,嘴巴张了又合,合了又张,如同一条被从水里拖到沙滩上的鲫鱼。

"不好意思说……出……口!"法拉列伊完全绝望地终于哼哼唧唧说了话。

"啊!不好意思说出口!"福马得意扬扬地接着说道,"上校,我所要的就是这样的一个回答!不好意思说出口,却好意思干出来?这就是您播种下的道德,它已经生根发芽了,而您现在……正在为它浇水。但是没有必要再白费口舌!法拉列伊,现在到厨房里去。现在,我出于对在场列位人士的尊重,什么也不对你说;但是,今天,就是今天,你将要受到严厉而痛苦的惩罚。否则的话,如果这一次人们也宁愿要你而不要我,那么你就在这里留下来,用科马林舞来娱乐你那些老爷太太们吧,而我则今天就离开这个家!够啦!我说完了。你走吧!"

"您哪,似乎也太严厉了……"奥勃诺斯金懒洋洋地说道。

"正是这样,正是这样,正是这样!"叔叔刚要喊出一声来,但又停口不语了。福马阴沉地斜了他一眼。

"帕维尔·谢苗内奇,我感到吃惊的是,"他继续往下说,"此事发生之后,所有那些当代的文学家、诗人、学者、思想家都在干些什么呢?他们为什么不关心俄国人民在唱什么歌曲，俄国人民在什么歌曲的伴唱下跳舞？在此之前，所有那些普希金们、莱蒙托夫们、博罗兹德纳们又干了些什么呢？我真感到惊异！人民跳科马林舞，跳这种颂扬酗酒的舞，他们却在讴歌什么勿忘我花[①]！他们为什么不写一些情操高尚的歌曲供人民使用，把他们那些毋忘我花之类的东西扔掉呢？这是一个社会问题！让他们给我描写一个农夫，不过我要的是一个高雅的农夫，这样说吧，要一个村民，而不是农夫。让他们给我描写这样一个淳朴的乡间智者，哪怕他是一个穿树皮鞋的也罢——即使如此，我不持异议，——但他必须是行侠仗义，德高望重，足以使——我不妨大胆地说——什么天下太过闻名的马其顿王亚历山大甚至也会为之忌妒。我了解俄国，俄国也了解我[②]，因此我才说这个话。让他们描写这样一个农夫，他白发苍苍，受着一大家子的拖累，住在令人窒息的茅屋里，他忍饥挨饿，却很满足，不怨天尤人，还为自己的贫穷而感谢上苍，对富人的金钱无动于衷。于是富人会心怀恻隐，拿金钱来给他。这样一来，农夫的美德便能与他的老爷的

[①] 1852年，在彼得堡出版了一本书名为《勿忘我花……》的诗集。其中将茹科夫斯基、普希金等与二流诗人伊·彼·博罗兹德纳（1803—1858）等并列。这里讽刺福马不学无术：他阅读这类通俗读物，因而将普希金等诗人与二流诗人并举。——俄编注

[②] 这是俄国作家尼·阿·波列伏依（1796—1846）的小说《上帝灵前的誓言》（1832）序言中的话。别林斯基与波列伏依论战时常常引用。——俄编注

美德，以至于同达官贵人的美德结合起来。社会地位如此不同的乡民和达官贵人，最终在美德上得以结合，这是一种崇高的思想！不然，我们看到的是什么呢？一方面，是勿忘我花，另一方面则是一个从小酒馆里跳出来的蓬头垢面、衣衫褴褛的酒鬼满街跑！嗯，请您告诉我，这里有什么诗意？有什么可欣赏的？智慧在哪里？优雅在何处？道德又安在？我感到困惑不解！"

"福马·福米奇，听了这样好的一席话，我该给你一百卢布！"叶热维金神态欣喜地说道。

"可他休想从我这里得到哪怕是一根毫毛，"他又悄声对我说，"奉承他一下呀，奉承一下呀！"

"嗯，不错……这个您描述得很好。"奥勃诺斯金缓慢而含混不清地说。

"正是这样，正是这样，正是这样！"叔叔叫喊道。他一直在注意地倾听着并且得意地看着我。

"多么好的一个话题！"叔叔搓着手又低声说，"福马·福米奇，真有你的，海阔天空，无所不能！瞧，这是我的侄子，"他又洋溢着极度喜悦之情补充说，"他也从事过文学工作。让我来介绍。"

福马·福米奇像刚才一样，对叔叔的介绍丝毫不予理会。

"看在上帝的分上，请您不要再介绍我了！我郑重地恳求您。"我态度坚决地向叔叔低声说。

"伊万·伊万内奇①!"福马突然开口说道,他转向米津奇科夫,死命盯着他看,"刚才我说了一通,不知您意下如何?"

"我?您问我吗?"米津奇科夫吃惊地回答说。他的神态仿佛刚从梦中被人唤醒一样。

"是的,您,先生。我之所以要问您,是因为我尊重真正聪明人的意见,而不是某些大可怀疑的所谓聪明人。说他们聪明,只不过因为有人无休止地介绍说他们是什么聪明人,什么学者之类,有时甚至特意写信去邀请,拿他们到临时搭的游艺舞台上或类似的场合展示给人们看。"

这话是直接冲我来的。毫无疑问,对我丝毫不予理会的福马·福米奇奢谈文学之类的话题,唯一目的就是从开始就把我镇住,把我这个彼得堡的学者、聪明人摧毁,第一脚就踩得粉碎。至少我对此毫不怀疑。

"如果您想要知道我的意见,那么,我……我同意您的看法。"奥勃诺斯金懒洋洋地、不很情愿地回答说。

"您总是同意我的看法!简直令人感到恶心,"福马指出,"帕维尔·谢苗内奇,我坦诚地跟您说,"他略微沉默后继续说道,同时又转向奥勃诺斯金,"如果说,我对不朽的卡拉姆津还有所尊重的话,不是因为他写了一部历史书,不是因为他写了《女城守马尔法》,也不是因为他写了《俄

---

① 米津奇科夫的名字和父名。

罗斯国家史》,而恰恰是因为他写了《弗罗尔·西林》:这是一部崇高的史诗!这部作品是纯粹人民的作品!最崇高的史诗!①"

"正是这样,正是这样,正是这样!崇高的时代!弗罗尔·西林,乐善好施的人!我还记得,我读过这本书。他还为两个少女赎了身,然后举目向天并且哭了。多么崇高的品质。"叔叔高兴得容光焕发,随声附和说。

可怜的叔叔!他无论如何也不能够控制住自己而不去参与学术性的谈话。福马恶意地微微一笑,但没说话。

"不过,现在人们写得也蛮有趣的,"安菲萨·彼得罗芙娜小心翼翼地加入谈话中来,"比如说,《布鲁塞尔的秘密》②就是一例。"

"我可不这样看,"福马仿佛不无遗憾地指出说,"前不久我读过一部长诗……唔,叫什么来着!《勿忘我花》!如

---

① 尼·米·卡拉姆津(1766—1826),著有感伤主义小说《苦命的丽莎》(1792)、历史小说《女城守马尔法》(又名《诺夫戈罗德征服记》)(1803)以及历史著作《俄罗斯国家史》(1816—1829)。他的中篇小说《弗罗尔·西林》写一个勤劳的农民在荒年时把自己的粮食分给别的农民;还以自己老爷的名义买了两个少女,并获准为她们赎身,最后又备嫁妆把她们出嫁。
② 模仿法国小说家欧仁·苏(1804—1875)的《巴黎的秘密》(1842—1843)而写成的长篇小说,1847年在彼得堡从法语翻译出版,未署作者姓名。《读者文库》于1847年的一期评论中曾批评它是最可怜的模仿作品之一。《文学报》(1847年,第27期)也指出,大量模仿欧仁·苏的作品中,《布鲁塞尔的秘密》是最差的一本。——俄编注

果您愿意听我说的话,最新一代作家中我最喜欢的是'给报刊写信者'①——轻松的笔调!"

"啊,'给报刊写信者'!"安菲萨·彼得罗芙娜叫道,"就是那个给杂志写信的人吗?啊,写得美妙绝伦!多么有趣的文字游戏呀!"

"一点儿不错,文字游戏。这样说吧,他在舞文弄墨。文笔异常轻松!"

"不错。不过他可是个学究。"奥勃诺斯金漫不经意地说道。

"学究,是学究,对此我不争辩;但他是个可爱的学究,一个优雅俊美的学者!当然,他的每一个思想都经受不住认真的批评,但你不能不为他的轻松文笔所倾倒!言之无物,这我同意。但是言之空洞也可爱,它是优雅俊美的高谈阔论!您还记得吧,他在一篇文学评述中宣称他有他自己的地产,对吧?"

"地产?"叔叔接口说,"这太好了!在哪个省呢?"

福马停了一下,专注地看了一眼叔叔,然后又用原先的语调继续往下说:

"不妨拿一个正常人的想法来说,我作为读者,为什么

---

① 这里指的是1849年至1850年初俄国作家亚·瓦·德鲁日宁未署真名发表在《现代人》杂志《外埠订阅者致〈现代人〉编辑部议论俄国期刊的信》。这些信是德鲁日宁以一个开明地主身份写的。——俄编注

要知道他有自己的地产呢？有嘛，就祝贺你！不过这里的描述可十分亲切，十分逗人！他机智，风趣，热情洋溢！这无异于某种喷泻机智的纳尔赞矿泉！是的，就应该这样写才对！如果有一天我同意也在杂志上撰写文章的话，我以为也会这样写的……"

"可能还会写得更好一些。"叶热维金恭敬地指出。

"文体甚至更铿锵有力！"叔叔附和着说道。

福马·福米奇终于忍不住了。

"上校，"福马说，"能不能够请您——当然啰，尽可能谦恭地请您——不要妨碍我们，让我们安静地结束我们的谈话。您不可能在我们的谈话中参与评论，您不可能！请您别打扰我们愉快的文学谈话。请您去管理您的家务，去喝您的茶吧，只是……别管文学。我可以肯定地对您说，文学绝不会因此而有什么损失！"

这简直超出了蛮横无理的最高限度！我不知究竟应该如何看这件事。

"可是要知道，福马，你不是自己也曾经说过铿锵有力的嘛。"窘迫的叔叔忧郁地说道。

"是说过，不过我是以行家的身份说的，说得恰到好处。而您呢？"

"是啊。我们可是凭着聪明才智说过的呀，"叶热维金顺着福马·福米奇的意思说，"我们的聪明也就那么一点儿，不过，这点聪明才智管理两个政府的部也就够啦，再加一个部嘛,也应付得了,就是这样!"

"嗯,就是说我又说错啦!"叔叔露出宽厚的微笑总结道。

"起码您还是承认了。"福马指出说。

"福马,没有什么,没有什么,我不会生气的。我知道,你是作为朋友、亲人、兄弟打断我的。这是我自己让你这样做的,甚至还求过你这样做!讲得有道理,有道理!这对我大有益处!我很感谢,而且会采纳!"

我的忍耐已经到了尽头。此前我听到有关福马·福米奇的传闻,以为是夸大其词。现在我亲眼看到这一切,事实确实如此,我的惊愕达到了极点。我不敢相信自己的眼睛,我无法理解,一方是如此肆无忌惮、厚颜无耻地专横跋扈,另一方竟是那么心甘情愿唯命是从,那么轻信和宽厚。不过,甚至连叔叔也被这种专横放肆弄得窘困不堪。这是很显然的……我极想不管怎样同这个福马交手拼杀一番,狠狠地回敬他几句,那就不管后果如何了!这种念头鼓舞着我。我寻觅着时机,在期待中我把帽檐全都给折断了。然而时机却没有出现,因为福马根本无视我的存在。

"福马,你说得对,说得对,"叔叔继续说道,他竭力想博得他的欢心,哪怕能多少缓解一下前面谈话所引起的不快也好,"福马,你直言不讳,我感谢你。首先应该成为内行,然后才好议论。我悔恨不已!我已经不止一次陷入这种处境了。谢尔盖,你想,我有一次甚至还去考人们……你们在笑！嗯，是的，怪不怪！真的，是去考了人家。我受邀到了一所学校去接受考试，被安排同主考官坐在一起以示尊重，当时正好有个空位子。不瞒你说，我心里直发憷，恐惧感向我袭来，因为任何科学我都一无所知！怎么办才好！我想着，好像自己要被推到黑板跟前去答题一样！嗯，后来呢，倒没有什么，一切都过去了。我甚至还提了问题。我问道，挪亚①是什么人？总的说，回答得很好。后来共进了早餐，还为科学的繁荣喝了香槟酒。是一所非常出色的学校！"

福马·福米奇和奥勃诺斯金放声大笑。

"后来连我自己也笑了，"叔叔大声说，极其宽厚地笑着，并为大家的快活而高兴起来，"不，福马，不管怎样说，话说到这个分上，我不妨逗大家一笑，讲讲我有一次出丑的事……谢尔盖，你设想一下，那时我们驻扎在克拉斯诺戈尔斯克……"

"上校，请问，您这故事要讲很久吗？"福马打断叔叔的话说道。

"哎呀，福马！这可是一个最奇妙的故事呢，简直能让你笑破肚皮。你不妨听一听：这很好的，真的，再好不过了。我要讲一讲我出丑的事。"

"我总是很乐意于听您的这类故事。"奥勃诺斯金打着

---

① 《圣经·旧约》中的人物。

哈欠说道。

"没有办法，只得听了。"福马决定说。

"福马，真的，要知道这再好不过了。安菲萨·彼得罗芙娜，我想讲一讲有一次我是怎样出丑的。谢尔盖你也听听，这甚至还有训诫意义呢。我们队伍当时驻扎在克拉斯诺戈尔斯克（叔叔这样开始了他的讲述。由于得意而容光焕发。他讲得很快、很急，讲述中间还加入很多插入句。当他为取悦听众而讲述什么的时候，总是这样的）。我们到达的当天晚上，我就去剧院看演出。库罗帕特金娜是那时最杰出的女演员，后来同当时还是骑兵上尉的兹维尔科夫私奔了，戏没有演完，幕就这样落下了……这个兹维尔科夫可是个狡猾的人，这家伙喝酒，出洋相。倒不能说他是一个酒鬼，而是说他能同伙伴共度时光。可一旦他当真喝起酒来，就会把一切的一切忘记得一干二净：住在何处，在哪个国家，自己姓什么叫什么？总之，什么都记不得了。其实他是一个非常出色的小伙子……再说，当时我坐在剧场里。幕间休息时，我站起身来，碰到了我的一个老战友，科尔诺乌霍夫……我可以告诉你们，这是一个罕见的好小伙子。说真的，我们差不多有六个年头没有见面了。嗯，他打过仗，胸前挂着多枚十字章。不久前我听说，他现在已经是四等文官了，转为文职并获得高级职位……不用说，我俩当时都非常高兴，相互寒暄了一番。在包厢里，挨着我们还坐着三位女士。坐在左边的那一位，脸丑得天下绝无仅有……事后我得知她乃是最杰出的一位妇女，是一家之母，使丈夫获得了幸福……可我当时像傻瓜一样，贸然对科尔诺乌霍夫说：'老兄你告诉我，这个出门的丑八怪是谁呀？''你说的是哪一个？''就是这个。''这是我的表姐呀。'呸，真见鬼啦！你们可以想象出我当时的窘境！我为了纠正自己的冒失就又说：'啊，不是的，不是这一个。瞧你的眼睛！我说的是那一个，坐在那边的那一个，她是谁呀？''这个是我姐姐。'呸，真是不能再糟了！而他的姐姐偏偏又长得如花似玉，美丽非凡。她袒胸露臂，什么胸针呀，精美的手套呀，小巧的镯子呀，一应俱全，总之，如天使一般坐在那里。后来她嫁给一个非常好的人，一个姓佩赫京的人。她是同他私奔的，未经允许而结了婚。嗯，现在一切都很美满，他们生活得很富裕，父辈们喜欢得不得了！……嗯，事情就是这样。我现在接着往下说：'啊，不是的！'我喊道，同时我自己也不知道该往哪里藏身才好，'不是这个！''那么是中间坐的那一位？''是的，是中间那一位。''嗯，老兄，这是我的妻子。'……我们私下里可以说，真是秀色可餐，非一般的女士可比！我恨不得把她整个儿吞到肚子里去……我当时就对战友说：'嗯，你见没见过傻瓜呀？看吧，他现在就在你的面前。他的头也在这儿，你砍吧，没有什么可吝惜的！'他却在笑。看完戏后，他给我作了介绍，而且这个调皮的人很可能把这事讲出去了。大家都笑了起来！我承认，我还从来没有如此愉快地度过时光呢。福马老兄,你看,有时人多么能出丑哇! 哈——哈——哈——哈!"

但是可怜的叔叔煞费苦心白白地笑了一阵。他将自己欢快而善良的目光陡然地向四周扫了一圈。回应他这个欢乐故事的,却是死一般的沉默。福马·福米奇坐在那里脸色阴沉,闭口不语,大家也都效仿他的样子不吭一声。只有奥勃诺斯金一个人微微一笑,他预料到会给叔叔一顿申斥的。叔叔感到很不自在,脸也涨得通红。福马想要得到的恰恰就是这个。

"您讲完了吗?"他终于转向局促不安的叔叔装腔作势地询问道。

"福马,我讲完啦。"

"您还很高兴?"

"福马,这高兴是什么意思?"叔叔愁闷地答话说。

"您现在感到轻松些了吗?您打断了朋友们的谈话,破坏了他们有关文学的愉快交谈,以此来满足您渺小的自尊心,您感到心满意足了吧?"

"福马,得了吧! 我原想让大家乐一下,可是你……"

"逗逗乐?"福马喊叫起来说,突然变得怒不可遏,"但是您只会让大家愁眉苦脸,而不是逗大家乐。逗乐! 您可知道您的故事几乎是缺乏道德情操的吗? 我且不说它是猥亵的,这一点是不言自明的……您刚才十分粗俗地宣扬您嘲弄了无辜,您讥笑一位高尚的贵族妇女,只是因为她未

147

能博得您的好感。您还想让我们，正是也让我们跟着您一起笑，也就是迫使我们随声附和，附和您这种不体面的、粗鲁的行为。所以会这样，全因为您是这里的一家之主！上校，随您的便，您可以为自己搜罗趋炎附势的食客、不要脸的马屁精、气味相投的伙伴，您甚至还可以写信从遥远的国度把他们请来，从而加强您的势力，以此来损害一个心灵的坦荡和高尚。但福马·奥皮斯金①永远也不会成为您的阿谀奉承、溜须拍马、趋炎附势的食客！别的我不敢说，这一点我可以向您保证！……"

"哎呀，福马！你没有理解我的意思，福马！"

"不，上校，我对您早已了解得一清二楚，我早就把您看透了！您那欲壑难填的自尊自大感把您吞掉了。现在您又奢求拥有根本渺然不可及的机智，您忘记了头脑的机智碰上奢求就会一变而为迟钝。您……"

"行啦，福马，看在上帝的分上！众人面前总得顾点儿面子！……"

"上校，看到这一切是难受的，既然看到就无法沉默。我是穷，我在您母亲这里生活。如果我不开口说话，人家会以为我是用沉默来取悦您。我可不愿意让某一个黄口小儿把我看做是对您趋炎附势的食客！或许我进房后有意增加了我真诚的坦率，不得不做得甚至很粗鲁。不过这也正

---

① 福马的名字和姓。

是您把我置于这样的境地。上校,您对我过分傲慢了。人们会把我看成是您的一个奴隶,一个依您为生的寄生虫。您愿意在陌生人面前贬低我,岂知我与您是平等的,您听见了吗?我与您在各个方面都是平等的。或许,我住在您家里是施恩于您,而不是您有惠于我。人家却在贬低我。由此看来,我不得不来一番自我宣扬了,这是天经地义的事!我不能不说,我必须说,必须立即提出抗议,因此,我直截了当地向您宣布,您是一个异常忌妒的人!比如,您一看见有人在平常的谈话中无意中显露出自己的学识、博闻广记、品位,心里就感到懊丧,就禁不住跃跃欲试:'让我也来展示一下我的学识和品位!'可您有什么品位可言呢?您对精美之物的感受,上校,请恕我直言,也不过如公牛对牛肉的感受。我承认这样说未免尖刻、粗鲁了点儿,不过这起码是直言不讳和十分公正的。上校,您从您那些阿谀奉承者那里是听不到这些话的。"

"唉,福马!……"

"又是老一套:'唉,福马!'看来忠言逆耳啊。那么,好吧,我们以后再谈这个。现在请允许我多少也让大家高兴一下。不能让您一个人总在这里独领风骚哇。帕维尔·谢苗内奇!您见过一种人形海怪吗?我却很久以前就开始观察它了。您仔细看看,它是想吃掉我,把我整个儿活活吞下去!"

轮到加夫里拉倒霉了。这位老仆人站在房门旁,难过地注视着人家在怎样痛斥他的老爷。

"帕维尔·谢苗内奇,我也想用表演让您开开心。喂,呆老鸹,你过来!劳驾啦,走近一点儿,加夫里拉·伊格纳季伊奇①!帕维尔·谢苗内奇,您看见了吗,这就是加夫里拉。因为他粗野,正惩罚他学习法语。我也如同俄耳甫斯②一样,要驯化这里的习俗,只是我不用歌曲而是用法语。喂,法国人,舍马通③先生——他最不能忍受的是人家叫他舍马通先生……功课准备好了吗?"

"背会了。"加夫里拉垂头丧气地回答说。

"帕尔列……武……夫兰谢?"④

"武伊……穆西约……热……列……帕尔利……安……佩……"⑤

我不知道,是加夫里拉说法语时表露出愁苦的神态,或者大家估计到福马希望大家发笑,不管缘由何在,加夫里拉一转动舌头,大家都笑得前仰后合,甚至连将军夫人也开口笑了。安菲萨·彼得罗芙娜仰到沙发背上,用扇子遮住脸,尖声大笑。更加可笑的是,眼见考试变成了这个样子,加夫里拉啐了一口唾沫,抱怨说:"我活了这大把年

---

① 加夫里拉的名字和父名。此处是福马对老仆人讥诮口吻的尊称。
② 希腊神话中色雷斯的诗人和歌手,他的琴声可使猛兽俯首、顽石点头。
③ 法语音译:懒汉。
④ 法语音译:"您会讲法语吗?"
⑤ 法语音译:"是的,先生,我会讲一点儿……"

纪,倒要受这个羞辱!"

福马·福米奇陡然全身一震。

"什么?你说什么?你想撒野?"

"不,福马·福米奇,"加夫里拉神态尊严地回答说,"我不说撒野的话,作为一个奴才,我也不应该在你的面前撒野,在你这天生的老爷面前撒野。但是,任何一个人心里都有上帝,都有类似上帝的东西。我已经六十二岁了。我的父亲还记得那个恶魔普加乔夫[①]。我的爷爷同马特韦伊·尼基季奇老爷一起——愿上帝赐他们天国之福——被普加奇[②]吊死在一棵白杨树上,为此我父亲才受到故去的阿凡纳西·马特韦伊奇老爷的特殊尊重,充当了老爷的贴身男仆,以管家的身份终其天年。至于我,福马·福米奇先生,虽然是老爷的奴仆,可有生以来从没有受过现在这样的侮辱!"

加夫里拉讲完自己的话,摊开了双手,随之低下了头。叔叔一直不安地注视着他。

"唉,行啦,行啦,加夫里拉!"叔叔叫喊道,"别喋喋不休了,行啦!"

"没有什么,没有什么,"福马勉强开口说道,他脸色略显苍白,嘴角强挂笑意,"让他说。要知道,这都是您造成的后果呀……"

"我全都要说,"加夫里拉异常激动地继续往下说,"我

[①②] 叶·伊·普加乔夫(1740/1742—1775),俄国农民起义(1773—1775)领袖。"普加奇"也是指普加乔夫。

什么也不隐瞒！能捆住人的双手，却捆不住人的舌头！福马·福米奇，在你面前我只不过是一个卑贱的人，一句话，只不过是一个奴隶，可是连我也要欺侮！我理应为你效力，在你面前卑躬屈膝，这是我的义务，因为我生来为奴，我的任何职责都应该在恐惧和战栗中去完成。你坐下来写你的什么书，我就得挡住闲杂的人去找你，因为这是我真正的职责所在。理应去做的，我十二万分地乐意去做。可我都这么大年纪了，还让我像狗似的汪汪叫，在众人面前丢人现眼！现在我甚至连下人住的房间都不能去了，一去人们就说：'你是法国佬，法国佬！'不，福马·福米奇先生，现在不止是我这样一个傻瓜，有些善良的人们也都众口一词，说您现在已经成了不折不扣的恶棍，而我们的老爷在您的面前只不过是一个小孩子而已。您虽然出身名门，是将军之子，您本人或许差一点也当上了将军，可您为人竟如此狠毒，也就是说，您应当是一个货真价实的无赖。"

加夫里拉说完了话。我高兴得简直要发狂。福马·福米奇在众人的慌恐中气得脸色发白，坐在那里一时不能从加夫里拉这意料不及的打击中回过神来；仿佛此刻在思索发怒应到何种程度，之后便终于爆发了。

"怎么！他竟敢骂我，骂我！这简直是造反！"福马尖声喊道，从座位上跳起身来。

随他之后将军夫人也跳起来，双手一拍，出现了混乱局面。叔叔扑向闯了祸的加夫里拉，推他出去。

"给他戴上镣铐，戴上镣铐!"将军夫人叫嚷道，"叶戈鲁什卡，立刻把他给我送到城里去，要他去当兵! 否则，你不会得到我的祝福。立刻给他戴上木枷，送他去当兵!"

"怎么，"福马叫喊道，"一个奴隶! 一个小丑! 一个下贱坯! 他居然敢骂我! 他，他，一个给我擦皮鞋的! 他竟敢骂我是无赖!"

我毅然挺身而出。

"我承认，在这里我完全同意加夫里拉的看法。"我说道。同时直视福马·福米奇的眼睛，全身也由于激愤而颤抖。

福马为我的这一举动大感震惊，以致开始好像不太相信自己的耳朵。

"这又是怎么啦?"他终于喊叫出来，同时气急败坏地扑向我，那双细小充血的眼睛死命盯着我，"你是什么人?"

"福马·福米奇……"完全不知所措的叔叔刚开口说话，"这是谢廖沙，我的侄子……"

"好个学者!"福马号叫道，"这么说，他就是学者了? 利别尔捷……埃加利捷……弗拉捷尔尼捷! 茹尔纳利……德……杰巴! [①]不，老弟，你在胡扯! 在萨克

[①] 法语音译: 前句为法国大革命时期的口号"自由，平等，博爱!"后句为创始于1789年的法国的政治性报纸《辩论日报》，但该报于1850年已经转向官方，因此，福马把它与自由思想相联系是毫无根据的。——俄编注

森不曾有过！这里也不是彼得堡，你唬不了人！对你那德……杰巴我嗤之以鼻！你有你的德……杰巴，依我们说就是'不咋样！'什么学者！我忘掉的比你知道的东西还多出六倍！瞧，你也不过就是这样的学者罢了！"

如果不是人们把他拉住，我觉得他会扑到我身上赏我一顿老拳。

"他肯定喝醉了。"我困惑不解地环顾四周说道。

"谁？我？"福马大喝一声，嗓音都变了。

"是的，您！"

"我喝醉了？"

"喝醉了。"

福马再也受不了这个，尖叫了一声，仿佛人们用刀宰杀他一般，接着就冲出了房间。将军夫人似乎原想昏厥过去，但想想最好还是跟在福马·福米奇之后跑出去了事。随将军夫人之后，众人也都跑了出去，而随众人之后叔叔也走了。当我清醒过来向周围扫视了一下，我看见在房间里只剩下叶热维金一人。他微笑着搓手。

"刚才您答应讲一个伪善者的故事。"他用婉转取悦的声音说道。

"什么？"我问道，不明白是怎么一回事。

"前不久，您答应讲一个伪善者的故事……一个小小的笑话……"

我向凉台奔去，从凉台又跑到园子里。我的头都晕了。

八　求爱

我在园子里徘徊了大约一刻钟，愤愤不平，也非常不满意自己的表现，琢磨着现在该怎么办。太阳落山了。突然，在浓荫覆盖的林荫道的拐角，我面对面与娜斯坚卡相遇。她眼中噙满泪水，双手拿着一方手帕，是擦眼泪用的。

"我在找您。"她说道。

"我也在找您，"我回答她说，"请您告诉我，我是不是在疯人院里？"

"根本不是在疯人院里。"她专注地看着我，委屈地说。

"那这到底是怎么回事呢？看在基督的分上，给我出个主意吧！叔叔现在跑到哪里去了！我能去找他吗？我很高兴遇见了您，或许您可以给我指点一下吧。"

"不，您最好不要去找。我刚从他们那里来。"

"可他们在哪里呀？"

"谁知道呢？或许又跑到菜园里去了。"她愤愤地说。

"去什么菜园？"

"这是上星期福马·福米奇叫嚷说，他不想在这个家里待下去了，于是就突然跑到了菜园子里去，从棚里拿出锹，就开始掘地做起垄来。我们大家都很奇怪：他不是疯了吧？他说：'为了不让人说我白吃饭，我现在来翻地，把我在这里吃的面包都挣回来，然后再离开。瞧，把我逼到了什么地步！'于是大家都哭了起来，几乎要跪在他面前求他，想夺下他手里的铁锹。可他呢，还是在掘，把全部芜菁都给挖出来了。那次纵容了他，或许他现在又干他那一套了。他什么都干得出来。"

"而您……而您讲这件事时居然能如此冷静！"我非常愤慨地叫道。

她目光熠熠地瞥了我一眼。

"请您原谅。我也不知道我在说些什么！不过请您听我说，您可知道，我为什么来这里吗？"

"不……不知道。"她回答说。她的脸红了，在她可爱的面庞上露出一种使人极感不快的神情。

"请您原谅我，"我继续说道，"我现在心绪很乱，我觉得不该这样谈这件事……特别是同您……但反正都一样！我以为，在这个事情上直言不讳比什么都好。我承认……就是说，我想要说的是……您知道我叔叔的意图吗？他命令我向您求婚……"

"啊，简直是一派胡言！请您不要提这件事！"她说，抢先打断了我的话，霎时满脸通红。

我感到莫名其妙。

"怎么是一派胡言呢？要知道，这是他写信告诉我的。"

"那么说,他终究还是给您写了信?"她赶忙问道,"唉,这人真是!他答应得好好的,说他不会写这封信的!简直是一派胡言!天哪,简直是一派胡言!"

"请饶恕我,"我嗫嚅道,不知道该说什么才好,"或许我太冒昧,太鲁莽……但要知道,这是一种非常时刻!您想一想,天晓得我们陷于怎样的境地……"

"啊,看在上帝的分上,请您不要道歉!请您相信,听到这件事我本来就够难受的了。再说我本人也想同您谈谈,打听一件事……啊,多么烦人哪!就是说,他到底还是给您写了信!我最怕的就是这个!我的上帝,这个人可真是的!而您也居然信以为真,没命地赶到这里来?何苦呢!"

她并没有掩饰她的懊恼。我的处境很难堪。

"我承认,"我十分不好意思地说,"我没有料到事情会有这样的发展……相反,我原以为……"

"啊,您原以为?"她微微地咬着嘴唇略带讥诮地说道,"您把他的信给我看看行吗?"

"好的。"

"您别生我的气,不要见怪;伤心的事本来就够多的了!"她用恳求的声音说道,同时她那美丽的双唇上掠过一丝嘲弄的微笑。

"啊,您可别把我当做傻瓜!"我恼火地叫了起来,"不过或许有人叫您反对我,或许某人说了我太多的坏话?或许您这样对待我,只是因为我刚才在那边出了丑?不过这没有什么，请您相信我。我自己也明白，现在在您面前我简直是个傻瓜。请您不要讥笑我！我不知道我在说些什么……一切都因为我不幸只有二十二岁！"

"啊，我的上帝！那又怎么样呢？"

"又怎么样？如果谁只有二十二岁，那是一眼就可看清的，好像写在额头上一样。例如我刚才冲到了房间中央，又如现在这样站在您的面前……都是这年龄的缘故！"

"啊，不是的，不是的！"娜斯坚卡回答，她差一点儿笑出声来，"我确信，您是一个既善良又可爱、还很聪明的人。说实在的，我是真心诚意这样说的！……只是您自尊心太强。这一点是可以改正的嘛。"

"我觉得我的自尊心恰到好处。"

"啊，不对。方才您感到很窘困，为什么呢？不就是因为进门绊了一下嘛！……您有什么权利当众取笑您的叔叔呢？他是那样善良，那样宽宏大量，而且还为您做了那么多好事。当您自己显得滑稽可笑的时候，为什么想把滑稽可笑加到他的头上呢？这是很糟糕的，很可耻的！这不能为您增添光彩。我承认，那一刻您使我感到非常恶心，这就是我想要对您说的话！"

"这话不假！我是个糊涂虫！甚至还做出了卑鄙的事！您发现了这一点，这也就是对我的惩罚！您骂我吧，您讥笑我吧，但请听我说：或许您最终会改变看法的，"我受某种奇怪的情感所支配，补充说道，"您对我了解得还少，以后了解我多了,那时……或许……"

"看在上帝的分上,我们别再谈这个了!"娜斯坚卡带着明显的不耐烦叫道。

"好吧,好吧,我们不说这个!不过……我在什么地方可以见到您呢?"

"什么意思呀?"

"娜斯塔西娅·叶芙格拉福芙娜,我们俩的话未必就已经说完了!看在上帝的分上,请您给我定一个约会,哪怕就在今天也行。不过现在天已经黑下来了,可以的话,明天早晨也行,可以早一点儿。我特意吩咐他们早一点儿叫醒我。您知道,在那边的池塘边上有一个凉亭。我还记得,路也熟悉。要知道我小时候在这里住过。"

"约会!干吗要约会呢?我们现在不是已经在谈话嘛。"

"娜斯塔西娅·叶芙格拉福芙娜,不过现在我什么还都不知道。我得先从叔叔那里把事情问清楚。要知道,他总该把一切都告诉我,那时我或许给您说些非常重要的话……"

"不,不,没有必要,没有必要!"娜斯坚卡叫道,"现在让我们一劳永逸把话说完,以后再也不用提它了。您也不要白白跑到凉亭去,我向您保证,我不会去的,请您把脑子里的胡思乱想通通抛掉吧,我认真地恳求您……"

"那么说,叔叔对我的所作所为,也是一个疯子干的事了!"我十分懊丧地叫喊道,"既然如此,他为什么还要叫我回来？……请听，这是什么喧闹？"

我们离房子很近。从开着的窗子里传来尖叫和某种异常的喊声。

"我的上帝！"她脸色苍白地说，"又来啦！我早就有预感！"

"您早已预感到啦？娜斯塔西娅·叶芙格拉福芙娜，我还有一个问题。当然，我没有丝毫的权利，不过为了大家都好，我还是决定向您提最后一个问题。请您告诉我，我会藏在心里的，您坦白地说，叔叔是不是爱上您了？"

"哎呀！您把这种胡思乱想永远抛掉吧！"她叫喊道，气得面红耳赤。"连您也这样说！如果他爱上了我，就不会想把我嫁给您了，"她又苦笑着补充说，"这是从何说起呢？难道您真不明白吗？您听见喊叫了吗？"

"这是……这是福马·福米奇……"

"是的，当然是福马·福米奇。但现在的事是由我引起的。因为他们说的，同您说的一样，都是一派胡言。他们也怀疑他爱上了我。就因为我是一个贫穷人家的姑娘，就因为我是一个微不足道的苦命姑娘，就因为玷污我算不得一回事，他们才这样说。他们的本意是想让他娶另一个女人，于是为了保险起见，就要他把我赶回到我父亲的家里。可他们一提这件事，他就发火，甚至准备把福马·福米奇撕成碎片。他们现在就是为此争吵。我早已预感到，叫嚷就为这件事。"

"那这一切都是真的!那就是说,他非得娶那个塔季娅娜了?"

"娶哪一个塔季娅娜?"

"嗯,就是那个傻姑娘啊。"

"根本就不是傻姑娘!她很善良。您没有权利这么说!她有一颗高尚的心,有一颗比很多人都高尚的心。她的不幸并非她的过错。"

"对不起。假定您这个看法是完全对的,那您在主要方面的看法难道不会有错吗?我已经注意到了,请您告诉我,他们怎么对您的父亲那样好呢?要知道,如果像您说的,他们非常生您的气,还要把您赶回家去,那也会迁怒于您父亲,对待他也会很坏。"

"难道您就看不出来父亲为我干了些什么吗?他像一个小丑围着他们转!他们所以接待他,因为他奉承上了福马·福米奇。福马·福米奇呢,本人曾经给别人当过小丑,现在就不免为自己有小丑感到荣幸。您想父亲为了谁才会这样做呢?他为了我,只是为了我一个人才这样做的。为自己他没有必要,为了自己,他是不会给任何人低声下气的。或许在某些人的眼里他非常滑稽可笑,但他是一个高尚的人,一个最高尚的人!天晓得为什么,可绝不是因为我在这里薪水拿得多,这我可以向您保证,他想着我最好还是留在这里,留在这个宅子里不走的好。不过如今我已经使他完全放弃了这个想法。我义无反顾地给他写了一封信。因此他就来了,要把我带回去。如果不得已,哪怕明天走都行。因为事情已经糟透了,他们想把我活活吃掉,我也确信无疑地知道,他们现在在那边吵嚷就是为了我的事。他们由于我的缘故而折磨他,他们会把他毁掉的!而他不管怎样说,终归还是我的父亲,您知道吧,甚至比我生身父亲还要亲!我不想再有什么期望。我比别人知道得更清楚。明天,明天我就离开!谁知道呢,或许这样一来他们会暂时推迟他同塔季娅娜·伊万诺芙娜的婚事……瞧,现在我把一切都对您讲了。请您把这个也讲给他听,因为我现在连同他讲话都不能够,人们都在监视我们,特别是那个佩列佩莉岑娜小姐。请您告诉他,请他不必为我担心,就说我宁可啃黑面包,挤在父亲的茅屋里,也不愿意待在这里成为他受折磨的缘由。我是一个穷人家的姑娘,本来就该像穷人家姑娘那样活着。我的上帝,他们吵得多么厉害呀!叫得多么凶啊!那里又在干什么呢?不,无论如何我也得立刻到那里去!不管会出什么事。我也要亲自当着他们所有人的面把一切都说出来!我必须这样做。再见了!"

她跑走了。我留在原地,充分意识到我刚才扮演的那种角色的滑稽可笑。我感到困惑的是,这一切最终会怎样收场呢。我既怜惜这个穷苦的姑娘,又为叔叔担忧。这时,加夫里拉突然出现在我跟前。他的手里还拿着他那个学法语的笔记本。

"请您到叔叔那里去!"他用悲苦的声音说道。

我清醒了过来。

"到叔叔那里去?他在哪儿?现在把他怎么样了?"

"他在用茶的房间。就是您刚才用茶的那里。"

"他跟谁在一起?"

"就他一个人。正在等着您。"

"等谁?等着我?"

"还派人去请福马·福米奇了。我们的好日子一去不复返了!"他补充说,深深地叹了一口气。

"去请福马·福米奇?哼!其他人呢?老夫人在哪里?"

"在她住的那边。她昏过去了,神志不清躺在那里,还不停地哭。"

我们一边这样议论着,一边走到了凉台。院子里天色已经黑下来。叔叔的确是独自一人,他就在我同福马·福米奇激烈争吵过的那个房间,他大步在房间里走来走去。桌子上都摆着点燃的蜡烛。一看见我,他就朝我扑过来并紧紧地握住了我的双手。他脸色苍白,很沉重地喘着气;他的两只手哆哆嗦嗦,神经质的战栗不时地传遍他全身。

九　将军阁下

"我的朋友！一切都完啦，一切都决定了！"他悲痛地低声说道。

"叔叔，"我说道，"我听见一阵阵的叫嚷。"

"小伙子，叫嚷，叫嚷，各种各样的叫嚷都有！妈妈晕过去了，现在一切都天翻地覆了。但我已经拿定了主意，并且要坚持到底。谢廖沙，我现在谁都不怕。我想要他们看看，我也有性格，一定要让他们看看！因此我特意把你找来，好协助我让他们见识见识……谢廖沙，我的心都碎了……但是我必须，我义不容辞要雷厉风行地采取行动。正义是铁面无私的！"

"叔叔，可究竟出了什么事呢？"

"我要同福马分手。"叔叔毅然决然地说道。

"好叔叔！"我狂喜地叫道，"您想不出比这更好的主意来了！我哪怕多少能帮您实施这一决定，那随时都听候您的吩咐。"

"谢谢你，小伙子，我很感谢！现在一切已经决定了。我在等候福马，我已经派人去找他了。要么是他，要么是我！我们必须分手。要么明天福马就离开这个家，要么我发誓，我就丢下这一切不顾重新去当骠骑兵！他们会收下我的，他们会让我带一个骑兵营。让这里的一套都见鬼去吧！现在一切要重新开始！你拿着那个学法语笔记本干什么？"叔叔转向加夫里拉狂怒地叫喊道，"丢掉它！烧掉，踩烂，撕碎！我是你的老爷，我命令你不要学法语。你不能，你也不敢不听从我，因为我是你的老爷，而不是福马·福米奇！……"

"感谢上帝！"加夫里拉自言自语说。显然，事情并非儿戏。

"我的朋友！"叔叔非常动感情地继续说道，"他们硬要我做不可能做的事！你将对我做出裁决，你现在就是一个站在我和他之间的公正的法官。你不知道，你不知道，他们要求我做什么，现在他们终于正式摊牌了，他们把一切都通通说出来了！但是，这是违背仁爱、破坏高尚和丧失名誉的事……我会把一切都告诉你的，但是，首先……"

"叔叔，我已经全都知道了！"我打断他的话叫道，"我猜想……我刚刚同娜斯塔西娅·叶芙格拉福芙娜谈过话了。"

"我的朋友，关于这件事，现在一个字也不要提，一个字也不要提！"叔叔仿佛害怕似的赶忙打断我的话说道，"以后我会亲口把一切都告诉你的，但是暂时……怎么回事？"他向走进屋子来的维多普利亚索夫吼叫，"福马·福

165

米奇在哪里？"

维多普利亚索夫带口信说："福马·福米奇他老人家不愿意来，而且他老人家认为这个要求是十分无礼的，因此，福马·福米奇他老人家非常生气。"

"把他带来！把他拖来！把他弄到这里来！动手把他给我拽来！"叔叔跺着脚叫喊道。

维多普利亚索夫从来没见过自己的老爷如此暴怒，吓得一溜烟跑掉了。我也感到很吃惊。

"兴许是什么非常非常重要的事，"我想，"否则，性情这么好的人怎么能够如此盛怒并采取这种断然措施呢。"

有几分钟时间，叔叔默默地在房间里来回踱步，好像自己同自己争执不下。

"不过你不必撕那个学法语的笔记本了，"他终于对加夫里拉说道，"你先别走，待在这里，或许还用得着你……我的朋友，"他又转向我补充说道，"我刚才可能叫喊得太过分了。任何一件事都应该做得既有尊严又有勇气，但没有必要叫喊，没有必要使人下不了台，应该是这样才对。谢廖沙，你知道吗？如果你离开这里一会儿，岂不更好些？对你来说，反正是无所谓的。事后我会把一切都告诉你。你看怎么样？你以为如何？请你为了我这样做吧。"

"叔叔，您害怕起来了？您后悔了？"我专注地盯着他说道。

"不，不，我的朋友，我没有后悔！"他倍感兴奋地叫道,"现在我已经不再害怕任何东西了。我采取了果断的措施,最果断的措施!你不知道,你想象不到,他们要求我做什么!难道我应当同意吗?不,我要据理坚持!我已奋起抗争,我还要据理坚持下去!早先我本来就该据理坚持的!但是,我的朋友,你知道我现在后悔叫你来了。如果你在场,福马可能会感到很难堪,也就是说,你将成为福马受辱的目击者。你看,我想采用高尚的方式让他离开这所宅子,不使他感到任何屈辱。不过,要知道,只不过是我这样说,不受任何屈辱。小伙子,这种事情嘛,不管你甜言蜜语把它说得多么好听,终归还将是难堪的。我是个粗人,缺乏应有的教养,说不准一时糊涂东一榔头西一棒槌说些傻话,将来后悔都来不及了。他终归还是为我做过很多事的……我的朋友,你离开吧……听,他们已经把他带来了,带来了!谢廖沙,我求求你,你出去吧!事后我会把一切都告诉你的。看在基督的分上,你出去吧!"

刚好就在福马走进房间的那一刻,叔叔把我领出到凉台上。但是,我现在还在后悔我当时没有离开;我当时拿定主意要留在凉台上,因为那地方非常黑暗,因此很难从屋里看见我。我决心要偷听他们说些什么!

我没有什么可以用来为我的行为辩解的理由,但是我敢说,在凉台上坚持站了这半个小时,而且居然没有失去耐心,我认为是做出了一件具有伟大殉难意义的业绩。从我站着的那个地方不仅能够听得很清楚,甚至能够看得很清晰，因为门是玻璃的。现在请大家设想一下福马·福米奇的模样吧，他是被明令召来的，如果他拒绝前来，就有对他采用强制手段的危险。

"上校，是我的耳朵听到了这样的威胁吗？"福马边走进房间边哀号道，"是让人这样转告我的吗？"

"福马，是你的耳朵听到的，是你的耳朵听到的，你安静点儿，"叔叔勇敢地回答说，"你坐下。让我们认真地谈谈，让我们友好地、兄弟般地谈谈。福马，你坐呀。"

福马·福米奇端着架子坐到了安乐椅里。叔叔迈着快而不稳的步子在房间里来回走动着，显然他感到为难，不知话该从哪里说起。

"正是要兄弟般地谈谈，"他又重复了一次，"福马，你了解我，你不是一个小孩子，我也不是一个小孩子。总之，我们都上了年纪……嗯！福马，你看，我俩在某些问题上意见相左……是的，正是在某些问题上，因此，福马兄弟，我们就此分手不是很好吗？我确信，你是高尚的，你希望我好，因此……不过，何苦多加解释呢！福马，我是你永生永世的朋友，对此我可以用所有圣者的名义发誓！这里是一万五千银卢布。兄弟，这是尽我所有了，最后的一点儿家底都一扫而空，把家里的人都搜刮殆尽。你大胆地拿去吧！我应该，我有义务保证你的生活！这里差不多全都是当票，现金不多。大胆地拿去吧！你什么也不欠我的，因为我无论什么时候都无力还报你为我所做的一切。

是的，是的，正是这样，即使是现在，虽然在最主要的问题上我们俩的意见不合，我对这一点还是有感觉的。明天或者后天……或者，在你认为适当的时候……让我们分道扬镳吧。你就到咱们的县城去，福马，只有九俄里的路程；那里有一幢小住宅，在教堂后面的第一条胡同里，装着绿色的护窗板，是牧师未亡人的一所十分可爱的小住宅。她要将它卖掉。我要给你把它买下来，房钱我单拿，不算在这一万五千银卢布之内。你就搬到那边去住，反正也就在我们跟前。你可以在那边搞你的文学，从事你的科学研究，你将赢得你的荣誉……那边还有官员，他们一个个都是高尚的，都是殷勤好客的，都是大公无私的；大司祭是一位学者。逢年过节你可以到我们这里来作客，于是我们就将如同在天堂里一般生活！你愿意还是不愿意？"

"驱逐福马的条件原来是这样的！"我想，"叔叔向我隐瞒了关于钱的事。"

长时间笼罩着一片沉默。福马坐在安乐椅里，仿佛惊呆了，一动不动地盯着叔叔看。显然，叔叔也由于这种沉默的场面和福马的这种目光而开始局促不安起来。

"钱！"福马终于用一种故意做出来的衰弱的声音说道，"它们在哪儿？这些钱在哪儿？把它们拿来，快把它们拿到这里来！"

"福马，就在这儿，最后的一点儿家底了，一万五千整，全部都在这里了。这里既有当票，也有钞票，你一看就清楚了……拿去吧！"

"加夫里拉！这些钱都归你了，拿去吧，"福马和蔼地说，"老家伙，这些钱你会用得着的。不过，不！"他突然喊叫起来，话声里还夹杂着一种异常的刺耳尖音，同时他又在安乐椅里一跃一跃地欠起身子，"不！加夫里拉，把它们，把这些钱先拿给我！把它们给我！把它们给我！把这几百万给我，好让我用脚踩烂，好让我把它们撕得粉碎，好让我朝它们唾弃，好让我扔得四散纷飞，好让我把它们弄得污秽不堪，好让它们丧失光辉！……给我，给我，居然给我钱！居然收买我，好让我离开这个家！这话是我听到的吗？是我活到了忍受奇耻大辱的一天吗？看吧，看吧，这就是它们，这就是您那几百万！请看吧，都在这儿，都在这儿，这也是，这也是！上校，如果从前您还不知道福马·奥皮斯金是怎样做的话，那么您瞧着吧！"

于是，福马就把那包钱扔得满屋都是。十分有趣的是，他却没有像他吹嘘过的那样做：他没有撕毁一张钞票，也没有在一张票子上吐口水；他只不过略微把它们揉搓一下，即使这样做也很小心。加夫里拉赶忙跑去从地板上把这些钱都收拢来，然后，在福马刚离开房间时，就把它们倍加爱惜地交到自己老爷手里。

福马的行动真使叔叔惊得目瞪口呆。现在轮到他一动不动地呆立在福马面前，毫无表情地张口结舌。与此同时，福马却重新在安乐椅里坐好，并且仿佛由于不可名状的激动而喘着粗气。

"福马，你是一个崇高的人！"叔叔回过神来后，终于高声叫道，"你是人们中间最高尚的一个人！"

"这我知道。"福马用微弱却又带有无法描述的尊严的声音说道。

"福马，饶恕我吧！福马，我在你面前是个卑贱的东西！"

"是的，在我面前。"福马附和着说。

"福马，并不是你的高尚行为使我感到惊愕，"叔叔兴高采烈地继续说下去，"而是我怎么能够粗野到如此地步，有眼无珠，卑劣到这般程度，以致在向你提出这样的条件时还给你钱？不过，福马，你有一点是错了：我根本不是收买你，根本也不是为了让你离开这个家而付给你钱，我只不过是想要这样做，以便你离去时，手头有钱，以便你不感到没钱的窘迫。对此我可以对你发誓！福马，我准备双膝下跪，是的，双膝下跪请求你的宽恕，如果你愿意，我立即就跪倒在你面前……只要你愿意……"

"上校，我不需要您下跪！……"

"但是，我的上帝！福马，你想，我当时正在气头上，被惊呆了，我控制不住自己……但是，你说吧，你告诉我，我能够用什么，我怎样可以赎罪？你教教我吧，你打开你的金口吧……"

"上校，都无济于事，都无可补救！我向您担保，明天我就迈出这所宅子的门槛，一去而决不回头。"

此刻福马才从安乐椅里起身。叔叔惊恐地奔向他，又重新扶他坐好。

"不，福马，请你相信我，你不会走的！"叔叔叫喊道，"福马，用不着说什么跨出门槛、决不回头！你不会走的，要去我就跟着你去浪迹天涯，你一天不饶恕我，我就一天也不离开你的左右……福马，我发誓，我一定会这样做的！"

"饶恕您？您有过错？"福马说道，"但是，您可明白您在我面前有什么罪过吗？您是否明白，您现在在我面前的过错，还在于您给我一口面包吃？您是否明白，您仅用一分钟的时间就毒化了我在您家里食用过的每块面包吗？您刚才责备我白吃您家里的面包，每一口面包。您现在向我证明，我在您家住着像一个奴隶，像一个仆人，像一个给您擦皮靴的人！与此同时，我却一直真心以为我是作为一个朋友和兄弟住在您家里的！不正是您本人，不正是您自己用您那恶蛇般的言语上千次地让我确信这种友谊，确信这种手足之情吗？为什么您要在暗地里编织罗网让我傻瓜一样坠落其中呢？为什么您要在黑暗中给我挖下陷阱，而现在您又亲自推我下去呢？为什么您早先不把我一棍子打死呢？为什么您一开始没有拧下我的脑袋，就像拧下一只公鸡的脑袋，哪怕只是因为……它不下蛋呢？是的，就是这样！上校，我赞成这个比喻，虽然它取自外省的地方生活,又带有当代文学的庸俗习气;我赞同它,因为通过这个比喻可以看出您对我的指责十分荒谬。我在您面前罪过之大,也恰如那只公鸡不能下蛋,因而不能讨得那异想天开的主人的欢心!上校,得了吧!难道有用钱来打发朋友或者兄弟的吗?为了什么呢?主要地说,究竟为了什么?说什么:'给,我的心爱的兄弟,我欠你的情:你甚至救过我的命;给你几枚犹大的银币①,不过你得给我滚开,别让我再看见你!'多么天真哪!您对我又多么粗鲁哇!您以为我稀罕您的金钱,岂知我有的唯一的崇高情感是建立您的幸福。啊,您伤透了我的心!您玩弄了我最崇高的情感,就好像随便一个什么小男孩儿在玩一种投钉游戏②一样!上校,很久以前我就预见到了这一切,这就是为什么我很早以前就被您的面包噎得喘不上气来,您的面包我难以下咽!这就是为什么您那羽绒褥子使我感到难受,而不觉得柔软舒适!这就是为什么您那白糖和糖果对我来说无异于南美圭亚那的克恩产的极辣的辣椒,而不是什么糖果!不,上校!您一个人独自过您的日子吧,您形单影只地享受清福吧,就让福马背起行囊去走他自己哀伤的路吧。上校,事已至此,无可挽回!"

"不,福马,不!不能这样,绝不可能是这样!"被彻

---

① 见《圣经·新约·马太福音》26:15:耶稣的门徒犹大以三十枚银币的代价把耶稣出卖给祭司长。
② 地上放置一个环,向其中投掷大头钉使其插入土中的一种游戏。

底打垮的叔叔发着呻吟声说。

"是的，上校，是的！就是这样结束，因为必须如此，明天我就离您而去。请把您那几百万撒开，请用您那钞票铺满我要走的路，通往莫斯科的大道上，我要在您那些钞票上高傲而蔑视地走过去。上校，我这脚将要践踏、弄脏、踩坏您这些票子，而福马·奥皮斯金靠他自己高尚的心灵是不会挨饿的！我说过而且曾经证明过！上校，永别了。上校，永——别——了！……"

于是，福马重又要从安乐椅里起身。

"饶恕我吧，饶恕我吧，福马！忘掉一切吧！……"叔叔以祈求的声音一再重复地说。

"说'饶恕我吧'！可是我的饶恕对您又有什么用处呢？嗯，好吧，假如我饶恕您，因为我是个基督教徒，我不能不饶恕别人，而且我现在差不多就已经饶恕您了。那您自己想想吧：如果现在我在您家里哪怕再停留一分钟，这符合常理和道德吗？要知道，是您要赶我走的呀！"

"福马，符合的，符合的！我向你保证，这是符合的！"

"是符合的吗？那么我们彼此间现在是平等的吗？难道您竟然还不明白，这样说吧，我是用自己高尚的道德战胜了您，而您却是用自己卑劣的行为制服了自己。您是被制服了，而我却被抬高了。哪里还有什么平等可言？没有这样的平等难道能够成为朋友吗？我在说这话的时候，我的心同时也发出哀痛的号啕，而不是以胜利者高踞于您之上，如同您可能会以为的那样。"

"福马，我的心也在发出哀痛的哭声，我向你保证……"

"这难道就是那个人，"福马继续说道，严厉的语气变得和悦些了，"就是那个人，为了他我每到夜里有多少次不得安眠！有多少次，在我的不眠之夜，我常常从床上起身，点燃蜡烛并对自己说：'现在他睡得很安稳，他寄希望于你。福马，你可不能睡，为了他你要精神抖擞；说不定为了这个人的幸福平安你还会想出什么点子来呢。'上校，这就是福马在自己的不眠之夜的思虑！但是，看看，这位上校是怎样报答他的吧！不过，不要说了吧，够啦！……"

"但是，福马，我还会获得，我还会重新获得你的友谊的，我向你发誓！"

"重新获得？可是保证在哪里？作为一个基督教徒，我饶恕您，并且甚至还将爱您。但是作为一个人，并且是一个高尚的人，我则将不由自主地蔑视您。我应该，我责无旁贷地蔑视您。以道德的名义我责无旁贷，因为——我向您再重复一遍——您给自己的脸上抹了黑，而我的行为却是最高尚的。您说，你们那伙人中，有谁会有类似我那样的行为呢？他们中间有谁会拒绝接受这样一笔数也数不过来的钱财呢？可是，一文不名的乞丐、被大家看不起的福马却出于伟大的情操毅然拒绝接受这笔巨款。不，上校，要想同我看齐，您现在还得去完成许许多多的业绩。可是，在您甚至还不能够像对待一个与您平等的人一样而称呼我为您，却像对仆人一样直呼我为你的时候，您又有什么能力创建什么功勋呢？"

"福马，要知道，我是根据我俩之间友好情谊才直呼你的！"叔叔带着要哭出来的声音说道，"我可不知道你对此感到不快……我的上帝！要是我早先知道就好了……"

"您，"福马继续说道，"您在我请求您像称呼将军一样称呼我为'阁下'的时候，却不能够，或者不如说不情愿满足这个最简单也最微不足道的请求……"

"但是，福马，这可是严重侵害上司职权的行为，福马。"

"严重侵害上司职权的行为！死咬住书本上那么一句话不放，就像鹦鹉学舌一样，喋喋不休！可您是否知道，您拒绝称我为'阁下'就使我蒙受了奇耻大辱，就让我名誉扫地。您使我遭受的凌辱还有：您不懂我要您这样做的原因，视我为该去疯人院的一个任性的傻瓜。哼，难道我还不明白，假若我异想天开竟然让您称我为阁下，我自己岂不滑稽可笑至极吗？我蔑视所有这些官爵和尘世的虚荣。要知道，这些东西如若没有美德为依托，也就一文不值了。没有美德，给我一百万我也不要将军这个头衔！与此同时，您却把我当成疯子看待！正是为了您的利益，我才牺牲了自己的自尊心，并且容忍了您，您以及您的学者们，使你们得以称我为疯子！我之所以一定要您给我一个将军的称号仅仅是为了启迪您的智慧,开发您的道德情操并让您沐浴在新的思想的光辉之中。我正是想让您从今以后不要再把将军之类看成是地球上不可逾越的巨人。我正是想要向您证明,不具备宽广的胸怀,所谓官职就什么也不是。您的那位将军要来做客,这并没什么值得高兴的。或许在您身边就大有德高望重的人在!但是您还经常在我面前以拥有上校官职而妄自尊大,因此您要称我为'阁下'就难以启口。原因就在这里!这就是原因之所在,而并非是什么侵害上司职权的问题!全部原因就在于,您是上校,而我只不过是福马而已……"

"不是这样的,福马,不是这样的!我向你保证,全然不是这样。你是一位学者,你并非普普通通的福马……我很景仰……"

"您景仰!很好!如果像您所说,您景仰我,那么请您告诉我:据您的意见,我配不配享有将军的头衔?请您肯定地并且毫不迟疑地回答:配还是不配?我想考察一下您的智慧和您的智力开发程度。"

"就正直而言,就大公无私而言,就智慧而言,就心灵的绝对高尚而言,你配得上!"叔叔为之骄傲地说道。

"既然我配,那么您为什么还不称呼我为'阁下'呢?"

"福马,好吧,我会说的……"

"我要求您说,我现在就要求您说,上校,我坚持并且强烈要求!我看得出来,这对您不堪忍受,因此我才要求您必须这样做。您在这方面做出的牺牲就将成为您建立功勋迈出的第一步,因为——千万不要忘记这一点——为了向我看齐,您应当建立很多的功勋。您应当战胜您自己,只有那时我才会相信您的真诚……"

"福马,明天我一定叫您'阁下'!"

"不,上校,不是明天,明天是不言而喻的。我要求您现在,立刻就叫我'阁下'。"

"福马,好吧,我这就……不过,为什么非得立刻不可呢,福马?……"

"为什么就不能立刻叫呢?难道您有些难为情?在这种情况下,如果您竟然觉得难为情,我认为这是对我的侮辱。"

"那么,好吧,福马,我这就……我甚至感到骄傲……不过,福马,怎么能毫无来由地说什么'阁下,您好'呢?要知道,这是不行的……"

"不,不是'阁下,您好'。这是使人难堪的语气,好像在开玩笑,在演滑稽剧。我不允许同我开这样的玩笑。上校,请您别再糊涂了,请您马上清醒过来吧!您要改变您的语气!"

"福马,你不是在开玩笑吧?"

"叶戈尔·伊里奇,首先,我可不是什么你,而是您!请您千万不要忘记这一点;也不是什么福马,而是福马·福米奇。"

"福马·福米奇,不错,真的,我很高兴!我真心地感到高兴……只是要我说什么呢!"

"喊'阁下'时再附加点儿什么您感到为难,这是可以理解的。您早点儿说明一下不就行了嘛!这甚至还是可以原谅的,特别是考虑到,如果说得客气一点儿的话,您这人不是一个作家。嗯,既然您不是一个作家,那么就让我来帮帮您好了。请跟着我说:'阁下!……'"

"嗯,'阁下'。"

"不对,不是'嗯,阁下',而是直截了当的'阁下'!上校,我告诉您,请改变您的语气!我还希望您不要感到屈辱,如果我建议您略微弯下您的身子,同时躯体略向前倾。同将军大人讲话的时候,躯体都要向前倾的,以此来表示尊敬。这样说吧,同时也是表示准备随时飞快地去执行将军委派的任务。我本人过去经常与将军们交往,因此这一切我是很清楚的……嗯,您说吧,'阁下'。"

"阁下……"

"我是多么难以形容地高兴啊,我终于有机会请求您的原谅,原谅我最初并不了解阁下您的心灵。我斗胆向您保证,今后我将不惜竭尽我绵薄之力为公益效劳……嗯,行啦,您就说这些吧!"

可怜的叔叔!他必须逐字逐句复述这一派胡言!我好像一个犯了过错的人一样站在那里并为之羞得面红耳赤。愤恨之情憋得我喘不出气来。

"嗯，您现在是不是觉得，"那个折磨叔叔的家伙说道，"您心里突然感到轻松了些，仿佛有那么一位天使飞到了您的心灵里？请您回答我！"

"对，福马，的确如此，是感到轻松了些。"叔叔回答说。

"一旦您战胜了您自身，您的心就好像浸在了某种橄榄油中，是吧？"

"是的，福马，的确如此，我的心就像涂了橄榄油那样轻快。"

"就像涂了橄榄油那样？嗯……不过我对您说的不是油……好吧，反正都一样！上校，这您该明白履行职责意味着什么！您要战胜您自身。您自尊心很强，您自尊心强得都没有边儿了！"

"福马，我有自尊心，这我清楚。"叔叔叹了一口气回答道。

"您是一个自私自利的人，而且甚至是一个阴暗的自私自利者……"

"福马，我是一个自私自利的人，不错，这我也清楚；从认识你的那时起，我就知道了。"

"现在我要像严父一样，要像慈母一样亲口对您说……您要把所有的人从您身边打发走。您忘记了，乖乖的小牛犊要吃两头母牛的奶水。"

"福马，这也是千真万确的！"

"您很粗鲁。您是那样鲁莽地撞击人的心灵,您是那样妄自尊大硬要人家关注您,以至于正派的人都准备离您而去跑得远远的!"

叔叔又深深地叹了一口气。

"您对别人要和蔼可亲,要关切和爱护,为了别人您要有忘我精神,那时,别人也就会想到您了。您自己活着,也要让别人活着,这就是我的信条!忍耐、劳作、祈祷并且期待,这就是我想要一下子教会全人类奉行的真理!如果您能以此为准绳身体力行,那么我就将首先向您敞开我的心扉,就将伏在您的胸口哭泣……只要需要这样做的话……否则,总是我呀,我呀!要知道,不客气地说,您终归是讨人嫌的。"

"真是一个能说会道的人!"加夫里拉崇敬地说道。

"福马,这都是实话,这一切我也都感觉到了,"深受感动的叔叔顺从地附和着说道,"福马,可是,也并不是一切都是我的过错,我受的就是这样的教育;过去是同士兵们生活在一起的。福马,我向你发誓,我也曾经是善于动感情的。当我告别团队的时候,全体骠骑兵,我那整个骑兵营都哭了,他们都说,像我这样好的人可真难得呀!……我当时就想,兴许我这人还没有到不可救药的地步。"

"以自我为中心的特征又暴露出来了!我又抓住了您这种狂妄自大的辫子!您不但自我吹嘘,而且顺便还用骠骑兵们的眼泪对我大加鞭挞。为什么我就不用别人的眼泪来吹嘘自我?有什么可用来自我吹嘘一番就好了;或许有这种事就好了。"

"福马,这是脱口而出的,我忍不住就记起了过去的美好时光。"

"美好时光并不是从天而降的,而是我们创造出来的。叶戈尔·伊里奇,它就包含在我们的心里。为什么我总是感到幸福,而且尽管遭受苦痛,我仍然感到满足,仍然心平气和,我并不讨人嫌,厌恶我的只有那些傻瓜、上蹿下跳者、学者。对他们我不宽容,也不想宽容。我不喜欢那些傻瓜!而那些学者又是什么东西?'通晓科学的人!'可他的科学都是骗人的把戏,并非是科学。嗯,他刚才说什么来着?叫他到这里来!把所有的学者都叫到这里来!我能够驳倒一切。他们的所有论点,我全都能批驳得一无是处!且不说我的高尚的道德……"

"当然啦,福马,当然啦。这谁又会怀疑呢?"

"比如说,前不久我显露出我的智慧、才华、博学多闻,对人类心灵的通晓,对当代文学的了如指掌。我不但指出了,还进而做了极好的发挥,有才华的人从科马林农夫舞一下子引申出一个高尚的话题。可又怎么样呢?他们之中又有谁充分赏识我的长处呢?不,他们居然扭转头不屑一顾!他一定对您说过,说我什么也不懂。可是,或许正是在这里马基雅维利本人或者某一位麦尔卡丹特坐在你们面前①，我的过错仅仅在于我的贫穷和处于不知名的地位而已……不，我饶不了他们！……我还听说有一个科罗夫金。这又是一个什么东西？"

"福马，这是一个聪明人，一个科学家……我正在等着他的到来。福马，这确实是个好人！"

"哼！我表示怀疑。大概，这是一头驮上一堆书本的当代蠢驴吧。上校，他们这些人没有心灵，他们没有心肝！徒有学问而无德行，又能算得了什么呢？"

"不，福马，不是这样的！关于家庭的幸福他讲得多么好哇！福马，听的人自然变得无限向往了！"

"哼！让我们走着瞧吧。让我们也来考考这个科罗夫金。但是，行啦，"福马从安乐椅里起身结束他的话说道，"上校，我还不能够完全饶恕您，因为我受的屈辱是残酷无比的。不过我要乞求上帝，或许上帝会给一颗受伤的心降下和平。让我们明天再谈这件事吧，现在则请允许我告退。我已经累啦，浑身没有力气……"

"哎呀，福马！"叔叔赶忙张罗开了，"是的，你的确累了！你看怎么样？要不要提提神吃点什么东西？我这就去吩咐。"

---

① 马基雅维利（1469—1527），文艺复兴时代意大利政治活动家和作家；麦尔卡丹特（1797—1870），意大利作曲家；按字母选择姓名时（两人的姓氏的第一字母均为 M。——译者），硬把两个不同时代、毫不相关的人物放在一起说，表明福马的浅薄。——俄编注

"吃点东西！哈——哈——哈！吃点东西！"福马以一种蔑视的笑声回答说，"先给你灌够了毒药，然后又问你想不想吃点什么？居然还想用什么煮蘑菇和浸苹果来治愈心灵的创伤！上校，您是一个多么可怜的唯物主义者呀！"

"唉，福马，真的，我可是真心诚意的呀……"

"那么，好吧。就不说这个了。我走啦，您可要立即到您母亲那里去。您可以双膝跪地，可以痛哭流涕，但一定得求得她对您的宽恕。这是您的义务，这是您应尽的义务！"

"哎呀，福马，我脑子里总在想的就是这件事。就是现在，我同你谈话的时候，心里想的也是这件事。我准备跪在她的面前，哪怕一直跪到东方发白都行。但是，福马，你想想，她们要求我干什么？福马，要知道，这要求是不公平的，这要求是残酷的！我求你仁爱为怀，宽宏大度，让我充分享有幸福吧，你先想想再决定，到那时……那时……我发誓！……"

"不，叶戈尔·伊里奇，不行，这不关我的事，"福马回答说，"您知道的，我一点都不参与这件事，也就是说，假如您确信这一切全是由于我的缘故发生的，那么我向您保证，从一开始我就完全置身事外。这里只是您母亲一个人的意愿，而她当然是希望您好……请您赶快去吧，请您飞奔而去吧，请您用您的顺从扭转局势的发展吧。不可含怒到日落！①而我……我将整宿为您祈祷。叶戈尔·伊里奇，我很久以来就不知什么是睡眠了。再见吧！老家伙，我也饶恕您了，"他转向加夫里拉补充说道，"我知道，你的所作所为并非是受你的头脑支使的。如果我使你受到屈辱，也请您原谅我……再见，再见，大家都再见，愿上帝赐福给你们！……"

福马出去了。我立即冲进了房间。

"你都偷听了？"叔叔叫喊道。

"是的，叔叔，我都听到了！可您，您竟然能够称他为'阁下'！……"

"有什么办法呢，小兄弟？我甚至为此而感到骄傲……这对于建立崇高的功勋来说算不了什么。他是一个多么高尚的人，他是一个多么大公无私的人，他是一个多么伟大的人哪！谢尔盖，这你都听到了……而我居然拿这些钱给他，也就是说，我简直昏了头！我的朋友！我太偏执一端了。我当时正处于狂怒之中，并没有理解他。我对他怀疑，怪罪他……但这不对！他不可能是我的仇敌，这一点我现在明白过来了……你知道吗？当他拒绝拿钱的时候，他脸上的表情有多么高尚啊？"

"好吧，叔叔，您愿意骄傲就骄傲吧，可我这就要走啦，因为我已经忍无可忍！我再说最后的一次，请您告诉

---

① 此语见《圣经·新约·以弗所书》4：26。

我：您究竟要我干什么？为什么唤我回来？并且您又在期待些什么？如果一切都已经结束，而我留在这里对您又毫无益处，那我就走。这里看到的种种情景，我忍受不了！我今天就要走！"

"我的朋友……"叔叔像他惯常表现的那样又慌乱起来，"你再等一等，只两分钟，兄弟，我现在到妈妈那边去……那边的事也该有个结束……这是一件重要的、非常非常大的事情！……你现在暂时先回到你的住处。加夫里拉会把你领到夏天住的厢房去的。你知道夏天住的那个厢房吗？就在园子里。我已经吩咐过了，你的皮箱也已经搬到那里了。我现在到妈妈那边祈求得到宽恕，解决一件事，我现在已经知道该怎样做了。然后，我立刻就去找你，那时我就把一切毫无保留地讲给你听，把我全部的心事都掏给你。而且……而且……而且我们的幸福时刻终归会来的！谢尔盖，只等两分钟，只等我两分钟！"

叔叔握了握我的手就匆匆忙忙出去了。没有办法，我只好又跟随加夫里拉走了，去夏天住的厢房。

十　米津奇科夫

加夫里拉领我去的那处厢房，只是根据旧日习惯才称为"新厢房"，其实它是过去的地主们早先就建好了的。这是一幢挺不错的小木屋，坐落在园子的中间，距离老房子只有几步远。它的三面围着高大苍劲的菩提树，枝叶都触到了屋顶。这幢小木房里的四间屋都是专门为来往客人准备的，家具陈设也都很像样。一走进专为我安排的那个房间，除了已经搬来的我的皮箱外，我一眼就看见床前小桌上放着一张信纸。纸上极其华丽并工整地写满了各种字体，还饰有各种花体、花缀和花笔道，大写的字母和花体字还涂成各种彩色。所有这一切合在一起就构成了一幅非常悦目的书法佳作。刚读了开头的几句，我就明白了，这是写给我的一封有所求的信，信中称我为"开明通达乐善好施的人"。写标题的地方赫然有这样一行字："维多普利亚索夫的哭诉。"无论我怎样专注地阅读，想从这些文字中弄懂点儿什么，结果却劳而无获。因为这是用崇高的奴仆的文体写成的华丽空洞的废话。我只能猜测出，维多普利亚索夫处于某种灾难性的境地，因此请求我的协助，并对此寄予厚望,这也是鉴于我的"开明通达"。信的结尾处,他请求我在叔叔那里为他周全一下,并用"我的机器"对他施加影响。引号里的词,一字不差就是信的结尾。正当我埋头读信的时候,门开了,米津奇科夫走了进来。

"我希望,您能允许我同您认识一下,"他说得很随便,但非常礼貌,同时又向我伸出手来,"刚才没有能同您说上几句话,但初次见面我就想进一步与您结识。"

我立即回答说,虽然我的情绪非常坏,但也非常高兴同他进一步结识。我们俩都坐了下来。

"您这是什么?"他瞅着我手里的那页信纸说道,"那不是维多普利亚索夫的哭诉吗?果然是的!我曾经料到,维多普利亚索夫肯定会向您发起攻击的。他也曾给过我同样的信,一模一样的哭诉。他早就期待着您的来到,大概他也早就做好了准备。您不必感到吃惊,因为这里的怪事太多了。的确,可笑的事多得很。"

"仅只笑笑而已吗?"

"可不是嘛,难道反而要哭吗?如果您愿意,我不妨给您讲一讲维多普利亚索夫的身世,我相信您会发笑的。"

"我承认,现在我还顾不上维多普利亚索夫。"我沮丧地回答道。

我看得很清楚,米津奇科夫先生来与我结识以及他亲切的谈话,这些都是他有预谋的行动。米津奇科夫先生只不过是有求于我。刚才他在茶室眉头紧蹙,一本正经坐在一旁。现在却很快活,笑逐颜开,并且准备给我讲一个冗长的故事。一眼就看得出,这人能很好地控制自己,而且似乎也懂得人情世故。

"可诅咒的福马!"我说道,并且恶狠狠地用拳头击了一下桌子。"我确信他是这里一切罪恶的渊薮,什么事情他都掺和进去!该诅咒的畜生!"

"您似乎太生他的气了。"米津奇科夫指出说。

"我太生气了!"我喊了一声,立刻就激愤起来。"当然我方才太忘乎所以,因此任何人都有权指责我。我十分清楚,我当时跳出来直接与福马交手,从各个方面看都是不体面的。不过现在我想,对此我也没有什么可解释的!……我也明白,在正经的社交场合是不会这样做的。不过,请您设想一下,哪有可能无动于衷呢?如果您想知道的话,这里可算是一所疯人院呢!……而且……而且……最后……我反正要离开这里,如此而已!"

"您吸烟吗?"米津奇科夫平静地问道。

"是的。"

"那您大概也会允许我吸烟了。在那边是不允许吸烟的,我几乎忍耐不住了,"他点燃一支俄式长柄卷烟继续说道,"我同意您说的,所有这一切都与疯人院相似。但请您相信,我绝不会对您求全责备的,因为如果我处在您的位子,或许要加倍地气愤,简直怒不可遏。"

"可是,如果您果真也非常气恼,那您为什么没有怒不可遏呢?相反,我记得您当时十分冷静。而且,我承认,我当时甚至感到奇怪,您为什么不站出来为可怜的叔叔辩护,他可是准备……为所有的人,为每一个人做好事的呀!"

"您说得再对不过了,他给很多人做过好事。但站出来为他辩护,我认为是全然徒劳的。首先,这对他并没有好处,而且甚至还有点损害他的尊严。其次,要那样第二天就得把我赶走。我可以坦白地告诉您:我的处境决定了我必须珍惜这里对我的友好接待。"

"但我丝毫不想要您坦诚相告您的处境……我只是想问点儿情况,因为您毕竟在这里已经住了一个月……"

"不胜荣幸,您请问吧,我极愿为您效劳。"米津奇科夫把椅子挪近了一点儿急忙回答说。

"比如说,请您解释一下,福马·福米奇为什么刚才拒绝接受已经到了手的一万五千银卢布?这是我亲眼看见的。"

"会有这种事?难道是真的吗?"米津奇科夫惊叫道,"请您讲讲事情的经过。"

我把事情的经过说了一遍,但是没有提要叔叔称他"阁下"的事。米津奇科夫以极其好奇的神情听着。当讲到一万五千银卢布的时候,他的脸色甚至都变了。

"真高明!"听我讲完后,他说,"我甚至没有料到福马会有这种高招。"

"但是他毕竟放弃了那笔钱哪！这怎么解释？难道会是出于他心灵的高尚？"

"拒绝拿一万五千，为的是日后拿三万。不过，您可知道，"米津奇科夫想了想又说道，"我倒是怀疑福马会有什么打算。这人并不是一个务实的人。从某个方面来看，也可以说他是一个诗人。一万五千……哼！您可明白：他抗拒不了给自己涂脂抹粉、装腔作势的诱惑，不然他就会拿那笔钱。我可以给您说，这是一个毫无用处的人，一个泪水涟涟的脓包，所有这一切再加上他的最不着边际的自命不凡！"

米津奇科夫说着甚至都生起气来了。看得出来，他非常懊恼，甚至仿佛还有些忌妒。我好奇地注视着他。

"哼！应该预料到将会有大的变化，"他又沉思着补充说，"如今叶戈尔·伊里奇要向福马膜拜了。弄不好由于心灵大受感动竟然真去结婚。"他又喃喃地说道。

"那么说，您以为这种丑恶反常的婚姻，就是同那个疯疯癫癫的傻女人结婚，是不可避免的了？"

米津奇科夫探究地瞥了我一眼。

"真是一群卑鄙无耻之徒！"我激愤地说。

"不过，他们的想法也颇有道理，他们坚持说，他应该为这个家族做点儿什么。"

"难道他为他们做的事还少吗？"我愤慨地叫喊说，"可您，可您居然说什么娶这个俗不可耐的傻女人是有道理的想法！"

"当然，我也同意您说她是一个傻女人……嗯！您这样爱您的叔叔，是很好的；我自己对您表示同情……虽然用她陪嫁的钱可以极大地增加自己的家产！不过，他们还有另外一些理由。他们担心叶戈尔·伊里奇会娶那个家庭女教师为妻……您记得吗？那里还有一位很漂亮的姑娘。"

"可是，难道……难道确有其事？"我激动不安地问道，"我以为，这不过是一种诽谤。看在上帝的分上，请告诉我，我对这件事极感兴趣……"

"哦，他爱得可深了！当然啰，他只不过秘而不宣罢了。"

"秘而不宣！您以为，叔叔瞒着此事不说？那么，她呢？她也在爱着他吗？"

"很有可能，她也在爱着他。要知道，她嫁给他，好处都尽归她了，她很穷苦。"

"但是，说他们俩相爱，您这种猜测有什么事实依据呢？"

"要知道，这种事不可能不让人发觉。此外，他们似乎还有一些幽会。甚至还有人硬说她同他有不正当的关系。只是请您别说这件事。我是秘密地给您说的。"

"这一点能相信吗？"我叫道，"可是您，可是您承认对此深信不疑？"

"当然，我并不完全相信，我也不曾在那边。不过，这事还是非常有可能的。"

"怎么有可能呢？请您想想叔叔的高尚品格和他的名誉！"

"这我同意。但是也可能迷恋上了吧，日后一定以合法婚姻的办法来了结此事。这种因一时迷恋而出事的情况是常见的。不过，我再重复说一遍，我丝毫无意于说这种种传闻是确实可信的，更何况这里对她编造的污秽之词已经够多的了。甚至还有人说什么，她同维多普利亚索夫也有不正当的关系。"

"嗬，您瞧瞧！"我叫了起来，"还同维多普利亚索夫！哼，这可能吗？甚至听到这话也不感到恶心吗？难道您连这个也都相信？"

"我不是对您说嘛，我并不完全相信，"米津奇科夫平静地回答说，"不过，这等事也未必绝无可能发生。世界上一切事情都可能发生的。我不曾在那边，而且我还认为这不关我的事。但因为我发现您对这一切十分关注，我认为自己有义务补充说，同维多普利亚索夫有不正当关系，这事确实是很少可能的。这一切一概都是安娜·尼洛芙娜①，就是那个佩列佩莉岑娜小姐干的勾当，都是她散布出来的谣言，出于她的忌妒之心，因为她自己原先就曾经幻

---

① 佩列佩莉岑娜的名字和父名。

想嫁给叶戈尔·伊里奇,真的!她这样幻想的理由是,她是一位中校的千金。现在她的幻想破灭了,于是怒火中烧。说到这里,我好像把这些事情的来龙去脉通通告诉您了。我承认,我极不喜欢拨弄是非,况且咱们只是白白地浪费宝贵的时间而已。您看,我之所以来找您,是因为有一件小事相求。"

"有事相求?请别客气,只要我能尽力……"

"我理解,而且希望此事能引起您的兴趣,因为我看得出,您爱叔叔,对他的婚姻大事极为关切。不过在提出这一请求之前,我对您还另有一个请求,也就是事先的请求。"

"那是什么请求呢?"

"是这样,也许您会同意去满足我的主要请求,也许您不会同意。但无论如何在我讲出主要请求之前,我愿意极其谦恭地恳请您,以贵族身份和正派人品格做出忠诚和高尚的承诺:您从我这里听到的每句话都将是您和我之间最深的秘密,您在任何情况下对任何人都不会泄漏;此外,您也不会为了自身的利益而利用我现在认为有必要告诉您的这一想法。您是否同意?"

这个开场白既认真又庄严。我表示同意。

"那么,是什么请求呢?……"我说道。

"其实事情非常简单,"米津奇科夫说,"您看,事情是这样,我想把塔季娅娜·伊万诺芙娜带走并同她结婚;总之,就如同格莱特纳-格陵①那类事一样。现在您懂了吗?"

我直视米津奇科夫先生的眼睛,并且好大一会儿说不出一句话。

"我承认,我什么也没有懂,"我终于说出了口,"而且,"我继续说道,"我原以为是同一位神智正常的人打交道,可从我这方面来说,是万万没有料到……"

"您的期待落空了,"米津奇科夫打断我的话说道,"换句话说,也就是我和我的想法是愚不可及的,不是这样的吗?"

"全然不是这样……不过……"

"哦,请您不必斟酌词句!您放心好了,只要能直言不讳,您就将使我感到极大的满足,因为这样就越靠近目标。不过,我也同意您的看法,所有这一切乍一看甚至可能显得多少有点奇怪。但是我敢向您保证,我的意图不仅不愚蠢,而且甚至是最高超的明智之举,如果能劳尊驾听听情况的原委……"

"哦,请别客气!我极愿意聆听。"

"其实差不多没什么好说的。您瞧,我现在背了一身的债,一文不名。此外我还有一个妹妹,才十九岁,在帮人家干活。而且您知道,没有任何家产。究其原因,这多少也有我的过错。我们俩曾得到过四十名农奴的遗产。碰巧

---

① 是英格兰和苏格兰交界处的一个小村庄,在那里结婚不需任何手续。——俄编注

在这时，我被提升为骑兵少尉。当然啦，起先是把这份遗产抵押出去了，后来则大吃大喝，这样就都挥霍一空。瞎混日子，总想出人头地，要当布尔佐夫①式的人物，赌钱，酗酒，不一而足。总之，愚蠢至极，现在想起来感到羞愧难当。如今我回心转意，想彻底改变自己的生活方式。但是，为了能做到这一点我必须完完全全拥有十万纸卢布。可是，靠自己的差事什么也捞不到，而我本人又一无所长，加以我还几乎没有受过任何教育，那么，当然啦，就只剩下两种办法可供选择了：要么去偷，要么娶一个富婆。我来到这里的时候连双靴子都没有，我是徒步走来的，而不是乘车来的。当我从莫斯科起身时，妹妹把她最后仅有的三个卢布给了我。在这里我看到了塔季娅娜·伊万诺芙娜，于是我心里立刻就产生了一种想法。我毫不犹疑地拿定主意牺牲自己，娶她为妻。您会同意我的看法，这是一种明智之举，而绝对不是别的什么。况且我这样做更多的是为了我妹妹……嗯，当然，最终也是为了我自己……"

"但是，请允许我提一个问题，您想要正式向塔季娅娜·伊万诺芙娜求婚吗？"

"上帝保佑！那样一来，立刻就会把我从这里赶走的。再说她本人也不会顺从。可是如果向她提出把她带走，提出私奔，那么她会马上从命的。关键就在于要有点罗曼蒂

---

① 一个骠骑兵军官，以纵酒闻名，死于1813年，俄国诗人丹尼斯·达维多夫（1784—1839）曾在诗中描写过他。——俄编注

克的味道，并能产生点效应。当然啰，这一切应立即以我们两人的合法联姻而结束。只要能把她从这里骗走就好了！"

"可是您为什么如此确信，她必定会同您私奔呢？"

"哦，您不必担心！这一点我完全有把握。我的想法的主要之点就在于，塔季娅娜·伊万诺芙娜能够同任何一个相遇的人发生爱情纠葛，一句话，只要这个人有意对她做出回应。这就是为什么我要您预先承诺不利用我的这个想法。当然，您也明白，特别是处在我这样的境遇下，我如果不利用这一机会，对自己来说那甚至简直是罪过。"

"那就是说，她是个地地道道的疯子了……啊！对不起，"我忽然醒悟过来，又补充说道，"因为您现在正在打她的主意，于是……"

"我已经求您有话直说。您问，她是不是一个完全疯了的女人？怎么跟您说呢？自然，她并不是一个疯子，因为她没有进疯人院。而且渴望获得爱情的狂癫中，我真看不出有什么特别痴呆之处。不管怎么说，她毕竟是一个诚实的姑娘。要知道，直到去年她还处在极其可怕的贫困之中。她从小就生活在女施主的压迫之下。她的心异乎寻常地多愁善感。没有人向她求过婚。嗯，您要明白：种种幻想，愿望，期待，总受抑制的心底火焰，女施主加之于她永难磨灭的痛苦——所有这一切加在一起，自然足以使一个多愁善感的性格失常。可是她突然获得一笔财富。您会同意，不论是谁遇到这种情况，此时一定像换了一个人一样。不用说，现在人们都向她献殷勤，都追求她，于是她的种种期待和希望都复活了。不久前她还讲了一个穿白色坎肩的花花公子的故事。这是确有其事，事情的经过同她说的丝毫不差。根据这一事实您就能够类推其余。有几声叹息，有几张小纸条，有几首小诗，您就能够立刻将她诱骗过来。而除此之外，您要再暗示给她丝绸软梯、西班牙小夜曲以及诸如此类的东西，那么您愿意同她干什么都随您的便。我已经做过一次试验，并立即就获得了一次同她的约会。不过我现在暂时停止了，只待有利的时机。四天之后一定得把她带走。头天晚上我要找她闲聊，对她唉声叹气；吉他我弹得不坏，还会唱歌。夜里在凉亭里约会，凌晨马车就将准备停当。我把她引出来，坐上马车就远走高飞。您明白，这毫无冒险可言：她是个成年女子，一切都出自她的自愿。一旦她同我私奔，那么，当然也就意味着她要同我一起承担义务……我要把她带到一个高尚但贫寒的人家去，距此四十俄里有这样一户人家。正式结婚前，她将受到控制，不会放任何人去见她。与此同时，我不会浪费时间，三天之内我将安排好婚礼，这是可能的。不消说，办这种事是需要钱的，但是我计算过了，演出这幕小小的喜剧，费用超不出五百银卢布。正是在这方面我寄希望于叶戈尔·伊里奇，他会给的，当然，即使他并不知道是怎么一回事。现在您明白了吗？"

"我明白，"我说道，终于完全明白是怎么一回事了，"但是，请告诉我，我究竟在哪方面能为您效劳呢？"

"啊，在好多方面都可以帮助我呢，有劳费心！否则我就不会对您提出请求了。我已经给您说过，我已经看中了一个受人尊重、但是贫寒的人家。您可以在这边，也可以在那边帮我的忙，终归您是一位证人。我承认，没有您的协助，我将束手无策。"

"还有一个问题：为什么我有幸被您选中并获得您的信任呢？我来到这里才几个小时，因此您还并不了解我嘛。"

"您的问题，"米津奇科夫露出最亲切的微笑回答说，"我可以坦诚相告，您的这个问题使我感到极大的快意，因为这给我提供了一个向您表示特别尊重的机会。"

"啊，荣幸之至！"

"不，您看，是这么一回事。刚才我对您多少研究了一番。比如说您火气很盛，而且……而且……嗯，还很稚嫩。但我完全确信无疑的是：如果您对我做出承诺不向任何人讲出我们之间的谈话，那您准会履行您的诺言。您可不是奥勃诺斯金。这是其一。其次，您为人忠诚，您不会为了自己的利益而利用我这个主意。当然，除非是您同我要做一件友好的交易。这时我可能会同意把我的这个主意转让给您，也就是说把塔季娅娜·伊万诺芙娜转让给您，并准备竭诚协助您把她抢走。不过这里有一个条件：结婚后一个月您得付我五万纸卢布。不言而喻，您事先得向我做出保证，即出具一纸无息借单。"

"怎么？"我叫喊起来，"您居然把她又推荐给我？"

"自然啦，如果您考虑好而且很想要的话，我可以转让。当然，我是有所损失，不过……这主意是属于我的，出让主意也是要拿钱的。最后，说到第三点，我之所以请您帮忙，是因为无人可供我选择。考虑到这里的具体情况，把这件事长久拖延下去是不行的。何况圣母升天节的斋期①就在眼前，这期间是不举行结婚仪式的。我希望，您现在完全明白我的意思了吧？"

"我完全明白了，我再一次向您保证绝对严守您的秘密。但是，在这件事情上要我做您的同伙是办不到的，我认为我有义务向您立即申明。"

"为什么呢？"

"还问为什么吗？"我叫喊道，终于能一舒胸中的闷气，"难道您还不明白，这样的行为是很不高尚的？就算您的估计完全正确，您可以利用这位小姐的弱智和不幸的妄想而得手。但要知道，正是这一点应能使您作为一个高尚的人就此住手！您自己不是也说，尽管她是可笑的，但仍是值得受人尊重的。可您竟突然要利用她的不幸从她那里捞取十万卢布！当然，您也不会去做她真正的丈夫，不会去履行自己做丈夫的义务，您必定会将她抛弃……这是很不高

---

① 这一斋期自俄历 8 月 15 日开始，延续两周。

尚的，请原谅我，我甚至不明白，您怎么会决定请我与您结伙去干呢！"

"您哪，我的上帝，这么多浪漫主义呀！"米津奇科夫叫喊道，并带着并非做作的惊讶望着我，"不过，这甚至也不是什么浪漫主义，您只是不了解是怎么一回事。您说这样做不高尚，可是这样做的结果所有的获益并不在我这方面，而是在她的那一方面……请您不妨判断一下！"

"当然啦，如果从您的观点来看这件事，结果是您娶了塔季娅娜·伊万诺芙娜做您的妻子，您完成了一桩宽宏大度的事。"我带着讥刺的微笑回答说。

"难道不是吗？正是如此，这正是一件慷慨的举动！"米津奇科夫叫喊道，现在轮到他激动了，"请您判断一下。首先，我是牺牲自己才同意做她丈夫的。这总有点价值吧？其次，尽管她拥有实实在在的十万银卢布，我也只不过拿走她十万纸卢布①，并且我已经做出保证这一辈子再不向她索取一文钱，虽然我并非不能这样做。——难道这不也有点价值吗？最后，您再深入地想想：她能够安安稳稳度过自己的一生吗？要让她平平安安过日子，必须把她的钱拿走并把她关进疯人院，因为每分钟都会碰到游手好闲的家伙，骗子，投机分子，类似奥勃诺斯金之流，蓄着短而尖的胡须、留着两撇小胡子、手持吉他、口唱小夜曲，

---

① 一个银卢布等于三点五个纸卢布。不过，当时的银卢布也不一定是银币，它是一种新发行的卢布。

这种人会引诱她上钩,娶她为妻,把她洗劫一空,然后在某处把她弃之于大道上。就说这里吧,这可是最负盛名的人家,但要知道,其所以要收留她也不过是图谋她那点儿钱而已。必须使她摆脱这种居心不良的图谋,把她拯救出来。嗯,您要明白,她只要嫁给我,所有这些不良图谋就消失了。我敢担保,此后任何不幸都不会触及她了。首先,我将要把她安置在莫斯科,让她住进一个贫寒但很高尚的家庭里。这不是我刚刚提到的那个家庭,这是另外一家。我的妹妹会经常陪伴她,会有人毫不松懈地监护她。她还会剩下二十五万,或许是三十万纸卢布。您知道,拿这一笔钱可以过多么好的日子啊!她会享有一切的舒适和方便,所有的娱乐都随她的意,什么舞会呀,假面舞会呀,音乐会呀,等等。她甚至还可以幻想她的爱情故事。当然,只是在这一方面我会有所防备。幻想尽可以幻想,但休想付诸实施!再举例来说,现在每个人都可以侮辱她,到那时就没有人能欺侮她了,因为她是我的妻子,她是米津奇科夫夫人,我绝不允许有人侮辱我的名誉!仅此一点也该值点儿什么吧?自然啦,我不会同她生活在一起的。她住在莫斯科,而我则住在彼得堡的某个地方。这方面我坦诚相告,因为我同您谈问题是毫不隐讳的。但究竟为何我俩分居两地呢?请您想想看,您不妨注意一下她的性格:她能够成为一个妻子并同丈夫共同生活吗?难道她会矢志不移吗?要知道,这可是上流社会里最轻浮的女子!她需要的是无休止的花样翻新；她能够在第二天就忘记她头一天出过嫁并且已经是一个合法婚姻的妻子。如果我同她住在一起并且要求她严格履行她做妻子的义务，那么，最终我会使她不幸的。自然啦，每年我将会有一次或多次去看望她，不过不是去向她要钱，我向您保证。我已经说过，多于十万纸卢布我不会再多拿她一文钱，说过不拿，我就不会再拿！在钱财方面我会以极其高尚的风格待她的。来同她住上两天或者三天，我甚至还会给她欢快和满足，而不使她感到厌烦和枯燥：我将同她开怀大笑，我将给她讲各种笑话，带她去参加舞会，将同她卿卿我我，送些小纪念品，唱浪漫曲，赠给她一只小狗，然后就罗曼蒂克地同她告别，并将在以后的日子里同她你来我往情书不断。于是她将因有这样一位罗曼蒂克的、对她钟情的、欢乐的丈夫而欣喜若狂！我认为这样做才是合乎情理的。所有的丈夫都能这样做就好了。只有丈夫不在妻子跟前时，妻子才珍惜丈夫。因此，按照我这一套办理，我就会在她的一生中赢得她的芳心。请您告诉我！她还能再奢望些什么呢？要知道，这不是世间生活，这简直是天堂！"

我默默地、惊骇地听他说。我已经明白，要同米津奇科夫先生争辩是不可能的。他热狂地确信他是正确的，并且还确信他的计划辉煌而伟大，他是以发明家的狂喜来谈论自己这一计划的。不过还有一个最微妙的问题，而且这个问题必须澄清。

"您还记得吗，"我说道，"她几乎已经是叔叔的未婚妻了。您把她劫走，就是对叔叔极大的侮辱。您几乎是在婚礼前夕将她带走。此外，您为了完成您这件功业还要举债向他借一笔钱！"

"现在我可抓住您的话柄了！"米津奇科夫热烈地叫道，"请您放心好了，我早已料到您会有这种反驳。但是，首先，也是最主要的一条：叔叔还没有向她求婚。因此我可以对人们让她做他未婚妻的事置若罔闻。此外我还要请您注意，三个星期前我就策划好这一行动，那时我对这里的意图还毫无所知。因此，在道义方面我的举动对他来说完全是正当的。更有甚者，严格地说不是我从他的手里，而是他从我的手里夺走了未婚妻，同她——请您注意这一点——我已经在凉亭里有过一次秘密的夜间约会。最后，对不起，不正是您本人刚才还气急败坏地说什么，人们正在强迫您叔叔娶塔季娅娜·伊万诺芙娜为妻；可如今突然又赞成起这桩婚事来了，还说什么我侮辱了您叔叔的名声，有损您叔叔的声誉！恰恰相反，我是在为您叔叔做一件最大的好事：我在拯救他呢，这一点您应该明白！他对这门亲事极端厌恶，况且他正在爱着另外一个姑娘！嗯，塔季娅娜·伊万诺芙娜会是他的一个怎样的妻子呢？而且她同他在一起也将是不幸的。因为那时就必须对她加以限制，免得她向年轻的小伙子投掷玫瑰花。但如果我在夜里把她带走，不论是将军夫人还是福马·福米奇之类都将无所作为。找回一个逃婚而私奔的未婚妻,那将是太丢人的事。难道这不是对叶戈尔·伊里奇做了一件大好事和大善事吗?"

我承认,这最后的一番议论对我产生了强烈的影响。

"可要是叔叔明天提出求婚呢?"我说道,"那样一来不就有点晚了吗?她将是他正式的未婚妻了。"

"那自然就晚了!因此这就需要做工作,要避免这事发生。为什么我要请您协助我呢?我一个人是难以成事的,可是您和我来办,事情就可以办妥,我们可以坚持不让叶戈尔·伊里奇求婚。应该竭尽全力加以阻挠,万不得已甚至得把福马·福米奇揍一顿,以此吸引大家的注意力,让他们顾不上婚事。不消说,这种办法只在万不得已时才可以采用。我说这话不过是打个比方罢了。在这方面我正是指望您帮忙。"

"还有一个,也是最后的问题:除了我以外,您没有向任何人透露过您的想法吗?"

米津奇科夫挠了挠后脑勺儿,脸上现出一副无法描述的苦相。

"我得向您承认,"他回答说,"这个问题对于我来说不啻于一颗难以下咽的苦药丸。问题就在于,我已经透露过我的这个想法了……总之,我是干了一件最可怕的糊涂事!而且您会想到向谁透露了吗?是向奥勃诺斯金哪!以至于我连自己都不相信自己了。我现在弄不明白这是怎么发生的!他总在这里转来转去。我对他知之并不深,当时我突然心血来潮。自然啦,我仿佛在发高烧,因为那时我就已经明白需要有一个帮手,便只好向奥勃诺斯金求助了……这简直不可饶恕,不可饶恕哇!"

"那么,奥勃诺斯金又怎么说的吗?"

"他欣喜若狂地同意了。可是第二天一早他就消失得无影无踪。三天后带着他的妈妈回来。同我一句话也不说,而且像害怕我似的总避着我。我立即就明白问题的所在。他的妈妈可是个了不起的骗子,是一个老于世故的女人。我过去就知道她。不用说,他把一切全都告诉给她了。我不说什么,我看他们如何动作。他们正在暗中开展侦察活动,事情多少处于一种紧张状态……因此我才要加快步伐执行我的计划。"

"您究竟担心他们什么呢?"

"他们当然不会有多大的作为,可成心要破坏是肯定无疑的。他们会拿不声张出去并助我成事为条件,要我付他们一笔钱。我正期待着他们这样做……不过我不能给他们很多,也给不了他们很多。我已经拿定主意:多于三千纸币是不可能的。请您想想看,这里支付三千,婚礼支付五百银币,叔叔的钱是必须全部偿还的;此外还得偿还旧债。嗯,妹妹也得给一点儿,多少得给一点儿吧。这样一来,十万纸币还能够剩下多少呢?这简直无异于破产呢!……不过,奥勃诺斯金母子两人已经走了。"

"他们走啦?"我好奇地问道。

"用完茶后马上就离开了。随他们去好了!可是明天您会看到,他又会出现的。嗯,怎么样,您同意吗?"

"我承认,"我紧缩身子回答说,"我不知道该怎样给您说。这事很微妙……当然,我将严守秘密。我不是奥勃诺斯金那样的人。但是……看来您不能指望我替您做什么。"

"这我看得出来,"米津奇科夫从安乐椅里起身回答说,"因为您还没有厌恶福马·福米奇和您那位奶奶,因为您虽然爱您那位善良高尚的叔叔,但对他们怎样折磨叔叔您还没有足够深入的了解。您毕竟还是一个新来的人……不过需要的是忍耐!明天您再待上一天,再仔细观察一番,到傍晚您就会同意我的看法了。否则您的叔叔可就完啦,您明白吗?他们必定会强迫他结婚的。您千万不要忘记,或许明天他就要向她求婚。到那时可就晚了,必须今天下定决心才行!"

"说真的,我希望您一切顺利。不过说到帮忙嘛……我不知道该怎么说……"

"我知道!嗯,等到明天再说吧,"米津奇科夫讥讽地微笑着决定说,"早晨比晚上聪明①,再见。我明天早晨早一点儿来找您,您再好好想一想……"

他一转身就走出了房间,用口哨吹着什么曲子。

---

① 原文为法文。

我差不多紧随他身后走出了房间,吸了吸新鲜空气。月亮还没有升起来,夜色很黑,空气温暖而沉闷。树上的叶片一动也不动。尽管我非常疲乏,却想走一走散散心,理一理思绪。我还没有走出十几步,却突然听见了叔叔的声音。他正在同什么人登上厢房的台阶,他说得很兴奋。我立即回转身,并喊了他一声。叔叔正同维多普利亚索夫在一起。

十一　困惑莫解

"叔叔!"我说道,"我终于把您等来了。"

"我的朋友,我自己急着要来找你。只是等我跟维多普利亚索夫把话说完,咱俩那时就谈个够。有很多话需要跟你说。"

"怎么,还要跟维多普利亚索夫说话!叔叔,你让他在一边待着去好了。"

"谢尔盖,还只需要那么五分钟或者十分钟的时间。那时我就完全属于你了。你看,事务缠身呢。"

"想必他又说了一大堆胡言乱语。"我懊恼地脱口而出。

"我的朋友,给您说什么好呢?要知道,偏偏有这样的人,总拿些鸡毛蒜皮的事找你!格里戈里①老弟,你也真是的,难道你就不能找别的时间来申诉吗?嗯,我能为你做些什么呢?老弟,你哪怕也能怜惜一下我呢。这么说吧,你们把我弄得疲惫不堪,我整个儿地被你们活活吞下去了!谢尔盖,我简直无法应付他们!"

---

① 维多普利亚索夫的名字。

叔叔极其忧郁地把双手一挥。

"可这是什么了不起重要的事呢，有什么扔不下的呢？叔叔，我可迫切需要同您谈……"

"哎呀，你看，他们直嚷嚷，说我不关心下人们的道德问题！说不准明天还会来埋怨我，说我连听都不要听他说些什么，那时候……"

于是叔叔又挥了一下手。

"那么，请您尽快同他结束谈话！我也来帮帮您的忙。让我们上去吧。他怎么啦？他有什么事？"当我们走进房间时，我说道。

"我的朋友，是这么一回事，他不喜欢自己的姓，他请求换一个姓。你觉得这事怎么办？"

"换姓？怎么回事？……嗯，叔叔，在听他自己讲之前，请允许我对您说一句，只是在您这个家里才会发生这等怪事。"我不胜惊异地摊开两手说道。

"唉，小兄弟！我也会这个样子摊开两手，但是于事无补！"叔叔烦恼地说道，"你不妨亲自同他谈谈，你去吧，你去试试。他已经有两个月缠着我不放……"

"这是一个毫无来由的姓，少爷！"维多普利亚索夫接过话茬儿说。

"为什么这个姓没有来由呢？"我吃惊地问道。

"少爷，是这样的。这个姓本身就显示着它的下贱。"

"为什么要说它下贱呢？又怎么能把它换掉呢？有谁更

改姓氏的吗？"

"请恕我问一句，有谁姓这种姓的吗？"

"我同意，你的姓多少是有点奇怪，"我完全莫名其妙地继续说道，"但现在又有什么办法呢？要知道，你的父亲也是姓这个姓的呀？"

"少爷，这话不假，由于我父亲的缘故，我就得永世受折磨。因为顶着这样一个姓，我就注定要忍受没完没了的冷嘲热讽，让众多的痛苦发生。"维多普利亚索夫回答说。

"叔叔，我敢打赌，这里也不会没有福马·福米奇插手！"我厌恶地叫喊道。

"小兄弟，别这样说，嗯，不是的，你搞错了。的确，福马是为了他在做好事。他委派他做自己的秘书，他的全部职责就在于此。嗯，不消说，福马使他有所长进，用高尚的情操充实了他的心灵，因此，在某些方面他甚至也开了窍……你看，我把一切情况都对你说了……"

"这完全正确，"维多普利亚索夫打断叔叔的话说道，"福马·福米奇是我真正的恩主。作为我真正的恩主，他老人家开导了我，使我认识到我的卑贱，使我认识到我只不过是地上的一条蠕虫。因此，经由他老人家的指教，我才有生以来第一次识出了我的命运。"

"谢廖沙，你看，情况就是这样，"叔叔像惯常那样急急忙忙接着说道，"维多普利亚索夫差不多从很小的时候起就住在莫斯科，曾在一个书法老师那里当过差。你看他跟那个书法老师学会了多少东西呀：运用各种色彩呀，画金粉哪，画圆圈呀。你知道吗？他可以教出些可爱的娃娃。总之，是个书法能手！伊柳沙正在跟着他学；教一堂课我付他一个半卢布。这是福马亲自规定的。维多普利亚索夫还到附近的三个地主家里去教课；他们也付他钱。你看，他穿得多么考究！此外，他还会写诗。"

"写诗！居然还有这一手！"

"是写诗，小兄弟，是写诗，你别以为我在开玩笑，是真正的诗，这么说吧，合辙押韵，写什么像什么，任何东西立即就用诗句描绘一番。真正的人才！妈妈命名日的时候，他给妈妈撰写了那么好的一篇颂词，我们都目瞪口呆：既有神话中的典故，又有缪斯的翱翔，你瞧，甚至还有……怎么称呼它来着？是的，甚至还有形式的完美无缺。总之，完全合乎韵律。福马还加以修改。嗯，我嘛，从我这方面来说当然没有什么，我甚至很高兴。就让他写去好了，只是别恶作剧。格里戈里老弟，我现在是像你的父亲一样对你讲这番话的。福马得知此事后，看了一遍他写的诗，很是鼓励，还决定让他做自己的伴读和抄写员，总之对他教导很多。他说福马对他有恩，这话不假。嗯，你瞧，就这样，他脑瓜儿里就产生了高尚的浪漫主义和独立自主的精神，这全是福马解释给我听的，我却快把它给忘了。我承认，没有福马我原本也要解放他，让他获得自由。你瞧，总觉得有点惭愧！……可是，福马反对这样做。他说,他还用得着维多普利亚索夫,已经喜欢上他啦。此外他还说:'我作为老爷,下人中间有写诗的,是很大的荣耀。'他还说:'有的地方一些贵族就是这样,日子过得阔绰①。'愿意阔绰就阔绰吧!小兄弟,我也开始对他尊重起来了。你懂吗?……只有上帝才知道他是怎样自己成长起来的。最糟糕的是,打从写了诗之后,他在全体仆役面前尾巴都翘到了天上,高傲得甚至连话都不愿意同他们讲。格里戈里,你不要感到受委屈,我是像父亲一样说你的。去年冬天他就答应要结婚,要娶的是这里的一个女仆,这姑娘名叫玛特莲娜,你知道,是一个很可爱的姑娘,为人忠厚,能干活儿,性格也开朗。可是现在他又不愿娶她了,说什么也不愿意,推掉了这门亲事。也许他是另有所图,或者打算首先功成名就,然后再在别的什么地方去求婚……"

"更重要的原因是我听从了福马·福米奇的忠告,"维多普利亚索夫指出说,"因为他老人家是我真正的恩主……"

"哼,当然福马·福米奇是一定要掺和进来的!"我不由自主地叫道。

"唉,小兄弟,问题不在这里!"叔叔赶忙打断我的话说,"不过你要知道,他现在都走投无路了。那丫头刚强好

---

① 原文为法文。

斗，发动大家起来反对他，戏弄他，起他的哄，甚至奴仆家小孩子也拿他当小丑……"

"更多是玛特莲娜使坏，"维多普利亚索夫指出说，"因为玛特莲娜是个地地道道的傻货，又是个撒泼的女人。由着她我就得一辈子忍耐，受她的气。"

"唉，格里戈里兄弟，我曾经对你说过，"叔叔埋怨地看了看维多普利亚索夫，继续说道，"谢尔盖，你瞧，他们拿他的姓押着韵编了一首不堪入耳的东西。他就来找我申诉，请求把他的姓随便换一个，说他早就为这不好听的姓痛苦不堪了……"

"这个姓很卑贱，少爷。"维多普利亚索夫插嘴说。

"唉，格里戈里老弟，闭上你的嘴！福马也赞成给他换个姓……他倒没有说赞成，不过他有这样一个考虑：如果有可能把他写的诗印出来，因为福马正在策划这件事，那采用这样的姓或许会坏事，不对吗？"

"叔叔，就是说，他想出版诗集了？"

"小兄弟，是要出版。这事已经决定了，由我出钱，并且在扉页上印上：某某的家奴著。在前言中还要写上作者对福马表示感谢的话，感谢他对作者的培养。献给福马。福马自己再写前言。嗯，你设想一下，如果扉页上写的是'维多普利亚索夫作品集'的话……"

"是'维多普利亚索夫的哭诉'，老爷。"维多普利亚索夫纠正说。

"唔,你瞧,还是什么哭诉呢!嗯,维多普利亚索夫是一个什么样的姓呢?至少情调不雅吧,福马也正是这样说的。据说,所有那些评论家们全都是些吹毛求疵的家伙,爱取笑别人。比如说,布拉姆别乌斯就是这样的人……对于他们来说,一切都不在话下,他们是天不怕地不怕的!仅仅对一个姓他们也会大加讥笑的。他们就是把你痛打一顿,你也只有干着急,不是这样的吗?于是我就说,照我看,随便取一个姓写在诗集上好了,是叫什么笔名吧,我记不清了,反正是叫什么'名'之类。他却说,不要这样,请您命令全体仆人在这里就永远唤我新的姓名。凭我的才能,我的名字也应该是高贵的……"

"叔叔,我敢打赌,这个您也同意了。"

"谢廖沙小兄弟,我想还是不要跟他们争吵的好,随他们去吧!你知道,那时我同福马之间发生过很大的误会,从此就一发而不可收了,过一个星期,就更换一个姓,他总是挑选那些文雅的姓:奥列安德罗夫、秋利潘诺夫等等……格里戈里,你想想,起先你请求叫你'韦尔内伊',连名带姓就应唤你:'格里戈里·韦尔内伊'。接着你又不喜欢了,因为有那么个不务正业的年轻人拿这个'韦尔内伊'与'斯克韦尔内伊'押韵[1]。你提出申诉。那个不

---

[1] "韦尔内伊"的俄语原意为"忠实的",而"斯克韦尔内伊"的原意则为"下流的"。此处暗含一件历史事实:伊·舍尔武德(1798—1867)是向当局告密十二月党人起义的第一人,1826年(转下页)

务正业的年轻人受到了惩罚。你用了两个星期的时间想考虑出一个新的姓,多少个姓让你挑过来挑过去,终于考虑好啦,你来请求让大家叫你'乌兰诺夫'。嗯,老弟,你倒是说说,有什么能比乌兰诺夫这个姓更蠢的呢?但对此我也同意了,于是我重又发布命令让你改姓乌兰诺夫。小兄弟,我这样做只是因为,"叔叔转向我补充说,"只是因为要摆脱他对我的纠缠。你姓了三天'乌兰诺夫'。你把所有的墙壁,把凉亭上的所有窗台都涂抹遍了,全都用铅笔写上'乌兰诺夫'。要知道,那是后来才粉刷遮掉的。你用了整整一刀荷兰纸来练习你的签名:'乌兰诺夫试笔;乌兰诺夫试笔。'最后,这个'乌兰诺夫'又不行了,因为人家又找来一个词押上了韵:'博尔万诺夫'[①]。我不要博尔万诺夫——又得改姓!你又选中了一个什么姓呢?我已经把它给忘记了。"

"坦采夫,"维多普利亚索夫回答说,"既然根据我原来的姓注定得同跳舞者联系起来,那么倒不如用一个同义的外国字当姓显得高贵些:坦采夫。"

"嗯,是的,坦采夫。谢尔盖小兄弟,对此我也表示了同意。只是,人家又给他找来一个词与之押韵,这个词是

(接上页)6月1日沙皇下令授予他"韦尔内伊"(忠实的)的称号,但社会上则称他为"舍尔武德-斯克韦尔内伊"(即下流的舍尔武德)。——俄编注

[①] 有"糊涂虫"的意思。

说不出口的！今天他又跑来找我，准是又想出一个什么新鲜的来了。我敢打赌，他一定又有了一个现成的新的姓。格里戈里，你坦白说吧，有还是没有？"

"我的确早已有了一个高贵的姓并想拿来请教。"

"什么样的？"

"埃斯布克托夫。"

"格里戈里，就不害臊，你就不害臊？这是从香膏罐上取来的姓！还自称是什么聪明人呢！可能你还为它费了不少脑筋吧！要知道，这在香精瓶上写着呀。"

"叔叔，行啦，"我低声说道，"这简直是一个傻瓜，一窍不通！"

"小兄弟，有什么办法呢？"叔叔也低声回答说，"周围的人们都硬说他聪明，都说这是他身上高尚品质的表现……"

"看在上帝的分上，请您赶快摆脱他的纠缠，叫他走开吧！"

"格里戈里，你听着！我没有时间，兄弟，得罪了！"叔叔开始用某种请求的声音说道，仿佛他甚至连维多普利亚索夫也害怕似的，"嗯，你想想，嗯，我现在哪里还顾得上管你的事！你说，他们又欺侮你了？那么，好吧，我现在答应你，明天我一定弄清楚这件事的是非曲直，现在你去吧，上帝保佑你……等一下！福马·福米奇在干什么？"

"他老人家卧床休息了。他老人家吩咐说，如果有人问起他老人家，就说他要通宵站在那里长时间祈祷。"

"嗯，好啦，去吧，兄弟，去吧！谢廖沙，你看，他可总在福马跟前，因此，我甚至连他也都害怕。家里的仆人们也都不喜欢他，因为他总在福马那里传播他们的话。他现在是走了，可是明天又不知会打什么小报告呢！小兄弟，那边的事我已经料理妥当，现在甚至也都放心了……于是赶快来找你。我终于又同你在一起！"叔叔握着我的手动情地说道，"我还以为你非常生气，要不辞而别了呢。我还派人去看守着你。嗯，谢天谢地，现在好了！可是，刚才加夫里拉是怎么啦？还有法拉列伊，再加上你，真是一桩接着一桩，叫人应接不暇！嗯，现在好啦，谢天谢地，谢天谢地！我们终于可以把话说个够了。我要向你敞开我的心扉。谢廖沙，你不要走：我只有你一个人，你，还有科罗夫金……"

"可是，叔叔，您究竟在那边把什么事情料理妥当了？而且，在发生了这一切之后，我在这里还有什么可等待的？我承认，我的脑袋都要爆裂了！"

"难道我的脑袋就安然无损吗？已经半年啦，云天雾地，我的脑袋不知所从！不过，谢天谢地！现在一切都料理妥当了。首先，已经把我给饶恕了，完完全全地饶恕了。当然啦，这是有条件的，附加了各种各样的条件。不过，我现在差不多已经什么都不害怕了。萨舒尔卡也得到宽恕。萨莎嘛，萨莎嘛，刚才全都出于一片热忱！稍微做过了些，却是一颗金子般的心！谢廖沙，我真为我这个小姑娘感到骄傲！但愿上帝永远赐福给她。你也获得了宽恕，而你知道怎样宽恕你的吗？你愿意干什么就干什么，你可以在所有房间和园子里随便走动，甚至有客人时也不例外，总之，随你的便。但你必须履行一个条件，就是明天你当着妈妈和福马·福米奇的面不说任何话，这是务必遵守的一个条件。也就是说，你连半个字都绝对不能吐，我已经替你答应下来了，你只能听长辈们说……我想说的是，你只能听别人讲话。他们说，你还年轻。谢廖沙，你别感到委屈，要知道事实上你的确还很年轻……安娜·尼洛芙娜也是这样说的……"

当然啦，我是非常年轻，而且马上得到了证明，因为我听到这样欺人的条件立刻怒火中烧。

"叔叔，请您听我说，"我对叔叔叫道，气得差一点儿喘不上气来，"您只要告诉我一件事，好让我得到安宁：我是不是在一所真正的疯人院里？是还是不是？"

"小兄弟，你看，你马上就批评起来了！你就是一点儿也不能够忍耐，"伤心的叔叔回答说，"根本不是在疯人院里，只不过双方火气都大了点儿。不过，小兄弟，你也会同意的，看看你自己又是怎样行事的呢？你记得，你对他胡说了些什么，这么说吧，对这样一位德高望重的人？"

"叔叔，这样的人不配得到德高望重的对待。"

"小兄弟，这你可就说得过头了！这可是一种自由思想呢！我自己也并不反对明智的自由思想，但是，谢尔盖，你的这种说法却超出常规了，你让我感到惊讶。"

"叔叔，请您不要生气，我错啦，但我只是对您错了。至于说到您的那个福马·福米奇嘛……"

"瞧，又是什么'您的那个'！唉，谢尔盖，你不要苛求于他，因为这是个厌世的人，如此而已，不过一个病人罢了！大可不必严厉地责备他。不过话又说回来，他是一个多么高尚的人，也就是说，简直是人群中首屈一指的高尚人！刚才你自己就看见了嘛，简直是大放异彩。至于他有时候难免有些胡言乱语，不值得重视。嗯，这种事在谁的身上又不会发生呢？"

"叔叔，对不起，正好相反，这种事又能在谁的身上发生呢？"

"唉，你怎么就认一条死理呢！你缺乏宽容，谢廖沙；你不善于宽恕人！……"

"嗯，好吧，叔叔，好吧！咱们不谈这个。请您告诉我，您看见娜斯塔西娅·叶芙格拉福芙娜了吗？"

"唉，说的就是她的事。谢廖沙，你看，首先最重要的一点是：我们大家一致决定明天要给他，给福马庆贺生日，因为明天的确是他的生日。萨舒尔卡是个好姑娘，不过她弄错啦。明天一早，做礼拜前，我们红红火火一大群人都去给他祝贺。伊柳沙给他朗读诗，这就能让他心里感到顺畅。总之，使他心满意足。唉，谢廖沙，如果你也能同我们一块儿前去祝贺他的生日就好了！说不准，他会完完全全饶恕了你呢。如果你们俩能够和解，那该有多么好哇！谢廖沙，把委屈丢到脑后吧，要知道，你自己也把他给得罪了……他是一个顶尖的品格高尚的人呢！"

"叔叔！叔叔哇！"我叫喊起来，再也忍耐不住了，"我想同您谈正经事，可是您……可是您是否知道，我再说一遍，您是否知道，娜斯塔西娅·叶芙格拉福芙娜现在处于何种境地吗？"

"小兄弟，怎么啦，这是怎么回事！你喊叫什么？正是因为她的缘故不久前才有了那场风波。不过，事情也不是刚刚发生的，它由来已久。只不过我原不想先告诉你，免得把你吓一跳，因为他们想干脆把她撵走了事，并且要求我把她打发走。你可以设身处地想想我的处境……但是，谢天谢地！现在一切都安排妥当了。你看我毫无保留地告诉你，他们以为我爱上了她并且想同她结婚，总之，说我自取灭亡，因为这的确无异于自取灭亡。这是他们在那边解释给我听的话……于是，为了使我免于毁灭，他们就决定把她撵走。策划这一切的是妈妈，而安娜·尼洛芙娜则比所有的人更加起劲。福马暂时没有表态。现在我已经说服了所有的人，使他们相信那不是真的，我还得向你承认，我已经向他们宣布说，娜斯坚卡的正式未婚夫是你，而你就是为此而来的。嗯，这样一来，就多多少少使他们放下了心，因此她现在可以留在此地不走了，虽然还不能说是完全不走。因为这还只是试试再说,但毕竟是留下来不走啦。当我宣布说你是来求婚的,你在大家心目中的地位也就提高了。至少妈妈好像放了心。只有安娜·尼洛芙娜一个人还在嘀咕!我真不知道怎样才能想出一个让她称心的办法来。真的,真不知道她,这个安娜·尼洛芙娜,到底想要干什么?"

"叔叔,您怎么还蒙在鼓里呢,叔叔!您可知道,娜斯塔西娅·叶芙格拉福芙娜明天就要离开这里了,如果她现在还没有离开的话!您可知道,她的父亲今天之所以要来这里,就是特意要将她带走的?这已经是完全决定好了的事,她本人今天亲口向我宣布的。最后还托我向您致意。这事您知道还是不知道?"

叔叔一动不动,在我面前惊得目瞪口呆。我似乎觉得,他哆嗦了一下,一声痛苦的呻吟冲出了他的胸膛。

我毫不迟疑地向他讲述了我同娜斯坚卡的谈话,讲述了我向她求婚,她坚决拒绝,还有她对叔叔的愤怒,因为他竟敢写信把我唤回来。我还解释说,她之所以要离开此地,是希望以此使他摆脱同塔季娅娜·伊万诺芙娜的婚姻。总之,我什么也没有隐瞒,甚至还有意夸大这些消息中不愉快的地方。我想让叔叔大吃一惊,好让他采取坚决有效的措施。不出所料,我果然使他惊骇异常。他惊呼了一声,并抱住了自己的头。

"她在什么地方,你知道吗?她现在在哪儿?"他终于开口说道,脸色吓得发白。"我简直是个傻瓜,到这里来时心还很踏实呢,原以为一切都已安排妥当。"他绝望地又补充说。

"我不知道她现在在什么地方,我只知道刚才听到叫嚷声时,她去找您了,想把这一切当着大家的面高声说出来。也许他们没有放她进去。"

"放她进去还了得!她在那边什么事情干不出来呢!哎呀,多么火暴、多么骄傲的一个女子啊!她能到哪里去呢,到哪里去了?到哪里去了呀?你呀,你呀,也够可以了!为什么她拒绝了你?一派胡言!你本应招她喜欢的。为什么她没喜欢上你呢?看在上帝的分上,你说话呀,在那里发什么呆?"

"叔叔,请您慈悲为怀吧!难道可以提这样的问题吗?"

"但这怎么行啊!你必须,你必须娶她为妻。否则我干吗打扰你,把你从彼得堡叫回来?你必须创造她的幸福!现在他们要从这里把她赶走,到那时她将是你的妻子,我的亲侄媳,他们就不会将她赶走了。不然她到哪里去呢?那她怎么办呢?去当家庭女教师?但那不过是毫无意义的瞎扯!在找到那位子之前,她在家里靠什么糊口?老头儿负担着九口人的生活。他们一家人都在挨饿。要知道,如果她是由于那些恶意中伤而离去,她是不会拿我一文钱的。她不会拿,她的父亲也不会拿。而且这样离去,那又是一种什么场面呢,简直不堪设想!这里会天昏地暗,一番大吵大闹,这我清楚。而她的工资早已提前拿去应付家里的需要了,要知道是她养活着一家人。嗯,就算我推荐她去做家庭女教师,就算我能为她找到一个正派高尚的家庭……可这岂是轻而易举的事!哪里去找高尚的人、真正高尚的人呢?嗯,就算有这样的好人,甚至有很多,何苦激怒上帝!但是,我的朋友,这还是很危险的事,能够信得过这些人吗?何况穷人总是多疑的。穷人会觉得,人家硬要他低三下四来回报赏他的一口饭和对他的一点恩赐!他们会侮辱她,而她又是一个高傲的姑娘,到那时……到那时可怎么办?此外,如果突然不幸碰到一个勾引妇女的坏蛋,那又怎么办?……她会对他不屑一顾,我知道,她会不屑一顾,但是,要知道,这个坏蛋终归会侮辱她!她终归会蒙受耻辱。坏名声、怀疑会落在她的头上……那时候……啊,我这颗头都要裂开啦!哎呀,我的上帝!"

"叔叔!请原谅我提一个问题,"我郑重地说道,"请别生我的气,您要知道,对这个问题的回答能够化解很多疑难。叔叔,我甚至多少有权要求您做出回答!"

"怎么,怎么回事?什么问题呀?"

"请您告诉我,就像面对上帝一样,请您坦诚直率地说,您是否觉得您自己已经有些爱上了娜斯塔西娅·叶芙格拉福芙娜,并且想要娶她为妻?请您想一想,正是由于这种情况,这里的人们才要把她赶走。"

叔叔做出了一个十分焦躁不安的有力手势。

"我？居然恋爱了？爱上了她？他们全都发疯了，要么是串通好来反对我。我究竟为了什么写信叫你回来？不就是为了向他们所有的人证明，他们全都疯了吗？为了什么我要撮合你们俩成婚呢？我？居然恋爱了？爱上了她？他们全都疯了，仅此而已！"

"叔叔，如果事情果真是这样的话，那么请允许我把一切都讲出来。我庄严地向您宣布，我绝不认为您爱上她这个假定是件坏事。相反，如果您非常爱她，那么您定会使她幸福的，而且，而且愿上帝成全这件好事！愿上帝保佑你们俩相亲相爱！"

"但这是从何说起呀。你在说些什么呀！"叔叔似乎恐惧地叫道，"我感到吃惊的是，你怎么能够冷静地说出这种话……而且……一般来说，你总匆忙行事，我注意到了你身上的这种特点！嗯，你说的这些岂不是毫无意义的吗？你说说看，当我把她看做是自己的女儿而不是别的什么人，我如何能娶她为妻呢？如果我对她不是像对待女儿一样，而是另一种态度，那是可耻的，甚至也是罪恶的！我是一个老头子，而她却还是一朵鲜花！甚至福马也正是用这同样的话向我阐述的。我胸中燃烧的，是对她慈父般的爱心，而你却在这里胡诌什么爱慕之心！她或许由于感激之情而不会拒绝，但日后将蔑视我，因为我利用了她对我的感激之情。我会害了她，我会失去她对我女儿般的依恋！她是我的好女儿，我愿为她奉献出我的心灵！我向你说心里话,我承认,我像爱萨莎一样爱她,甚至有过之而无不及。萨莎是享有权利的我的合法的女儿,而她则是我用自己的爱心培育成的女儿。我是从贫困中把她救出抚养成人的。我那已故的天使,我那爱妻卡佳,很喜欢她,把她作为女儿临死时托付给我。我让她受了教育,她既会说法语,又会弹钢琴,还读了不少的书,以及其他种种……谢廖沙,你注意到了没有,她有多么甜美的微笑哇!她仿佛在笑你,其实她并不是笑你,而正好相反,她是表示了她的喜爱……我曾经想,你一来就向她求婚,他们也就会相信我并没有打她的主意,从而也就会停止传播那些恶意的中伤。她呢,也就会留下来,和我们一起在安宁祥和中生活,那样的话我们该会多么幸福哇!你们俩都是我的孩子,你们俩差不多也都是孤儿,又都是在我的照管下长大成人的……我情愿非常非常地爱你们,非常非常地爱你们!哪怕为你们献出生命,同你们永远不分离,处处都与你们相随!啊,我们该有多么幸福!可是人们为什么总是恶意相加、气恼不休、互相憎恨呢?我真恨不得一不做二不休把这一切给他们说个明白!对他们把隐藏在心底的真情倾吐出来!唉,我的上帝!"

"是的,叔叔,是的,你说的全都不错,只是,她已经拒绝了我……"

"拒绝啦!唉!……你可知道,我仿佛预感到她会拒绝你,"叔叔沉思地说道,"但这不行!"他叫了一声,"我不相信！这是不可能的！要知道，这样一来全都乱套了！大概你开始同她谈的时候不小心，或许还伤害了她。说不准你还胡说了一堆恭维话……谢廖沙，你再给我说一遍事情的经过！"

我把事情的经过又从头到尾详细地重述了一遍。当说到娜斯坚卡希望用自己的离去来解救叔叔摆脱同塔季娅娜·伊万诺芙娜的婚姻时，叔叔苦涩地微微一笑。

"解救！"他说道，"在明天早晨之前解救！"

"叔叔，您是不是想说，您要娶塔季娅娜·伊万诺芙娜？"我恐惧地叫喊道。

"可我又能拿什么来换取他们明天不把娜斯佳赶走呢？明天我就求婚，我已经正式答应了。"

"叔叔，那么，您主意已定？"

"小兄弟，有什么办法，有什么办法呢！这伤透了我的心，但是我已经拿定了主意。明天就要求婚。婚礼决定不声张出去，悄悄地办成家宴。小兄弟，办成家宴更好。你来做我的伴郎。我已经暗示过由你做我的伴郎，因此在此之前他们无论如何也不会赶你走的。小兄弟，有什么办法呢？他们说：'给孩子们留下点儿财产！'当然啦，为了孩子们有什么不可做的呢？就是头朝下打转转也会去干的。何况，或许这事本来也是正当的。要知道，我也是应该为家庭做点儿什么的。总不能老是坐着吃白食吧！"

"叔叔，但要知道，你要娶的这个女人是个疯子啊！"

我失态地喊叫道，同时我的心也痛苦地抽紧了。

"哪是什么疯子啊！根本就不是疯子，你知道，她只不过经历过一些不幸……小兄弟，有什么法子呢。头脑正常嘛，我当然也会高兴……不过话又说回来，头脑正常的又常是些什么人呢！如果你知道她是一个多么善良、多么高尚的人就好了！"

"我的上帝！他居然容忍了这种想法！"我绝望地说道。

"可是，不这样做又有什么法子呢？要知道，他们也是为了我好才竭力促成此事的，而且说到底，我也已经预感到，迟早休想逃出他们的手心，他们会强迫我结婚。与其这样，倒不如现在就办的好，免得为此再惹出一场争吵。谢廖沙，我把一切都坦诚地告诉你，我甚至还多少感到有些高兴。既然已经拿定了主意，那么事情就决定了，至少卸下了包袱，心里也平静些了。我往这里走的时候，差不多已经完全心平气和了。显然，我命该如此！而最主要的却是，娜斯佳将留在我们这里，这是我们获得的一项胜利。要知道，我是拿这一点作为条件才同意婚事的。可是，此刻她自己倒要跑掉！这是不行的！"叔叔跺了一下脚叫道。"谢尔盖，你听着，"叔叔态度坚决地补充说道，"你在这里等着我，哪儿也不要去；我马上就会回来找你。"

"叔叔，您到什么地方去呀？"

"谢尔盖，或许我还能见到她；一切就会弄清楚的，请相信，一切都会弄清楚的，而且……而且……而且你定将同她结婚——我向你保证!"

叔叔很快地走出房间拐进了园子,却没有去住宅那边。我从窗口注视着他。

十二　大难临头

只剩下我一个人留在屋里。我的处境很难堪：人家已经拒绝了我，可叔叔几乎要强迫我娶她。我的思想简直是乱麻一团。米津奇科夫以及他对我提出的建议一直都没有在我脑子里消失过。无论如何要拯救叔叔！我甚至想去寻找米津奇科夫并且把一切都告诉他。但是叔叔究竟到哪儿去了呢？他自己曾说，他去找娜斯坚卡，可他实际上转到园子里去了。或许是秘密幽会的想法在我的脑海里一闪而过，于是一种非常不愉快的感觉刺痛了我的心。我记起米津奇科夫有关暧昧关系的说法……我思忖了片刻，就愤愤地将这种怀疑抛到一边去了。叔叔不可能欺骗我，这是显而易见的。我的不安每分钟都在不断地增长。我无意识地走出房间，来到门阶上，随后又沿着叔叔身影消失的那条林荫路向园子的深处走去。月亮开始升起。我熟悉这园子纵横交错的路径，因此并不担心会迷路。衰败的水面上早已积了厚厚一层水藻绿苔的池塘岸边，孤零零地立着一个破旧凉亭。快要走到凉亭时，我的两脚像生了根似的，突然停步不前，因为我听见凉亭里有说话的声音。我无法描述,一种多么奇怪的懊丧将我牢牢控制!我确信是叔叔和娜斯坚卡在那里,于是我继续向前走去。同时为了避免良心上的不安,我仍然用原先的步伐走去,竭力做出不是偷偷摸摸的样子。突然清楚地响起了接吻的声音,随后传来的是某种兴奋的谈话声,紧接着是一声女子的刺耳尖叫。就在这同时,一个白衣女子跑出凉亭像燕子般地从我身边一闪而过。我甚至觉得,她为了不让人认出来,还用双手掩住了脸。大概他们在亭子里看见我了。但是,最使我惊愕的是,在那位受惊的女士之后走出来的追求者竟是奥勃诺斯金,就是那个据米津奇科夫说早已离去的奥勃诺斯金!奥勃诺斯金也看见了我,他显得非常局促不安,他那副无赖相已消失得无影无踪了。

"请您原谅我,但是,我怎么也没有料到会同您相遇。"他微笑着结结巴巴地说道。

"可是我也没有料到会同您相遇,"我带着讥讽回答说,"何况我听说您已离开了。"

"不是的……是这样……我只不过是去送妈妈,也没有远送。我能否把您当作世上一个真正高尚的人而向您提一个请求呢?"

"什么请求?"

"有时候——对此您自己也会有同感的——一个真正高尚的人不得不求助于另一个真正高尚的人全部的高尚情操……我希望您理解我的意思……"

"请您不必抱什么希望,我根本什么也不理解。"

"您看见了同我一起在凉亭里的女士?"

"我看见了,可是没有认出是谁。"

"啊,没有认出来!……这位女士我很快就会称之为我的妻子了。"

"我谨向您表示祝贺。不过我究竟能为您做些什么事呢?"

"只求您做一件事:请您务必严守秘密,不要把您看见我同这位女士在一起的事说出去。"

"这位女士会是谁呢?"我想着,"难道会是……"

"说实话,这很难说,"我回答奥勃诺斯金说,"我希望,您能够原谅我不能向您做出保证……"

"请别这样,看在上帝的分上,"奥勃诺斯金恳请说,"请您理解我的处境,这是秘密。您也会成为未婚夫的,那时,从我这方面……"

"嘘!有人来了!"

"在哪儿?"

的确,距离我们大约三十步远的地方,刚刚能觉察到闪过一个人的身影。

"这……这,肯定是福马·福米奇!"奥勃诺斯金悄声说,同时身子也哆嗦着,"我能从他的步态上认出他。我的上帝!还有脚步声,是从另外一个方向来的!听见吗……再见!我对您表示感谢并且……恳请您……"

奥勃诺斯金隐退不见了。只一分钟时间，仿佛从地里钻出来一样，叔叔出现在我的面前。

"原来是你？"他叫住我说，"一切都完了，谢廖沙！全都完了！"

我发现，他也全身在发抖。

"叔叔，什么都完了？"

"咱们走吧！"他气喘吁吁地说道，并且紧紧地抓着我的手，拖着我走在他身后。但是在到达厢房之前，一路上他没有说一句话，也不让我说话。我预料发生了什么反常的事，果然没有猜错。当我们进入房间后，叔叔突然感到不舒服。他像死人一样面色苍白。我立即向他喷了点儿水。"大概发生了非常可怕的事，"我这样想着，"要不这样的一个好人怎么会晕过去呢。"

"叔叔，您怎么啦？"我终于开口问道。

"一切都完啦，谢廖沙！我同娜斯坚卡在园子里，福马正好碰见我吻了她！"

"您吻了她？在园子里？"我大叫起来，惊异不解地望着叔叔。

"小兄弟，是的，在园子里，真是鬼使神差呀！我去园子里是想一定得见到她，对她把一切都说出来，使她明白道理，也就是说关于你的事。而她却在那边，即在池塘对面的破凳子那里，整整等了我一个小时……每当她有什么话要同我说的时候，就常常要到那边去等我的。"

"叔叔，常常去吗？"

"小兄弟，是常常！最近一段时间，差不多每天夜里我们都不间断地在那里相会。只怕是他们暗中跟踪发现了我们，准是这么回事。我就知道他们是在暗中跟踪，而且我还知道这全都是安娜·尼洛芙娜一手干的。我们有一段时间中断了这种会面，大约三四天什么事也没有。可是今天又有会面的必要了。你自己也明白多么需要同她见面哪，否则我又怎么能够跟她说呢？我到了那里希望能遇到她，可是她已经在那里整整坐了一个小时，她一直在等着我，她也有话要对我讲……"

"我的上帝，多么粗心大意！您不是早就知道人家在暗中跟踪你们吗？"

"谢廖沙，可现在是紧急关头哇。有很多话相互都要说。白天我甚至连看她一眼都不敢，她望着一个角落，我就故意往另一处看，仿佛根本就没发觉世上还有她这个人存在。只有在夜里我们才相会，然后把话说个够……"

"叔叔，那么后来呢？"

"连两句话我还都没有来得及说完，你知道，我的心就怦怦地跳起来了，眼泪也夺眶而出。我开始开导她，劝她嫁给你。她却对我说：'您准是不爱我，您准是什么也看不出来。'接着她就突然扑向我，并用双手搂住了我的脖子，哭出了声！她说：'我爱的只是您一个人，别人我谁也不嫁。我早就在爱着您，只是连您我也不会嫁的，明天我就离开这里，然后去进修道院。'"

"我的上帝！难道她真是这样说的吗？嗯，叔叔，那么后来呢，后来呢？"

"我一看，福马站在我俩面前！他是从哪儿跑出来的呢？难道他一直躲在树丛后边，就等着这种罪孽发生的吗？"

"卑鄙的家伙！"

"我一下就惊呆了。娜斯坚卡拔腿就跑，而福马·福米奇则默默地从我们身旁走过去，还用一个手指头朝我晃晃来威吓我。谢尔盖，你明白吗？明天非得闹翻了天不可！"

"嗯，这又有什么不明白的呢？"

"你明白吗？"叔叔绝望地喊叫说，他同时从安乐椅里跳起身来，"你明白吗？他们想毁了她，使她蒙受耻辱，让她名誉扫地。他们一直在寻找借口好来凌辱她，对她诽谤中伤，进而把她赶出家门。现在这个借口有啦！要知道他们说她同我有不正当的关系！要知道他们这伙下流胚还说她和维多普利亚索夫也有关系！这全是安娜·尼洛芙娜信口雌黄。现在该怎么办？明天该怎么办？难道福马会讲出去吗？"

"叔叔，他一定会讲出去的。"

"如果他讲出去，只要他敢讲出去……"叔叔咬着嘴唇并且握紧拳头说道，"不过，不会的，我不相信！他不会讲出去的，他会懂得的……这是位具有极其高尚情操的人！

他会饶恕她……"

"饶恕也罢,不饶恕也罢,"我坚定地回答说,"无论如何,你责无旁贷,你明天就得向娜斯塔西娅·叶芙格拉福芙娜求婚。"

叔叔一动不动地注视着我。

"叔叔,您明白吗?如果这事一传出去,您就会使一个姑娘蒙受耻辱了。您明白吗?您应该尽可能快些预防灾难的发生;您应当勇敢而骄傲地面对大家,公开提出求婚,对他们提出的各种理由都弃而不顾,如果福马胆敢吭一声来反对她,那就把他捻成齑粉。"

"我的朋友!"叔叔喊道,"往这里走的时候,我就想过这个了。"

"那么您是怎么决定的呢?"

"无可改变!在我给你讲这件事之前,我已经拿定主意啦!"

"叔叔,好极了!"

于是我扑上前去拥抱他。

我们俩谈了很长时间。我向叔叔一条不落地罗列出他应该娶娜斯坚卡的全部理由及其确定无疑的必要性。自然,这一切叔叔自己比我更清楚。只不过是我的雄辩才能被激发出来了而已。我为叔叔感到高兴。我长时间地激励他,否则他永远也不会挺直腰杆。对于职责,对于义务他都很崇敬。但是尽管如此,我还是丝毫不清楚该怎样妥善安排这件事。我知道并且盲目地相信，一旦叔叔认定是自己义不容辞的事，那么他决不会后退一步的。但我仍有些不相信他会有足够的力量起而与家里的那些人对抗。因此我就竭尽全力激励他，怂恿他，并以自己年轻人的全部热情做他的工作。

"何况，何况，"我说道，"现在一切都已经决定了，您的最后的疑虑也都消失！已经发生了您未曾预料到的事，尽管所有的人实际上早已看到了并且在您之前就已经觉察到了：娜斯塔西娅·叶芙格拉福芙娜在爱着您！难道您能够允许，"我叫喊道，"让这种纯洁的爱情一变而成为她的羞愧和耻辱吗？"

"绝不！不过，我的朋友，难道我最终会是如此幸福吗？"叔叔叫道，扑上来搂住我的脖子，"可是她又是怎样爱上我的，又爱上我什么呢？爱上我什么呢？好像我身上并没有什么特别……与她相比，我已是一个老头儿，真是没有想到哇！我的天使，天使！……谢廖沙，你听我说，刚才你还问过我是否爱上了她。你当时是否已经有了某种想法呢？"

"叔叔，我只是看到您对她已经爱得无以复加。您爱着她，可同时您自己对此毫无所知。请恕我直言！您写信让我回来，您想要让我娶她等等，只是为了让她成为您的侄媳，从而让她永远待在您身边……"

"那么你……那么你原谅我吗，谢尔盖？"

"叔叔,这是从哪里说起呢!……"

于是叔叔又一次拥抱了我。

"叔叔,您看,大家都跟您作对:应该奋起并迎上去与所有这些人对抗,不要再迟延,从明天就开始。"

"对……对,明天就开始!"他若有所思地重复说了几次,"而且,你要知道,我们要英勇果敢,用心里真正的高尚情操,用坚强的性格去着手我们要干的事……是的,正是要坚强有力的性格!"

"叔叔,到时候您可别胆怯!"

"谢廖沙,我不会胆怯的!只有一点:我不知道怎样开头,怎样走第一步!"

"叔叔,别想这个。明天一切都会得到解决。今天您先平静下来。想得越多越难办。而如果福马胆敢说出来,就立即把他从家里赶出去,把他捻成齑粉。"

"难道不能不赶走他吗?小兄弟,我是这样决定的:明天一大早,天一亮,我就去找他,就如同我和你谈的那样,把一切都告诉他。他不大可能不理解我,他是一个高尚的人,他是人们中间首屈一指高尚的人!我不放心的是:如果妈妈今天预先把明天要向塔季娅娜·伊万诺芙娜求婚的事告诉她本人呢?那可就糟了!"

"叔叔,关于塔季娅娜·伊万诺芙娜的事您就不用操心了。"

接着我就把奥勃诺斯金在凉亭里的那一幕戏告诉了他。

叔叔感到非常惊讶。至于米津奇科夫我则只字未提。

"异想天开的人！货真价实的想入非非的人！"叔叔叫喊道，"一个可怜的女子！人家跑来找她是想利用她的单纯！难道那人果真是奥勃诺斯金吗？他可是已经离去了的……奇怪，非常奇怪！谢廖沙，我真感到惊讶……明天应该追查这件事并且采取措施……不过，你完全确信，肯定是塔季娅娜·伊万诺芙娜吗？"

我回答说，尽管我没有看见她的脸，但是根据某些情况，我完全确信，那女子肯定是塔季娅娜·伊万诺芙娜。

"哼！该不是同女仆中间的什么人有什么私情吧，而你觉得好像是塔季娅娜·伊万诺芙娜？是不是花匠的闺女达莎呢？她可是个诡诈狡猾的女孩子！有过不轨行为，我说起她，就是因为她行为不轨。安娜·尼洛芙娜曾经跟踪过她……然而，又不会是她呀！奥勃诺斯金不是说他想结婚的嘛。奇怪！奇怪！"

最后，我们终于分手了。我拥抱了叔叔并且祝福他。"明天，明天，"他重复地说道，"明天一切就要见分晓了，在你起床之前，一切就见分晓了。我将去找福马并将以骑士的风度行事，我要把他当作我的亲兄长那样向他披肝沥胆，坦诚地向他讲出一切。谢廖沙，再见。去睡吧，你已经够累的了。可是我，大概整夜都休想合眼了。"

叔叔走了。我立即上床就寝，因为疲惫到了极点。这一天过得真艰难。神经都有些紊乱，因此沉沉入睡前有几次身体抖动而惊醒。不过尽管我进入梦乡前的感触有多么奇怪,可是这种奇怪与第二天一早我被更加奇异的方式唤醒相比,简直是小巫见大巫了。

第二部

一　追踪

我睡得很沉,一夜连梦都没有做。突然我感到有个十普特重的什么东西从半空落下,压在我的两腿上。我大喊一声立即醒了过来。白日已经来临,太阳光耀眼地射进窗户。在我的床上,或者不如说在我的两腿上,坐着巴赫切耶夫先生。

没什么可怀疑的,这人正是他。我使劲把两腿抽出来,从床上欠起身子,用几乎还没醒来的迟钝而不解的眼睛盯着他看。

"他还看呢!"这个胖子喊叫道,"你怎么一个劲儿盯着我看?老弟,快起床,快起床!我叫你都叫了半个小时了。快扒开眼睛醒醒吧!"

"出了什么事?几点钟了?"

"老弟,时间还早,可我们那位费芙罗尼娅①不等天亮就一溜烟儿不辞而别了。快起床,让我们去把她追回来!"

"费芙罗尼娅是什么人?"

---

① 塔季娅娜·伊万诺芙娜的姓。

"就是我们的那位嘛,那位傻里傻气的大姐嘛!她远走高飞啦!天不亮就远走高飞啦!老弟,我来找您只想待一会儿把您唤醒,可是在这里得同你折腾上两个小时!老弟,您快起来吧,您叔叔也在等着您哩。可有热闹好瞧了!"他补充说道,声音里带着某种幸灾乐祸的激愤。

"可您到底讲的是谁,是什么事啊?"我不耐烦地说道,不过也开始有所猜测。"总不会是塔季娅娜·伊万诺芙娜吧?"

"那还能是谁?就是她呀!我曾经说过,预告过,可人们连听都不愿意听!这回她可给今天的节庆增光了!谈情说爱晕了头,情爱就在她脑子里生了根!呸!那一位男士嘛,那又是什么货色呢?那个蓄着小胡子的?"

"难道是同米津奇科夫跑了?"

"哎呀,去你的吧!老弟,你睁开眼睛清醒一下好吗,就为了今天是个好节日你也该快点儿醒过来!如果你现在还在说胡话,可见你昨天吃晚饭时就迷糊过去了!哪是同什么米津奇科夫?是同奥勃诺斯金,而不是同米津奇科夫。伊万·伊万内奇·米津奇科夫可是个正经人,现在他也准备同我们一起去追赶他们。"

"您说什么?"我叫起来,就在床上猛地一跳,"难道是同奥勃诺斯金?"

"咳,你这人真叫人扫兴!"胖子回答说,同时在座位上不停地欠身,"我当他是受过教育的人,把这件意外的事告诉他，可他还怀疑不信！嗯，老弟，你要愿意同我们一起去追，那你就起床穿上你的裤子。我不想跟你白费口舌，本来就已经浪费了宝贵的时间啦！"

于是他非常气愤地走出了房间。

我为这一消息深感震惊，从床上一跃而起，赶忙穿好衣服从房间出来跑下门阶。我想在宅子里找到叔叔，可宅子里大家都还在睡觉，好像根本不知道发生的事。我蹑手蹑脚登上正门台阶，在门廊里碰见了娜斯坚卡。看来她是匆忙披衣出来的，穿着一件宽大的女晨衣，也许是家常女大衣之类。她的头发也是乱蓬蓬的，看得出是刚从床上蹦起来，仿佛在门廊里等什么人。

"请您告诉我，塔季娅娜·伊万诺芙娜跟着奥勃诺斯金走了，这是真的吗？"她上气不接下气地匆忙问道，脸色苍白，带着惊恐的表情。

"据说是真的。我正在找叔叔。我们想去把他们追回来。"

"哦！快把她追回来！你们要不把她给追回来，她可就毁啦。"

"可叔叔在什么地方呢？"

"大概在那边，在马厩那里。那边正在套马车。我一直在这里等着他。请您听我说，劳驾告诉他，我今天一定离开这里。我已经下定了决心。父亲带我走，如果可能的话，我立刻就走。现在一切都毁啦！一切都完了！"

说这话的时候,她一副丧魂落魄的样子瞅着我,突然泪流满面,似乎她要发作歇斯底里了。

"请不要急!"我恳求她说,"要知道一切都在向好的方面发展,您会看到的……娜斯塔西娅·叶芙格拉福芙娜,您怎么啦?"

"我……我不知道……是怎么啦,"她喘着气说道,无意识地握紧我的双手,"请您告诉他……"

正在此时,门外右侧响起了什么声音。

她抛开我的手,神色惊恐,没把话说完就跑上楼去。

我在后院的马厩里,找到了我要找的那伙人,也就是说找到了叔叔、巴赫切耶夫和米津奇科夫。巴赫切耶夫的轻便马车,套上了几匹精力充沛的新马。出发的准备工作已安排妥当,只等我的到来。

"他来啦!"叔叔一看见我就喊了起来,"小兄弟,你听说啦?"他脸上带着某种奇异的表情补充说。

恐惧、懊丧,同时仿佛还有某种希望,出现在他的眼神、声音和动作中。他意识到,在他的命运里完成了一次根本性的转折。

他们立即就把事情的原委统统告诉了我。巴赫切耶夫先生度过一个糟糕透顶的夜晚之后,一大早从自己的家里出来,要去赶修道院的早祷。修道院距他的村庄有四五俄里远。就在从大路拐向修道院的转弯处,他突然看见一辆飞快疾驰的四轮马车,上面坐的是塔季娅娜·伊万诺芙娜和奥勃诺斯金。塔季娅娜·伊万诺芙娜是一副痛苦和仿佛受了惊吓的模样。她尖叫了一声,并且向巴赫切耶夫先生伸出双手,好像恳求他保护,至少巴赫切耶夫先生是这样讲的。"可是,那个蓄着一撮小胡子的坏蛋,"他补充说道,"却半死不活地坐着,躲闪着。不过,老弟,你休想,你躲不过我!"于是斯捷潘·阿列克谢伊奇不假思索地把马车拐回大道上,直奔斯捷潘奇科沃村,唤醒了叔叔,唤醒了米津奇科夫,最后又唤醒了我。大家决定立即动身去追人。

"这个奥勃诺斯金,这个奥勃诺斯金……"叔叔说道,他死死盯着我看,仿佛想同时还告诉我一些别的什么,"可谁又料得到呢!"

"这个卑鄙下贱的家伙,任何下流的事都干得出来!"米津奇科夫极其激愤地叫喊道,同时立即回过头去避开我的目光。

"我们在这干什么,走还是不走?难道我们就这样站到天黑,没完没了讲故事吗?"巴赫切耶夫一边爬进轻便马车一边打断别人的话说道。

"我们走吧,走吧!"叔叔接着他的话说道。

"叔叔,一切都在变好,"我悄声对叔叔说,"您看,这一切现在都自然而然圆满解决了,不是吗?"

"我的小兄弟,别说了,不要造孽呀……哎呀,我的朋友!他们现在会干脆把她赶走的,作为他们未能如愿而对她的惩罚。你明白吗?就我的预感,事情简直太可怕了!"

"叶戈尔·伊里奇，怎么，是说悄悄话呢，还是正经地赶路呢？"巴赫切耶夫先生又一次叫喊道，"是不是把马卸下来再让人送点儿小菜来。您以为如何，咱们再喝上几杯伏特加酒？"

这些话说得非常气愤、尖刻，无论如何也得立即满足巴赫切耶夫先生的要求了。大家马上坐进马车，马也就飞奔起来。

有一阵工夫谁也没说话。叔叔意味深长地瞅着我，但不想当着大家的面同我讲话。他常常陷入沉思，然后又仿佛突然惊醒一样，哆哆嗦嗦，焦虑地左顾右盼。米津奇科夫看起来很平静，抽着他的雪茄烟，带着一副蒙受屈辱的严肃表情。只有巴赫切耶夫先生一人在替大家出气。他独自嘟嘟囔囔，无比气愤地望着大家和周围的一切，脸涨得通红，哼哼哧哧，不停地向旁边吐唾沫，怎么也不能够平静下来。

"斯捷潘·阿列克谢伊奇，您确信他们是往米希诺村方向走了吗？"叔叔突然问道，"老兄，这可有二十俄里远呢，"叔叔补充说，同时又转向我，"是一个小村庄，有三十个农奴。不久前由一个省里卸职的官员从先前的主人手里买下的。他是一个世上绝无仅有的讼棍！至少人们是这样说他的，或许说得不对。斯捷潘·阿列克谢伊奇肯定说，奥勃诺斯金正是往他那里去了，这个卸职的官员现在正在帮他的忙。"

"一定是这样!"巴赫切耶夫精神振奋地叫道,"是我说的,去了米希诺村。只不过现在在米希诺村可能没有什么奥勃诺斯金了,已经把它改唤米季卡之类了!有什么好说的,在院子里再白白闲聊上三个小时才好呢!"

"请您放心好了,"米津奇科夫指出说,"我们会追上的。"

"是的,会追上的!大概他会等着你吧。珍宝盒是在手心里,不过飞跑了!"

"你放心好了,斯捷潘·阿列克谢伊奇,你放心吧,我们会追上的,"叔叔说道,"他们什么都还没有来得及做呢。你会看到,事情定是这样的。"

"没有来得及做!"巴赫切耶夫恶狠狠地压住别人的话说道,"别看她不声不响的样子,她可什么都干得出呢!还说她是什么'不声不响的,不声不响的!'"巴赫切耶夫仿佛模仿着某人的尖嗓音补充说道,"说她'遭遇过不幸',瞧,现在她这位不幸的人却逃之夭夭了!你只好天不亮就在大道上累得上气不接下气地追赶她!今天是天神过节的日子,都不让人去祈祷。呸!"

"可要知道,她可不是未成年的人,"我指出说,"她并不受人监护。如果她本人不愿意,也不可能硬逼她回来。那时我们该怎么办?"

"那是当然啦,"叔叔回答说,"不过她是会愿意回来的,我可以向你保证。她现在只是一时的……只要一看见我们，她立刻会回来的，我敢担保。小兄弟，可不能就这样丢下她不管，让她听凭命运随意摆布，让她去当牺牲品。这个，这么说吧，是义不容辞的……"

"不受人监护！"巴赫切耶夫叫道，他立即冲着我来了。"她是个傻女人，老弟，她是个一窍不通的傻女人，而不是什么不受人监护。昨天我都没想讲给你听，前两天我错进了她的房间：我一看，她正面对镜子，双手叉腰，一个人在跳苏格兰舞！而且她还一丝不挂，简直和杂志上刊登的一模一样！我啐了一口唾沫就离开了。那时候，像白纸写黑字，我就预感到一切啦！"

"干吗要这样来责怪人家呢？"我略带胆怯地说，"大家都知道，塔季娅娜·伊万诺芙娜……身体不很健康……或者倒不如说，她有点狂躁……我觉得，是奥勃诺斯金一个人的过错，而不是她的错。"

"身体不很健康！得了吧！"胖子接着我的话说道，他气得满脸通红。"你这不是发誓要把人气死嘛！从昨天起你就发誓要这样干了！她是一个傻女人，我的爷，我再给你重复一遍，她是个地地道道的傻女人，并不是什么身体不很健康。她从小就情啊爱呀，想美男子走火入魔！这不是，她现在被那爱神美少年带上了绝路。那个蓄小胡子的家伙，更没有什么可说的了！说不准，他正在快马加鞭带着钱赶路呢，叮叮叮，而且美滋滋地在笑呢。"

"那您真的以为，他拿到钱立即就抛弃她吗？"

"不然又能怎样呢？难道他还会带着这样的宝贝到处跑吗？她对他还有什么用处？把她洗劫一空，然后将她往路边某个地方的树丛里一扔，就溜之大吉。可她呢，就独自坐在树下去闻花香吧！"

"唉，斯捷潘，你可是说得没边儿了。事情不会是这样的！"叔叔叫喊道，"不过，你为什么要生这么大的气呢？斯捷潘，我对你感到惊讶，你怎么啦？"

"要知道我是个人，不是吗？要知道人就不能不生气，从一旁瞧着就叫人生气。要知道，或许我也疼爱她才这么说……唉，让世上一切都见鬼去吧！嗯，我干吗来这里？我当时为什么把马车给拐回来？这关我什么事啊？关我什么事啊？"

巴赫切耶夫先生就这样抱怨个没完没了；但我已经不再听他说了，心里在想我们正追赶的那个女子，就是塔季娅娜·伊万诺芙娜。下面就是我事后根据最可靠的来源了解到的她的简略身世。这对于说明她的这次历险是必不可少的。她原先是贫苦的孤儿，在一个并不好客的别人家里长大，后来是个贫困的姑娘，再后来是个待嫁的贫困女人，最终成了一个贫困的老姑娘。塔季娅娜·伊万诺芙娜在贫困生活中饱尝了痛苦、孤独、凌辱、责骂，充分体验了寄人篱下的滋味。她天生是欢快开朗、易感和浮躁的性格。最初她还能忍受自己悲苦的命运，有时甚至发出无忧无虑的欢快笑声。但时间年复一年地过去，命运之神终于占了上风。塔季娅娜·伊万诺芙娜逐渐憔悴消瘦,变得容易动怒,有着病态的敏感,常常沉溺于虚无缥缈的幻想,又用歇斯底里的泪水和号啕大哭打断自己的幻想。现实世界她享有的幸福越少,她就越多地用幻想来诱惑和宽慰自己。她最后的切实期望越是无可挽回地必定失败以至破灭,她的那些不可能实现的幻想也就变得越加温馨可亲。诸如闻所未闻的大量财产,永驻不衰的美貌,富有显赫又风度翩翩的未婚夫,他们是爵爷和将军的子弟,他们都为她珍藏着忠贞的爱,都拜倒在她的石榴裙下,因无限倾慕她而死去活来,最后还有那个他,就是美的理想化身,集一切完美于一身,热烈而多情,是艺术家,诗人,将军之子。所有这一切,要么同时要么依次不只是出现在梦中,而且也出现在清醒时的眼前。她的理智开始崩溃,再也服不进这种种隐秘幻想的鸦片了……恰恰在这时,命运突然对她来了一次彻底的捉弄。就在她被欺凌得走投无路,挣扎在令人心碎的忧郁的现实中,就在她陪伺一个牙齿落光、唠叨没完的半死老妪,就在她怎么做都不对、一身不是,就在她为每一口饭、每一件破衣挨骂受气,就在她任人随意欺侮而无人保护,就在她备受生活的熬煎却又沉溺于荒诞热切的幻想之中,就在此刻她突然接到一个远房亲戚死亡的消息。这人所有的近亲全已死光(她生性浮躁,对此从未打听过),这位亲戚自己又很古怪,过着足不出户的生活,住在十分遥远的穷乡僻壤,孤独忧郁,无声无息地从事颅相学①研究和放高利贷。于是，一笔巨大的财产奇迹般从天而降，像金雨似的落到了塔季娅娜·伊万诺芙娜的脚旁：她成了这个已故亲戚的唯一合法继承人。十万银卢布一下子全归她所有。命运对她的这次捉弄，却把她完完全全地断送了。现在幻想开始实现，她那原本已衰微的大脑怎么能不相信这些幻想呢？于是这个可怜的女子如今就连最后残存的那一点健全的理智也弃之不顾了。幸福之感弄得她晕头转向，她勇往直前地驰骋在不可能实现的幻象幻影的迷人世界里。什么考虑，什么怀疑，什么现实中的障碍，什么如二二得四一样明白而必然的规律，通通置诸脑后！三十五个春秋的生活和对炫目之美的幻想，寒秋神伤的冷清和无限幸福的爱情，互不相扰地汇合在她一身。幻想在现实生活中已经实现了一次，为什么就不能全部实现呢？为什么他就不能翩翩而至来到她面前呢？对此塔季娅娜·伊万诺芙娜不是进行理智的思考，而是盲目地确信不疑。她期待着她的那个他，那个理想中的人物；这可能是各色各样的未婚夫，是各种勋章的获得者或一般奖章的获得者，是军人或文职人员，是非近卫军人或近卫重骑兵军人，是达官显贵或普普通通的诗人，诗人中又有去过巴黎的或只在莫斯科待着的，蓄着小胡子的或没蓄胡子的，留有短尖胡须的或不留短尖胡须的，西班牙人或非西班

---

① 奥地利医生和解剖学家加利（1758—1828）提出的一种学说。据说按颅骨的形状可断定人的智慧和性格。——俄编注

人（不过多半是西班牙人），如此等等。所有这些人日日夜夜都展现在她的期待之中,其数量之众足以使旁观者惊惧并产生严重的忧虑。这样她离疯人院也就只剩一步之遥了。所有这些美丽的幻影在她的周围联成光艳醉人的爱情。而在光天化日的现实生活中,事情竟也是如此离奇古怪：不管她瞥了谁一眼,那人似乎必定坠入了她的情网；不管是谁从她身旁走过,那人就一定是西班牙人；不管是谁弃世而去,那人无疑是因为爱她而死的。凡此种种偏偏又像有意地在她眼前得到了证实,因为事实上确有一些人,例如奥勃诺斯金、米津奇科夫和其他许多人,抱着同样的目的在追求她。突然之间所有的人都开始向她讨好,开始关爱她,开始奉承她。可怜的塔季娅娜·伊万诺芙娜也不想一想,这一切不过是由于钱的缘故。她毫无保留地相信,是有谁一声令下,大家便都改过自新,毫无例外地变得快活可爱、温和善良了。不过他还没有露面；毫无疑问,他总会出现的。尽管如此,现在的生活也是蛮不错的,非常诱人的,充满着各色各样的娱乐和饮宴,因此还可以再等等。塔季娅娜·伊万诺芙娜嚼着糖果,尽情享受着生活的快乐,读着小说。小说更加激发了她的想象,因此通常读到第二页就被抛到一边去了。她不能再往下读,因为刚读了开头几行,刚看到最微不足道的关于爱情的一点儿暗示,有时只不过是对环境、房间、服饰的一些描述,她就着迷而陷入幻想之中。人们接连不断给她运来崭新的服装、花边、帽子、头饰、绦带、样品、裁剪式样、花饰、糖果、花卉和小狗等等。专门有三个姑娘在女仆房间里成天为她缝制衣妆。她则从早到晚甚至在夜里,没完没了地试着腰身和皱边,面对镜子转来转去。自从接受遗产,她不期而然地变得年轻而且漂亮了。一直到现在我还不清楚,她是怎样同已故的克拉霍特金将军沾上亲的。我始终确信,这种亲戚关系只不过是将军夫人的臆造。她想把塔季娅娜·伊万诺芙娜控制住,无论如何也得要叔叔与她的钱财结婚。巴赫切耶夫先生是对的,他说,爱神美少年把塔季娅娜·伊万诺芙娜引上了绝路。而在听说她同奥勃诺斯金私奔的消息后,叔叔决定去追她并且哪怕是强制也要把她带回来的想法是合情合理的。这个可怜的女子没有人监护是不能生活的,如果落到坏人的手里,她会立即被毁掉。

我们到达米申诺村时已经九点多了。这是一个很小的村庄而且很贫困,距离大道约有三俄里远,在一片洼地里。这里有六七个农夫的茅舍,歪歪斜斜,一副烟熏火燎的模样。屋顶上凑凑合合盖着一层发黑的麦秸,似乎在忧郁而冷漠地望着来往的过客。附近四分之一俄里范围内,既没有一个小园子,也看不到一处不起眼的灌木丛。只有一棵老朽的爆竹柳,低垂在一个所谓池塘的绿苔水坑旁像在打瞌睡。这样的新住处大概不会使塔季娅娜·伊万诺芙娜产生愉快的印象。地主的宅子是新建的长而狭窄的木房,六扇窗户一字排开,屋顶的秫秸是仓促铺上去的。那个退职的地主刚刚开始来此经营。院子甚至还没有围墙,只有一处是段新篱笆,上面的胡桃树枝还有干枯的叶片没来得及脱落。奥勃诺斯金的四轮马车就停在篱笆旁边。我们宛如从天而降,突然落到这两个罪人头上。从敞开的窗户里传出叫喊声和哭泣声。

在门廊里迎面走来一个光脚男孩儿,看见我们扭头飞快地跑开了。在第一个房间里,塔季娅娜·伊万诺芙娜端坐在没有靠背的"土耳其式"印花布长沙发上,一副哭哭啼啼的样子。一看见我们,她发出一声尖叫用双手掩住了脸。奥勃诺斯金就站在她旁边,惊慌失措,可怜兮兮地不知如何是好。他惶恐得甚至跑过来要握我们的手,仿佛欢迎我们的到来。通向另一房间的门微微打开,后面露出女人的衣衫,这是有人在偷听,还从我们看不见的缝隙里往这边偷看。宅子主人没有出场,好像没有在家,躲到什么地方去了。

"原来这位旅行家在这里!还用手捂着脸哩!"巴赫切耶夫跟在我们后边挤进房间叫喊道。

"斯捷潘·阿列克谢伊奇,您别得意忘形!这终归有失体统。现在只有叶戈尔·伊里奇一人有权说话,而我们在这里全都是局外人。"米津奇科夫尖刻地指出说。

叔叔严厉地瞥了巴赫切耶夫先生一眼,仿佛全然没有看见奥勃诺斯金跑上前来要同他握手,走到仍旧用双手捂着脸的塔季娅娜·伊万诺芙娜的跟前,用最柔和的声音,充满同情地对她说道：

"塔季娅娜·伊万诺芙娜！我们大家都非常爱您和尊敬您，因此我们亲自跑来了解您的意向。您是否愿意同我们一起回到斯捷潘奇科沃去呢？伊柳沙今天要过命名日。妈妈正焦急地等着您，而萨舒尔卡和娜斯佳大概已经为您哭了整整一个早上了……"

塔季娅娜·伊万诺芙娜怯生生地半抬起头，从手指缝里看了一眼叔叔，就突然泪流满面地扑向他，搂住了他的脖子。

"哦，带我走吧，快带我离开这里！"她一面痛哭流涕，一面说道，"快，越快越好！"

"她疯跑了一阵，这会儿又胡说了！"巴赫切耶夫用手捅了捅我，喃喃说道。

"现在，一切都结束了，"叔叔神情冷淡地转向奥勃诺斯金说道，差不多连瞧都没瞧他一眼，"塔季娅娜·伊万诺芙娜，请把手给我。咱们走！"

门后传来了衣服的窸窣声。门咯吱响了一下，又略微开得大了点儿。

"不过，从另一方面看呢，"奥勃诺斯金不安地指出说，同时朝微开着的门看了看，"叶戈尔·伊里奇，您看……您在我家里的这种行为……而且我还要说，我向您施礼，可您甚至都不想还礼，叶戈尔·伊里奇……"

"先生，您在我的家里的行为是一种卑鄙的行为，"叔叔严厉地看了奥勃诺斯金一眼回答说,"而且这里也不是您的家。您听见了吗?塔季娅娜·伊万诺芙娜连一分钟都不愿意在这里停留。您还想要干什么?没有什么好说的。您听见吗?再没有什么好说的,我请您注意!我极愿避免进一步解释,这样对您比较好。"

可此时奥勃诺斯金沮丧到了极点,以致讲了一堆十分出人意料的废话。

"叶戈尔·伊里奇,请不要蔑视我,"他压低嗓音开始说道,羞愧得差点儿没有哭出声来,同时还不停地瞅瞅那扇门,大概担心那边有人听见,"这一切都不是我干的,是我妈干的。叶戈尔·伊里奇,我不是为了图财做出这种事。我是说做就做了,叶戈尔·伊里奇,当然我也是图利的……叶戈尔·伊里奇,不过我是抱有高尚目的的,我要用这笔资产做有益的事……我会去帮助贫困的人们。我还想促进当代的国民教育运动,并且甚至想在大学中设立助学金……叶戈尔·伊里奇,您看,我是想这样用我的财产,叶戈尔·伊里奇,可不是图别的什么……"

我们大家至此突然觉得很不自在。米津奇科夫甚至满脸通红,转过了头去。叔叔也窘得厉害,不知如何回答好。

"嗯,嗯,行啦,行啦!"叔叔终于开了口,"帕维尔·谢苗内奇,别紧张。有什么办法呢!人都难免……兄弟,如果你愿意,可以来家里吃午饭……我欢迎,欢迎……"

巴赫切耶夫先生却不是这样。

"要设立什么助学金!"他狂怒地吼叫道,"这种人还会设立助学金!他见人恨不得给扒光……连裤子都不放过,还要搞什么名堂,设立什么助学金!哎呀,你这个破烂货,居然征服了一个女人的心!可是,她在哪里?你的那个娘亲在哪里?是躲起来了吧?如果她不是藏在帷幔后边,我就不姓巴赫切耶夫。要么她就是吓得躲到床底下去了……"

"斯捷潘,斯捷潘!……"叔叔喊叫起来。

奥勃诺斯金顿时脸涨得通红,准备对这话提出抗议。他还没有来得及开口,门开了,安菲萨·彼得罗芙娜本人冲进了房间。她怒不可遏,两眼冒火,脸已气红了。

"这是怎么回事?"她叫嚷起来,"这儿出了什么事?叶戈尔·伊里奇,您带着您的一帮子人闯进一个高尚的人家,恫吓女士,发号施令!……这像什么话?叶戈尔·伊里奇,谢天谢地,我还没有老糊涂呢!而你呀,你这个饭桶!"她转而又冲着她的儿子继续大喊大叫,"你居然还在他们面前哭诉!人家在你母亲的家里侮辱你的母亲,你却张口结舌地听着!以后你还怎么做个自尊的年轻人呢?出了这件事,你就成了一个窝囊废,而不是一个好青年!"

如今没有了昨天的那种温柔娴静,也没有了昨天那种考究的穿戴,甚至更没有那随身带着的长柄眼镜,安菲萨·彼得罗芙娜把这一切都免去了。这是一个货真价实的泼妇,一个摘下假面具的泼妇。

一看见她来,叔叔赶忙挽起塔季娅娜·伊万诺芙娜的手臂想冲出房间。但安菲萨·彼得罗芙娜马上拦住了他们的去路。

"叶戈尔·伊里奇,您不能就这样走掉!"她又像连珠炮似的叫嚷起来,"您凭借什么权利强行把塔季娅娜·伊万诺芙娜带走?您同您母亲还有那个傻瓜福马·福米奇,给她撒下卑鄙的罗网。她逃脱了你们的罗网,所以您感到懊恼!出于卑鄙的私利,您自己想要娶她。对不起,先生,别人想的要比您高尚得多!塔季娅娜·伊万诺芙娜发现你们打她的主意,要毁掉她,就信赖了帕夫鲁沙①。她本人请求他,这么说吧,解救她摆脱你们的罗网。她不得不在夜里离开你们逃走。看看,这是怎么一回事吧!你们把她逼到了这个地步!塔季娅娜·伊万诺芙娜,不是这样的吗?事情既然是这样,你们怎么敢像强盗一样闯进一个高尚的贵族之家,还要强行把一个高贵的姑娘带走,不顾她的叫喊和她的眼泪?我绝不允许!绝不允许!我还没有疯呢!……塔季娅娜·伊万诺芙娜是要留下来的,因为她愿意这样做!塔季娅娜·伊万诺芙娜,咱们走吧。用不着听他们说,他们都是您的仇敌,而不是您的朋友!不要怕,咱们走吧!我马上就把他们撵走!……"

"不,不!"惊慌失措的塔季娅娜·伊万诺芙娜叫喊道,

---

① 奥勃诺斯金的小名。

"我不愿意,我不愿意!他算什么丈夫?我不愿意嫁给您的儿子!他哪能做我的丈夫?"

"您不愿意?"安菲萨·彼得罗芙娜气得上气不接下气地尖叫道,"您不愿意?您已经来了,现在却又说不愿意?那么,您竟敢欺骗我们?您怎么答应了他,夜里同他私奔,自己死乞白赖跟着他登门入户,把我们弄得莫名其妙,并且花费了我们很多钱。我的儿子可能由于您的缘故丢失了一场高贵的婚姻!……我的儿子可能由于您的缘故丧失几万卢布的嫁妆!……不行!您得给钱,您现在就得给钱!我们掌握证据,您半夜私奔……"

但我没有继续听她冗长而气恼的话。我们大家一拥而上将叔叔围住,直接冲着安菲萨·彼得罗芙娜走去,一直走到门阶上。轻便马车立即驶了过来。

"只有无耻之徒,只有卑鄙下流的家伙才干这种事!"安菲萨·彼得罗芙娜从门阶上叫嚷道,她都气疯了,"我要去告你们!您得给钱……塔季娅娜·伊万诺芙娜,您现在是去一个不光彩的人家!您不能嫁给叶戈尔·伊里奇。他就在您的鼻子底下养着个家庭女教师做他的姘头!……"

叔叔气得浑身发抖,脸色刷白,紧咬嘴唇,急忙安排塔季娅娜·伊万诺芙娜上车坐好。我也从马车的另一边走过来等候上车。正在此时,奥勃诺斯金突然出现在我身边并且抓住了我的手。

"请允许我至少寻求您的友谊!"他说道,同时脸上带着某种绝望的表情紧紧地握着我的手。

"这寻求友谊是什么意思?"我问道,一只脚已经踩到马车的踏板上。

"是这样!昨天我就发现您是一位最有学问的人。请别指摘我……其实都是我妈妈怂恿我干的。我与这事全然不相干。我更喜好文学,我向您保证,而这件事全是我妈……"

"我相信,我相信,"我说道,"再见!"

我们在马车里坐好,就疾驰上路。安菲萨·彼得罗芙娜的叫嚷声和咒骂声还久久地在我们身后回响。宅子的所有窗户里突然伸出了什么人的不认识的面孔,以一种怪异的好奇表情望着我们。

轻便马车里现在坐了我们五个人。但米津奇科夫把他的位子让给了巴赫切耶夫先生,自己坐到车子前面赶车的位置上。因此,现在巴赫切耶夫先生坐得正好面对塔季娅娜·伊万诺芙娜。她非常满意我们把她从这里带走,不过仍然不停地在哭。叔叔尽可能地安慰她。可是叔叔本人很忧郁,心事重重。显然,安菲萨·彼得罗芙娜关于娜斯坚卡的胡言乱语深深刺痛了他的心。若不是巴赫切耶夫先生同我们在一起,我们的归程本来会平安无事而圆满结束的。

在塔季娅娜·伊万诺芙娜对面坐好以后,巴赫切耶夫先生仿佛若有所失。他不能坐视而无动于衷,于是在座位上扭来扭去,脸红得如同煮过的大虾,还可怕地转着眼珠。

特别当叔叔开始安慰塔季娅娜·伊万诺芙娜的时候,这个胖子变得怒不可遏,如同一只猛犬被人挑逗得狂吠起来。叔叔提心吊胆地不住瞅他。塔季娅娜·伊万诺芙娜终于注意到了自己对面这个人的异常心境,于是开始专注地端详起他来。然后她又看了看我们大家,嫣然一笑,蓦地抓起她的小伞,优雅地用它轻轻地打了一下巴赫切耶夫先生的肩膀。

"疯子!"她以自己那种最迷人的戏谑语气说道,随即立刻就用扇子掩住了脸。

这个乖谬行为无疑是火上浇油。

"什——么?"胖子号叫起来,"女士,怎么回事?你居然敢冲我下手啦!"

"疯子!疯子!"塔季娅娜·伊万诺芙娜重复说道,并且突然哈哈大笑起来,同时还拍着巴掌。

"停车!"巴赫切耶夫向车夫喊道,"停车!"

马车停了下来。巴赫切耶夫打开车门,匆忙钻出车厢。

"斯捷潘·阿列克谢伊奇,你怎么啦?你要上哪儿去呀?"惊愕不止的叔叔问道。

"不,我受够啦!"胖子回答说,他气得浑身发抖,"让世上的一切都给我见鬼去吧!女士,要向我调情嘛,我可已经老朽,实难奉陪了。姑奶奶,与其这样,我还不如死在大路上好呢!再见吧,女士,科曼……武……波尔捷……武!①"

于是巴赫切耶夫果真步行而去。轻便马车也慢步跟在他的后面行驶。

"斯捷潘·阿列克谢伊奇!"叔叔终于忍不住叫道,"行啦,别闹了,上车吧!该回家啦!"

"去你们的!"斯捷潘·阿列克谢伊奇说。他已经走得气喘吁吁,因为肥胖他早已不能徒步走路了。

"打马快走!"米津奇科夫向车夫喊道。

"你怎么啦,你怎么啦,停下!……"叔叔的话还没有说完,马车已经飞奔起来了。米津奇科夫没有失算,果然立即取得了预期的效果。

"停下!停下!"我们身后传来了拼死命的号叫,"停下,强盗!停下,你这个坏蛋!……"

胖子终于赶上来了,筋疲力尽的样子,差点儿喘不上气来,额头上汗珠累累,领结早已解开,帽子也已摘下。他默默地阴沉着脸爬进马车。这一次,我把自己的位子让给了他。起码他用不着坐在塔季娅娜·伊万诺芙娜对面了。而塔季娅娜·伊万诺芙娜在这出戏的整个过程中,笑得前仰后合,拍着巴掌,并且一路上她都不能安静地看着斯捷潘·阿列克谢伊奇。而斯捷潘·阿列克谢伊奇则一直到家都没有再说一句话,只是执拗地瞅着马车后轮的转动而目

---

① 法语音译:您近来好吗?

不旁顾。

我们返回斯捷潘奇科沃村时,已经是中午时分了。我直接回到我的厢房去,加夫里拉即刻为我端来茶。我本想扑上前去仔细询问一番老人,可是叔叔差不多紧跟在他的后面走进屋来,并且立刻把他打发走了。

二　新闻

"小兄弟，我到你这里只待一会儿，"叔叔急匆匆地开口说道，"我急着跑来告诉你……一切我都打听清楚了。除了伊柳沙、萨莎和娜斯坚卡，今天谁也没去做礼拜。说是妈妈昏厥过去，给她搓呀揉呀，好不容易才缓过来。现在该是到福马那边聚集的时候了，正在唤我过去呢。我只是不知道要不要向福马祝贺他的命名日，这一点至关重要！还有他们究竟怎样看待这件意外的事呢？谢廖沙，太可怕啦，我已经预感到……"

"叔叔，正相反，"现在该我急匆匆对他说了，"一切都自然解决得再好不过。要知道，您现在无论如何不可能再娶塔季娅娜·伊万诺芙娜了。仅此一点就比什么都好！还在路上的时候我就想向您说明这一点了。"

"我的朋友，是这样，是这样。不过事情都不太对头。当然正如你说的，这是上帝的旨意。但我指的不是这个……塔季娅娜·伊万诺芙娜真可怜！真是的，那么多意外全发生在塔季娅娜·伊万诺芙娜身上！……奥勃诺斯金这个下流坯，下流坯！不过话又说回来，我怎么好说他

'下流坯'？难道我要娶她不也是做同样的事吗？……不过，这还全然不是我要说的……刚才你没有听到那个坏婆娘安菲萨关于娜斯佳嚷嚷了些什么吗？"

"叔叔，我听到啦。您现在是否已经明白应该赶快采取行动呢？"

"刻不容缓，而且要不顾一切！"叔叔回答说，"庄严的时刻已经来临。小兄弟，只是还有一点我俩昨天没有想到，而我事后整整一夜都在想：她肯嫁给我吗？这就是我想的！"

"您哪，叔叔！她自己都说她爱您……"

"我的朋友，可是，她同时又补充了一句说：'我无论如何也不会嫁给您。'"

"哎呀，叔叔！这只不过说说而已；何况今天情况已经不同了嘛。"

"你是这样想的吗？不，谢尔盖小兄弟，这件事很微妙，非常微妙！嗯！……可是你知道吗，尽管我发愁，可整整一夜我的心由于幸福感而隐隐作痛！……好吧，再见，我得赶紧去，她在等着我呢，本来就已经迟啦。我不过顺路找你说几句话。哎呀，我的上帝！"叔叔又转回来叫喊道，"最主要的我却忘记说了！你知道吗，我给他，给福马写了一封信！"

"什么时候？"

"还在夜里就写了。一大早天还不亮，我就派维多普利亚索夫把信送去了。小兄弟，我用了两张信纸把一切都写在上边了，我真实而坦率地讲述了事情的经过。总之，我说，我必须，也就是说我非得要向娜斯坚卡求婚不可。我恳请他不要把我同娜斯坚卡在园子里约会的事声张出去，我还向他那颗高尚的心求救，求他在妈妈跟前说说情。小兄弟，当然我写得不太好，可是我写的都是发自内心的肺腑之言，这么说吧，句句都浸着我的泪水……"

"怎么？还没有回音？"

"暂时还没有。只是刚才我们准备追人的时候，我在门廊碰到他。他穿着睡衣，趿着便鞋，头戴睡帽，他是戴睡帽就寝的。大概出去到什么地方来着。他一句话都没有对我说，甚至连瞅都没瞅我一眼。我从下面瞅了一下他的脸，还没有什么！"

"叔叔，您可别指望他，因为他会坏您的事。"

"不，不，小兄弟，别这么说！"叔叔双手挥着叫道，"我敢担保。何况这已经是我最后一线希望了。他会理解的，他会正确看待这件事的。他爱唠叨抱怨，他任性，这我没有异议。可事情一涉及高尚的行为，那他就会像珍珠那样光彩照人……正是这样，像珍珠一样。谢廖沙，你所以这么说，是因为你还没见过他表现出的高尚行为……可是，我的上帝！万一他真的把昨晚的秘密声张出去了呢？那么……谢尔盖，我可真不知道该怎么办了！那样世上还有什么可以信赖的呢？不过，不会的，他不可能是这种卑鄙小人。我连他的一个鞋掌都比不上！小兄弟，别摇头，这可是真的，比不上！"

"叶戈尔·伊里奇！您妈妈正在为您焦急不安呢，"窗下传来了令人厌恶的佩列佩莉岑娜小姐的声音，大概她已经从开着的窗口偷听到我们的全部谈话，"在整个宅子里到处都找不到您。"

"我的上帝，迟到啦！真糟糕！"叔叔惊慌起来，"我的朋友，看在基督的分上，穿好衣服到那边去吧！我就是为此才顺路跑来找你的，我们好一起去……我就来，我就来，安娜·尼洛芙娜，我就来！"

剩下我独自一人的时候，我想起前不久我同娜斯坚卡的会面，庆幸我当时没有对叔叔说这件事，否则他会更加不知所措了。我已经预感到一场暴风雨即将来临，但想不出叔叔将如何妥善处理自己这些事并且向娜斯坚卡求婚。我再重复说一遍：尽管我完全相信他的高尚品德，但我还是不由自主地怀疑他能否获得成功。

不过我也得快些过去才是。我认为我有义务去帮助他，于是立即开始穿衣服。但无论怎样着急，想尽量穿得好一些，还是耽搁了时间。米津奇科夫走进了房间。

"我是来请您的，"他说道，"叶戈尔·伊里奇请您立刻就去。"

"咱们走吧！"

我已经完全穿戴好了。我们走了出去。

"那边有什么新闻吗?"走在路上我问道。

"大家都聚在福马那里,全都到齐了,"米津奇科夫回答说,"福马没有耍什么性子,他一副想着什么心事的样子,很少说话,从牙缝里慢慢腾腾地挤出几个字,甚至还亲吻了伊柳沙。这当然使叶戈尔·伊里奇喜之不胜。不久前他还通过佩列佩莉岑娜小姐宣布说,不要给他过命名日了,说他原先只不过想要考验考验……老太婆虽然还在嗅氨水,不过已经安静下来了,因为福马目前心平气和。关于咱们出车追人的事,没有人提一个字,仿佛根本就没发生过。大家都一声不响,因为福马不说话。整整一个早上福马都没有允许任何人到他那里去,尽管老太婆在咱们出去的时候一再恳求他去她那里商量事情,甚至还亲自跑去敲门找他。但他把自己锁在屋内并且回话说,他在为人类祈祷或者诸如此类的一些话。他正在琢磨什么鬼主意:从他脸上一看就明白。但是由于叶戈尔·伊里奇看不透人的脸色,他现在因福马·福米奇表面随和而兴高采烈,他真是个孩子啊!伊柳沙为他准备好了一首诗,于是他们差遣我来请您去。"

"可是塔季娅娜·伊万诺芙娜呢?"

"什么塔季娅娜·伊万诺芙娜?"

"她也在那边吗?同他们在一起吗?"

"没有,她待在自己的房间里,"米津奇科夫冷淡地回答说,"她在休息,而且还在哭泣。或许是感到羞愧了。现在,那个……家庭女教师好像在她那里。这是怎么啦?要来场暴风雨。你看那天上的样子!"

"好像要有一场暴风雨。"我看了看天边涌起的乌云回答说。

这时我们已经走上了凉台。

"可是您得承认,这个奥勃诺斯金可真够瞧的了,是吧?"我继续说道,忍不住想在这个问题上试探米津奇科夫持什么态度。

"请别对我提到他!请别对我提起这个下流坯!"他叫着突然停了下来,涨红了脸并且跺了一下脚。"笨蛋!笨蛋!把这样一桩美事,把这么光辉的构想硬给破坏了!请听我说,当然,我是一头蠢驴,竟没有能看出他的诈骗伎俩,我郑重地承认这一点。也许您正想听我承认这一点。但我可以向您发誓,如果他把这件事办成了,我或许倒会原谅他的!笨蛋!笨蛋!上流社会怎么还能容忍这种人存在!怎么不把他们送往西伯利亚,发配到永久流放地,强迫他们去服苦役!他们也想骗人!他们斗不过我!现在我至少有了经验,我们还可以再较量较量。我现在正在琢磨一个新主意……您自己也会同意:难道只是因为一个不相干的笨蛋剽窃了您的构想而又没把事办成,您就宁可放弃自己的东西不要了吗?要知道这是不公正的!最后还有一点,这位塔季娅娜·伊万诺芙娜反正是得嫁人的,这是她的天职。如果说至今谁也没有把她关进疯人院,这恰恰因为还可以娶她为妻。现在我告诉您我的新构想……"

"不过恐怕得以后再说了,"我打断他的话说道,"这不,我们已经到了。"

"好吧,好吧,以后再说!"米津奇科夫回答说,嘴唇扭曲着浮现一丝笑意,"现在……可您往哪儿走哇?我给您说,应直接到福马·福米奇那里去!请跟我走,您还没有去过那里。您会看到另一出喜剧……因为喜剧已经开场了……"

三　伊柳沙的命名日

福马占有两个宽大漂亮的房间，这里甚至比宅子里所有别的房间都装饰得好。充分的舒适方便就在这位伟人身边，随他享用。墙上是美丽的新壁纸，窗上是丝质花窗帘。此外，地毯、窗间镜、壁炉、柔和考究的家具等等，都说明宅子的主人们对福马·福米奇是如何无微不至地关怀。所有的窗台上，窗前大理石小圆桌上，都摆着盆花。书房中央放着一张盖着红呢子的大书桌，上面堆满了书籍和手稿。还有一只精美的装墨水的青铜器，一大把由维多普利亚索夫经管的羽毛笔，所有这些物件加在一起足以说明福马·福米奇艰巨而紧张的脑力劳动。说到这里我想顺便提一下，福马面对桌子在那里怔怔地坐了差不多八年，却根本没写出一点儿像样的东西。后来他一命归天，我们清理他留下的手稿，原来这不过是一堆毫无意义的废物。比如，我们找到一部长篇历史小说的开头，说的是发生在七世纪诺夫戈罗德城①的事。其次是一部不堪卒读的蹩脚长

---

① 建于9世纪。这里有讽刺福马胡编历史的意思。——俄编注

诗:《墓地上的隐士》,诗是无韵的。再次是一篇毫无意思的论文,议论俄国农夫的意义及其特性以及应该如何对待他们①。最后是一部尚未完稿的题名为《弗隆斯卡娅伯爵夫人》的中篇小说,小说是描述上流社会生活的②。除此之外,就没有别的东西留下来了。福马·福米奇强要叔叔每年花费大量的钱订购各种书籍和杂志。但这些订购来的书籍和杂志很多都没有启封。后来,我不止一次碰见福马在读保尔·德·科克的作品③。但在人面前,这些作品都被他藏到看不见的地方去了。书房的后墙上有一扇通往院落的玻璃门。

大家都在等着我们来。福马·福米奇坐在一把安乐椅里,身上穿着一件拖到脚跟的常礼服,但仍没有系领结。他的确沉默不语,而且显得心事重重。当我们走进屋里的时候,他略微扬起双眉探究似的望了我一眼。我躬身致礼,他微微点头还礼,可以说相当客气。奶奶看见福马·福米奇待我颇为温厚,因而也随之向我点了一下头。这个可怜巴巴的女人一大早万万没有料到,福马,她的这块心头肉,会心平气和地对待塔季娅娜·伊万诺芙娜这件"意外

---

① 作者在这里意在讥刺同类文章,如果戈理的《与友人书简选》中的《俄国地主》一文及卡拉姆津的《农村居民的一封信》等。——俄编注
② 在19世纪30年代流行这种写上流社会生活的小说。此后二十年间有许多模仿者,而且逐渐变成刻板公式化的作品。
③ 保尔·德·科克(1794—1871),法国作家,写过四百多部作品,在当时相当流行。但大多是庸俗的甚至色情的作品。

怪事"。因此她现在异常快活，尽管早晨确曾抽搐过，出现了昏厥。在她的椅子后面，像往常一样站着佩列佩莉岑娜小姐，她把双唇抿成一条线，尖酸刻薄、恶意凶蛮地微笑着，两只瘦骨嶙峋的手还相互搓来搓去。将军夫人身边还坐着两个贵族出身的、经常金口不开的年迈女食客。还有一个是今天早晨偶然走上门来的修女，再就是一个邻近的女地主，她也上了年纪，是一个没有长嘴巴的哑葫芦，是做完了礼拜顺路来祝贺将军夫人节日的。姑妈普拉斯科维娅·伊莉伊尼奇娜不显山不露水地躲在一个角落里，惴惴不安地看看福马·福米奇，又看看她妈妈。叔叔坐在椅子里，异乎寻常的快活神情在他的双目中熠熠生辉。伊柳沙穿着节日的红衬衫，顶着一头鬈发，漂亮得像一个小天使站在他的面前。萨莎和娜斯坚卡背着大家悄声地教他读一首什么诗，好让他在这样的日子以其学习成绩使父亲感到高兴。叔叔愉快得差点儿落泪，因为福马出乎意料地温顺柔和，将军夫人很快活，伊柳沙过命名日，还要朗读诗。凡此种种都使他兴奋，于是他就郑重地派人请我也来，好让我也尽快地分享大家的幸福并听伊柳沙朗读诗。差不多紧随我们之后走进屋来的萨莎和娜斯坚卡站在伊柳沙的旁边。萨莎不停地笑着，此刻她幸福得像一个小孩子。娜斯坚卡瞅着萨莎也开始面露笑容，尽管她一分钟前进来时脸色苍白而且闷闷不乐。只有娜斯坚卡一个人迎接了从旅途归来的塔季娅娜·伊万诺芙娜，安慰她，并在她楼上的房间里陪她一直坐到现在。看着自己的两位女老师，淘气的伊柳沙似乎也忍不住笑出声来。他们三个人好像已经准备好了一个特别滑稽的逗笑短剧，现在就想把它表演一番……我把巴赫切耶夫给忘了。他就坐在远处的一把椅子上，他仍然是一副气恼的样子，红着脸，保持着沉默，不满意地噘着嘴，擤着鼻涕，总之，在这个家庭节日的氛围中他扮演着一个相当阴郁的角色。在他的近旁，叶热维金迈着碎步走动着。其实他是到处走动，一会儿过去吻将军夫人和来访女客的手，一会儿转到佩列佩莉岑娜小姐跟前悄声说些什么，一会儿又去伺候福马·福米奇。一句话，到处他都应付得来。他也以极其赞赏的态度期待着伊柳沙朗读诗。我刚进门，他就冲我走过来施礼以表达他对我的极大尊敬和忠诚，完全看不出他来此是为了保护他的女儿并把她带走，永远离开斯捷潘奇科沃。

"看，他来了！"叔叔一看见我，就高兴地叫喊起来，"小兄弟，伊柳沙准备好了一首诗要朗读，真没有想到这件真正的意外礼物！小兄弟，我为此感到惊讶，就特意派人去把你请来，你到之前还没有朗读呢……快到我跟前来坐好！让我们一起来听。福马·福米奇，好兄弟，你可得承认，肯定是你指点了他们，好让我这个老家伙高兴高兴？我敢发誓，一定是这样的！"

如果叔叔居然在福马的房间里用这样的语调和声音说话，那似乎就是表明，一切情况还算顺利。但是糟糕也就在这里，正如米津奇科夫所说，叔叔看不透脸色，他什么也没有发现。我瞥了福马一眼，不由得不得不承认米津奇科夫没说错，应该料到要出事……

"上校，请您大可不必为我操心，"福马用一种微弱的声音回答说，这种声音是一个人在宽恕自己的仇敌时使用的，"意外的礼物嘛，我自然很夸赞，这表明您那些孩子聪明机敏，品德高尚。诗歌也是有益的东西，即使是对练发音来说……这您是知道的……不过，我现在正等着听诗歌朗读呢。"

这时我亲吻了伊柳沙，祝贺他的命名日。

"福马，正是要听呢。对不起！我忘啦……尽管我对你的友谊深信不疑，福马！谢廖沙，你再吻一下伊柳沙！看，多么好的一个孩子啊！伊柳什卡，好啦，开始吧！这首诗是讲什么的呀？一定是什么庄严的颂诗，是罗蒙诺索夫的什么作品吧？"

于是叔叔正襟危坐。由于着急和高兴，叔叔几乎不能稳坐不动。

"爸爸，不是的，不是罗蒙诺索夫的诗，"萨申卡强忍着笑说道，"因为您是一位军人并且同敌人作过战，所以伊柳沙就学会了一首关于打仗的诗……爸爸，就是叫做《围困帕姆巴》[①]的这首诗。"

[①] 此诗最初发表在《现代人》，1854 年，第 3 期讽刺副刊"文学杂拌儿"栏里。作者是科济马·普鲁特科夫。（此处引用的（转下页）

"《围困帕姆巴》?啊!我可记不得了……谢廖沙,你知道吗,帕姆巴是怎么回事?想必是讲什么英雄业绩的吧。"

于是叔叔又一次正襟危坐起来。

"伊柳沙,读吧!"萨申卡发号施令道。

>彼德罗·戈梅茨围困……

伊柳沙开始用他那小孩子的平缓而清亮的嗓音读诗。像通常孩子背诗一样,他不分什么逗号和句号:

>彼德罗·戈梅茨拥兵,
>围了帕姆巴城堡已有九年,
>只用牛奶充当军粮,
>堂·彼德罗的全军,
>号称卡斯季利亚人九千,
>全都遵守着立下的誓言。
>就连面包也不进口,
>牛奶便是一日三餐。

"怎么!怎么?这是什么牛奶呀?"叔叔叫喊道,愕然地看着我。

(接上页)诗句与原作有出入。)据认为,陀思妥耶夫斯基用诗中的主人公堂·彼德罗影射本小说主人公上校罗斯塔涅夫。——俄编注

"伊柳沙,接着往下读。"萨申卡喊道。

> 堂·彼德罗·戈梅茨,
> 整日裹了肥大的斗篷,
> 痛哭自己的软弱无力。
> 转眼已是第十个年头,
> 凶悍的摩尔人在欢呼胜利;
> 可堂·彼德罗的队伍,
> 总共剩下了十九个兄弟……

"这简直是一派胡言!"叔叔不安地叫喊道,"要知道,这是不可能的事!整个部队只剩下十九个人,原先却是一个军,甚至还是一个非常大的军!小兄弟,这究竟是怎么一回事呢?"

这时,萨莎实在忍不住,就十分爽朗地孩子般大笑起来。尽管可笑之处本不多,可看着她笑,人们就不可能不笑了。

"爸爸,这是一首滑稽诗,"萨莎叫喊道,她为这孩子般的异想天开感到十分开心,"爸爸,这是特意这样写的,作者就是要让大家觉得好笑。"

"啊!原来是逗笑的滑稽诗!"叔叔容光焕发地喊道,"就是说,是首喜剧性的诗!依我说正是这样,正是滑稽诗!非常可笑,太可笑啦:全军上下只给奶喝,受这个折磨,还得遵守什么誓言!当初怎么要发这个誓呢!写得非常俏皮,不是吗,福马?妈妈,您瞧,这就是那种玩笑诗,有时作者就写些这样的东西,不是吗,谢廖沙?就是写这样的诗吧?非常可笑!啊,伊柳沙,接下去是什么呀?"

> 啊,只剩了十九个!
> 且把他们召集一起,
> 堂·彼德罗·戈梅茨开了口:
> "十九位弟兄!把旌旗高举,
> 吹起响亮的号角,
> 把我们的战鼓一顿猛击,
> 我们要从城堡撤退!
> 虽说没拿下城池重地,
> 面对良心和声誉,
> 我们却有勇气保证,
> 我们从来没有一次
> 对誓言稍有不诚:
> 整整九年封住嘴巴,
> 什么东西都没有碰,
> 除将牛奶倒入腹中!"

"真是个笨蛋!拿这个话来自我解嘲,"叔叔又一次打断读诗,"喝了九年的牛奶……这可算得什么善行?与其把人折磨死，倒不如让他们每天吃上一只羊！太好啦，太出色啦！我看得出来，现在我看得出来：这是讽刺，或者叫……叫什么来着，叫讽喻，是吗？甚至是嘲讽外国的某一个统帅吧。"叔叔意味深长地紧蹙双眉，眯着眼转向我补充说："啊？你怎么看？当然啰，这只不过是一种毫无恶意的、高尚的讽刺，并不侮辱任何人！真妙！真妙！而且主要是很高尚！唔，伊柳沙，继续往下读！哎呀，你们这些淘气包，你们这些淘气包哇！"叔叔又补充说，同时动情地望着萨莎并且偷眼看娜斯坚卡，后者红着脸微笑着。

> 这话鼓舞了士气，
> 十九个卡斯季利亚人要一搏，
> 他们上马摇摇晃晃，
> 声音微弱，齐声大喝：
> "圣·亚戈·科姆波斯杰洛！
> 光荣归于堂·彼德罗！
> 光荣啊，卡斯季利亚雄狮！"
> 他的卡普兰①——季耶戈，
> 从牙缝里挤出声音：
> "如果全军统帅是我，
> 我就发誓只准吃肉，

---

① 音译，这里指的是随军的天主教教士。

再拿桑托林酒①解渴!"

"看看!这不正是我刚说过的吗?"叔叔异常高兴地叫道,"全军上下只找得出一个这样的明白人,可他又是什么卡普兰!谢尔盖,这是什么人呢?是他们的大尉,还是什么?"

"叔叔,是神职人员,教士。"

"啊,不错,不错!卡普兰,随军教士?我知道,我记得!我还是在拉德克里弗夫人②的长篇小说中读到过。要知道,他们那里有各种各样的教派,是吧?……好像是本尼狄克教派③……是有本尼狄克教派的吧?……"

"叔叔,有的。"

"嗯!……我也是这样想的。好啦,伊柳沙,接下去是什么?太好啦,简直好极了!"

堂·彼德罗听了这话,

不由得放声哈哈大笑:

---

① 产于希腊的一种葡萄酒。
② 安娜·拉德克里弗夫人(1764—1823),英国女作家,以写恐怖、神秘的"哥特式"小说著称,最有名的是《渥道尔弗的奥秘》(1794)。19世纪上半叶,她的小说在俄国很流行。——俄编注
③ 本尼狄克(约480—550,一说为480—544),一译"本笃",天主教本笃派(亦即本尼狄克派)创始人。出身意大利斯波莱托的一个贵族家庭。他于529年在卡西洛山兴建一座西欧闻名的隐修院,并编制会规章则,开创了天主教修会制度的最早模式。

"那就赏他一只整羊,

他竟开了个大玩笑!……"

"到这种时候还顾得上哈哈大笑!真是一个大笨蛋!他自己也终于觉得可笑了!赏他羊!原来羊还是有的嘛。那他自己为什么也没吃呢?唔,伊柳沙,再往下读!太好啦,简直好极了!出奇地俏皮!"

"爸爸,已经完啦!"

"啊!完啦!真的,再往下也没什么好说和好做的啦,谢廖沙,是这样的吧?伊柳沙,妙极了!出奇地好!小宝贝儿,来亲亲我!哎呀,你呀,我的亲爱的!那么是谁教他的呢,萨莎,是你吗?"

"不是我,是娜斯坚卡。前几天我们读到了这首诗。娜斯坚卡读完说:'多么滑稽可笑的诗啊!伊柳沙就快过命名日啦,咱们就让他背下来朗诵。那时大家会开怀大笑的!'"

"原来是娜斯坚卡出的主意?嗯,谢谢,谢谢,"叔叔喃喃地说,顿时像孩子一样满脸通红,"伊柳沙,过来再亲我一下!淘气包,你也来亲亲我。"叔叔搂着萨申卡说,同时深情地看着她的眼睛。

"萨舒尔卡,你等着吧,你也要过命名日的。"叔叔又补充说,由于高兴简直不知说什么好。

我转向娜斯坚卡,并问她这是谁的诗。

"对呀，对呀！是谁的诗呢？"叔叔突然醒悟过来说道，"大概是个聪明的诗人写的吧。是不是呢，福马？"

"哼！……"福马鼻子哼了一声回答。

在读诗的时候，挖苦嘲弄的微笑一直挂在福马的嘴角上。

"我忘记啦，真的。"娜斯坚卡怯生生地瞅着福马·福米奇回答说。

"爸爸，这是科济马·普鲁特科夫先生写的，刊登在《现代人》杂志上。"萨申卡跳出来回答说。

"科济马·普鲁特科夫！我可不知道，"叔叔脱口而出，"普希金我倒是知道的！……不过看得出来，这个诗人也是名副其实的呢。不是吗，谢尔盖？此外他还是一个品格高尚的人，这再明白不过了！还可能出身军官……我很赞赏！《现代人》也是非常出色的一种杂志！既然有这样好的一些诗人为它撰稿，就该订阅……我喜欢诗人们！他们都是一些非常好的小伙子！诗里什么都能描写！谢尔盖，你记得吗？在彼得堡的时候，我曾在你那里见到过一位文学家。而且他的鼻子好像长得很特别……真的！……福马，你刚才说什么？"

忍耐不住的福马·福米奇大声哧哧地笑了起来。

"不，我……没有什么……"福马·福米奇说，仿佛强忍着笑，"叶戈尔·伊里奇，请继续往下说，请继续往下说！我的话放到以后再说……看，斯捷潘·阿列克谢伊奇也兴致勃勃地听您讲同彼得堡文学家们结识的情况呢……"

斯捷潘·阿列克谢伊奇一直心事重重地在远处坐着，这时突然抬起头，涨红了脸，在椅子里恶狠狠地转过身来。

"福马，你别来惹我，你让我安静点儿！"巴赫切耶夫用他那双细小而充满血丝的眼睛盯着福马说道，"你的文学跟我有什么关系？只愿上帝保佑我身体健康，"他自顾自喃喃说道，"所有那些人……写文章的人，去他们的吧……他们全是伏尔泰的信徒，如此而已！"

"作家是伏尔泰信徒？"叶热维金立即出现在巴赫切耶夫先生身旁，并且说道，"斯捷潘·阿列克谢伊奇，您说得对极了。不久前瓦连京·伊格纳季奇对此也有同感，还骂我是伏尔泰主义者呢，真的。不过我呢，大家都知道我写得很少……也就是说这都是伏尔泰先生的过错！我们这里就是这样。"

"唉，不是的！"叔叔郑重其事地指出说，"这可是一种误解！伏尔泰只不过是一个笔锋辛辣的作家。他所嘲笑的是各色各样的成见。他从来就不是伏尔泰主义者！这一切全都是他的仇敌们散布的谎言。说实在的，到底为什么把一切都加在他的头上呢，加在这个可怜人的头上呢？……"

重新又响起了福马·福米奇恶狠狠的嘻嘻笑声。叔叔不安地看了他一眼，显而易见地局促起来。

"不，福马，你看，我说的全是指杂志的事，"叔叔窘迫地说道，他想缓和一下自己的说法，"福马兄，前些时你劝过我说应当订阅杂志,你是完全对的。我自己也以为应该订阅!嗯……不错!实际上是在普及文化教育呢!如果不为此而订阅的话,还算得上什么祖国之子呢?谢尔盖,你说是不是?嗯!……是的!……哪怕就订阅《现代人》好了……谢廖沙,不过你知道,学问最深奥的依我看是一本厚厚的杂志,它叫什么来着?杂志封面是黄色的……"

"爸爸,叫《祖国纪事》。"

"哦,对了,是《祖国纪事》,谢尔盖,连名称也很出色,不是吗?整个祖国都坐在那里写纪事……最高尚的宗旨!最有益的杂志!而且它又多厚哇!你倒试试出一本那么大的杂志!而里面学问又是如此深奥,简直叫人目瞪口呆……前不久我一来,看见那里放着一本书,出于好奇,我拿在手里,一口气读了三页。小兄弟,简直叫人吃惊!你知道吗?对一切事物都有它的解释:比如什么叫笤帚、铁锹、木勺和炉叉?依我看,笤帚就是笤帚;炉叉就是炉叉!可是,小兄弟,且慢,不是这样的!按照学者的看法,原来炉叉并不是炉叉,而是一种标志或者神话[①]之类的东

[①] 俄国历史学家和文艺学家亚·尼·阿凡纳西耶夫(1826—1871)曾在1851年6月份的《祖国纪事》杂志上发表《斯拉夫人农舍的宗教偶像意义》,文中说,斯拉夫人的农舍并非只是一般意义上住所的意思,而是第一个偶像崇拜的殿堂,笤帚、炉叉、铁锹等等都具有祭祀器具的意义。陀思妥耶夫斯基这里是针对他而说的。后来陀思妥耶夫斯基1861年又在文章中指出,如果把此文看做是注重人民性,那么其有关人民性的观点和概念则是相当奇怪的了。——俄编注

西，究竟是什么我已经记不得了，反正差不多就是这样的吧……你瞧，原来如此！什么都有自己的讲究！"

我并不知道在叔叔发表一通议论之后，福马本来准备做什么。但这时加夫里拉出现了。他低着头，站在门槛旁边。

福马·福米奇意味深长地瞥了他一眼。

"加夫里拉，都准备好了吗？"福马用低沉而坚定的声音问道。

"准备好了，老爷。"加夫里拉愁眉苦脸地回答说，并且还叹了一口气。

"我的行囊也放到车上去了吗？"

"放上去了，老爷。"

"嗯，我也准备好了！"福马说，同时从安乐椅里慢慢腾腾地站了起来。叔叔惊异地看着他。将军夫人一下子从位子上蹦了起来并惊恐不安地四下里张望着。

"上校，现在请允许我，"福马庄重地开口说道，"求您把文学里炉叉的有趣话题暂时搁一搁。等我不在的时候您还可以接着说。我呢，在向您永远告别之时，想跟您说最后的几句话……"

所有的人听到这话都惊讶不解，并且吓得呆若木鸡。

"福马！福马！你这是怎么回事？你准备到什么地方去呀？"叔叔终于叫出了声音。

"上校，我准备离开您的家，"福马以一种最为平静的语调说道,"我已打定主意信马由缰地四处游荡,因此我自己出钱雇了一辆普通农民的车子。现在我的行囊已经放在车子上了。它并不大:几本心爱的书,两套换洗的衣服,再没有别的什么!叶戈尔·伊里奇,我是穷,但现在我无论如何也不能拿那笔昨天你提供的但我已经拒绝了的金钱!……"

"但是,福马,看在上帝的分上,这究竟是什么意思呢?"叔叔叫喊道。他的脸白得如同手帕一样。

将军夫人尖叫了一声,绝望地盯着福马·福米奇,向他伸出了自己的双手。佩列佩莉岑娜小姐急忙跑上前去扶住她。那些女食客们都在各自的位子上惊得呆住了。巴赫切耶夫先生沉重地从安乐椅里站起身来。

"嗯,老一套的闹剧又开场了!"米津奇科夫在我身边悄声说道。

就在这一刻传来了远处隆隆的雷鸣:暴风雨已经开始了。

四　驱逐

"上校,您好像在问:'这是什么意思?'"福马得意扬扬地开口了,仿佛在欣赏大家的局促不安。"我对您这个问题感到诧异!反倒是您应该向我说说清楚,您现在还凭什么能坦然望着我的眼睛?请您把人最为厚颜无耻的心理说说清楚,然后我再离去,至少让我对人类的堕落能增长一点新知识。"

叔叔无言以对,他目瞪口呆地看着福马,一副恐惧和不知所措的模样。

"主哇!多么可怕呀!"佩列佩莉岑娜小姐痛苦地说道。

"上校,您是否明白,"福马继续往下说,"您现在应该什么也不问就放我走?在您的家里,甚至像我这样一个上了年纪而且有思想的人都已经开始严重地担心起我的道德情操的纯洁性来了。请您相信,您的追问除了徒然使您自己丢脸以外,不会有什么好处的。"

"福马!福马!……"叔叔叫喊道,冷汗从他的额头上渗出来。

"因此,请允许我不加解释地向您说几句临别赠言,叶戈尔·伊里奇,也就是在您的家里说几句最后要说的话。已经做了的事,是无可挽回的了!我希望您能明白,我说的是什么。但是,我要双膝跪地恳请您:如果您心中还残存着哪怕一丁点道德的火种,请您控制住您那情欲的横流!如果腐败的毒液还没有浸透您的全身,请您竭尽所能扑灭您的欲火!"

"福马!我恳请你相信,你是大错特错了!"叔叔喊叫道。他逐渐头脑清醒过来了,并且恐惧地预感到结局的临近。

"请您克制您的欲火,"福马继续用他这种得意扬扬的语调往下说,仿佛根本没有听见叔叔的叫喊声,"请您战胜您自己吧。'如果要想战胜全世界,首先要战胜自己!'这就是我所遵守的一成不变的准则。您是一位地主,您本应该像钻石一样光辉灿烂,在您的领地上大放异彩,可是您在这里为您的下人们做出了多么放荡的榜样啊!我曾经整夜整夜地为您祈祷,并为寻求您的幸福而惴惴不安。我最终也没有找到这幸福,因为幸福只存在于美德之中……"

"福马,怎么会是这样!"叔叔又打断福马的话说,"你误解了,你讲的根本不是那么一回事……"

"因此,您千万请记住,您是一位地主,"福马没有听见叔叔的叫喊声,还在继续往下说他的话,"请您不要以为休闲和情欲就是您作为地主的天职。这是危害极大的一种想法!不是休闲,而是操劳,为上帝、为沙皇、为祖国而操劳！一个地主理应劳动，劳动，而且应该像他的农民中最穷困的人那样劳动！"

"怎么？难道我得去代替农民耕地不成？"巴赫切耶夫很不以为然地愤愤地说，"要知道，我也是一个地主……"

"家奴们，现在我来对你们说几句话，"福马转向出现在门口的加夫里拉和法拉列伊继续说，"你们要敬爱你们的主人，要极其谦卑、温顺地听从他们的吩咐，履行你们的职责。你们这样做，你们的主人们就会喜爱你们。而您，上校，对他们则应该体谅和公平，他们也是同样的人嘛，这么说吧，是按照上帝的形象造成的，是沙皇和祖国像年幼的孩子一样托付给您的。您责任重大，但这里您的功绩也不小！"

"福马·福米奇，亲爱的！你这是想要干什么呀？"将军夫人绝望地叫喊起来。她吓得又要昏厥过去。

"嗯，好了，好像够啦？"福马大喊着说，甚至根本不理会将军夫人，"现在再来谈谈细节，叶戈尔·伊里奇，就算这些细节琐碎，但也是必不可少的！您那片哈林荒地上的干草时至今日还都没有割，别耽误了，去割吧，快去割吧。这就是我的忠告……"

"但是，福马……"

"您想把济里亚诺夫这块地上的林子砍掉，这我知道。请别砍它，这是我的第二个忠告。请保留住那座林子：因为林木可保持地表的水分……可惜您的春播搞得太晚了。

您这么晚才春播，真令人惊讶！……"

"但是，福马……"

"不过，行啦，打住吧！不可能什么事都说到，而且也不是时候！在一个特别准备的本子里记录着我的指教，我会把它寄给您的。好啦，告别了，大家都再见吧。上帝保佑你们，愿主赐福你们大家！我也祝福你，我的孩子，"福马转向伊柳沙继续说道，"但愿上帝保佑你免遭欲火毒汁的侵扰！法拉列伊，我也祝福你，忘记科马林舞那件事吧！……我也祝福你们，祝福你们大家……请你们都记住福马……好啦，加夫里拉，咱们走吧！老伙计，扶我上车。"

接着福马就向门口走去。将军夫人尖叫一声，扑上去跟在他后面。

"不，福马，我不会就这样放你走的！"叔叔叫喊并且追上福马，抓住了他的手。

"这么说，您是想要强迫我了？"福马神气傲慢地问道。

"是的，福马……强迫也好！"叔叔说着激动得浑身发抖，"你讲得太多啦，必须做出解释！福马，你读了我的信，但你理解错了！……"

"您的信！"福马尖叫了一声，顿时就火冒三丈，仿佛他正在等待这一刻好发泄怒气，"您的信！这就是您的那封信！这就是那封信！我要把这封信撕得粉碎，我要用唾沫啐这封信！我要用我的双脚践踏您的这封信并以此来履行人类最神圣的职责！如果您要强迫我做出解释的话，瞧吧，这就是我要做的！您看吧！看吧！看吧！……"

于是，撕碎的纸片就在屋子里四散纷飞。

"福马，我再重复一遍，你没有理解！"叔叔叫喊道，他的脸色变得越来越苍白，"福马，我在寻求我的幸福，我提出求婚……"

"求婚！您勾引了这位姑娘又想用求婚来哄我，因为昨天夜里在林子里，在树丛下，我看见了您同她在一起！"

将军夫人喊叫了一声，颓然跌倒在安乐椅里，引起一场可怕的混乱。可怜的娜斯坚卡像死人一样脸色苍白地坐着。吓坏了的萨申卡搂住伊柳沙像发疟子似的浑身发抖。

"福马！"叔叔暴怒地叫喊起来，"如果你把这个秘密说出去，你就是干一件世上最卑鄙的事！"

"我要把这件事张扬开来，"福马尖声说道，"那这行为就是最高尚的行为！上帝降我于人世，就是要我揭露全世界肮脏龌龊的行为！我准备爬上农民的草屋顶并在那里高声呼喊，向邻近地主们和来来往往的过路人宣布您卑鄙下流的行为！……对呀，你们大家，你们大家所有的人，你们都要知道，昨天，就在夜里，我碰见他同这个姑娘，这个看上去最圣洁的姑娘在一起，在园子里，在树丛下！……"

"哎呀，多么无耻啊！"佩列佩莉岑娜小姐尖着嗓门儿叫嚷道。

"福马,你别毁掉你自己!"叔叔握紧双拳,两眼喷着怒火叫喊说。

"……可是他,"福马还在尖着嗓子叫嚷,"他因为我看见了感到害怕,竟然用一封虚伪的信来引诱我,引诱我这个直率正派的人姑息他的罪恶行径,是的,这正是罪恶行径!……因为您把至今为止最圣洁的姑娘变成了……"

"你敢再说一个伤害她的字,我就杀死你,福马,我向你发誓!……"

"我就是要说那个字,因为您已经把到现在为止最圣洁的姑娘变成了最淫荡的姑娘!"

福马最后一个字的话音刚落,叔叔就揪住福马的双肩如同捏住一根稻草那样一拧,又用力将他往书房通向院子的两扇玻璃门抛去。这一抛的撞击是那样有力,以至虚掩着的玻璃门顿时敞开,而福马则倒栽葱飞快滚下七级石阶,直挺挺地躺在院子里。被击碎的玻璃也带着叮叮当当的响声纷纷飞落在门阶的石级上。

"加夫里拉,把他拽起来!"叔叔叫喊道,脸色白得像死人一样,"把他弄到车上去,让他滚蛋,两分钟后离开斯捷潘奇科沃!"

不管福马·福米奇原本有什么巧妙的图谋,但他肯定没有料到竟会有这样的结局。

我不想详细描述这场意外发生后最初几分钟的情景。将军夫人在安乐椅里扭来扭去,惊心动魄地号啕痛哭。佩列佩莉岑娜小姐面对一向百依百顺的叔叔这种意外举动，惊得呆若木鸡。那伙女食客吓得大呼小叫。担惊受怕的娜斯坚卡几乎要晕过去，她的父亲正围着她团团转。萨申卡也由于惊恐而愣在那里。叔叔处于无法描述的愤怒中，在房间里踱来踱去，等待他母亲苏醒过来。最后则是法拉列伊的大声号哭，为自己的主人们号啕大哭。所有这一切构成了一幅难以描绘的图画。还需要补充一点，这时恰值暴风雨大作，雷声不绝于耳，倾盆大雨敲击着窗户。

"瞧哇，这过得是什么节日！"巴赫切耶夫先生垂下头，摊开双手，自顾自地嘟哝着。

"事情真糟！"我也激动得无法控制自己，悄声对他说，"但至少把福马赶走啦，不会让他再回来啦。"

"妈妈！您醒了吗？您感觉好些了吗？您到底能不能听我说几句话呢？"叔叔站在老太婆的安乐椅前问道。

老太婆抬起头，合着双手并以恳求的模样看着儿子。有生以来她还从来没有看见儿子发这么大的火。

"妈妈！"叔叔继续说下去，"您也亲眼目睹了，我实在无法容忍了。我原本不想这个样子来讲这件事，但是是时候了，不能再拖！您已经听到了诽谤我的话，那么就请您听听我的申辩吧。妈妈，我爱这位最高尚最纯洁的姑娘，我爱她已经很久，而且永远不会变心。她会使我的孩子们幸福，而且也将是您最孝顺的女儿。因此，现在我要当着您的面，在我的亲朋好友在场的情况下，庄重地恳求她同意做我的妻子，使我获得无上的荣光！"

娜斯坚卡颤抖了一下，然后满脸绯红，立刻从椅子上跳了起来。将军夫人有一阵子看着儿子，仿佛没有理解他说的话，接着却陡然发出一声刺耳的号叫，扑过去双膝跪倒在他的面前。

"叶戈鲁什卡，我亲爱的儿子，把福马·福米奇找回来！"她叫喊道，"立刻就找回来！没有他我就活不到晚上！"

面对一意孤行的任性老母双膝跪在跟前，叔叔惊得呆立在那里，脸上露出了痛苦的表情。终于叔叔清醒过来，赶忙上前扶起她，重新安置在安乐椅里坐好。

"叶戈鲁什卡，把福马·福米奇找回来！"老太婆继续哭号着说，"把他，把我的小鸽子给我找回来！没有他我活不成！"

"妈妈！"叔叔伤心地说，"我刚才对您说的话难道您什么都没有听见吗？我不能叫福马回来，这您要理解！他对这样一位天使的名誉和美德进行无耻诽谤之后，我不能也无权叫他回来。妈妈，您是否明白，我义不容辞，我的名誉也要求我现在恢复她固有的美德！您已经听到我说啦：我向这位姑娘求婚，并且恳求您为我俩的结合祝福。"

将军夫人又猛地离开座位，扑向娜斯坚卡，双膝跪倒在她的面前。

"我的小姐！我的亲人！"将军夫人尖声叫道，"你不要嫁给他！不要嫁给他，小姐。你求求他，让他叫福马·福米奇回来！娜斯塔西娅·叶芙格拉福芙娜，我的亲爱的！要是你不嫁给他，我就把一切都送给你，我为你牺牲我的所有。我这个老太婆还没有把一切都花光用尽，我还有丈夫留下来的一点儿东西。小姐，这一切全都是你的，我把它全部送给你，叶戈鲁什卡也会送给你，只是你千万不要把我活活塞进棺材里去，快求他叫福马·福米奇回来！……"

如果不是佩列佩莉岑娜小姐以及那些女食客们看不下去，对她居然跪倒在雇来的女教师面前而义愤填膺，尖叫着，痛苦地呻吟着奔去将她扶起，那老太婆还会长时间哭号下去，不知到何时为止呢。娜斯坚卡吓得几乎不能在原地站稳，而佩列佩莉岑娜小姐则气得甚至哭了起来。

"您要把您妈折磨死啊，"佩列佩莉岑娜小姐冲叔叔叫喊道，"人家要把她折磨死才好！而您，娜斯塔西娅·叶芙格拉福芙娜，不该挑拨他们母子不和。这可是上帝所不允许的……"

"安娜·尼洛芙娜，闭上您的嘴！"叔叔叫喊道，"我真受够了！……"

"您的气我也受够了。您为什么因为我孤苦伶仃就骂我？我这个孤儿您还要欺侮多久？我还没有变成您的女奴呢！我本人是中校的千金！我不会再留在您的府上，不会的……今天我就走！……"

但是叔叔并没有听她说什么。他走到娜斯坚卡跟前，虔敬地拿起了她的手。

"娜斯塔西娅·叶芙格拉福芙娜！您听见我向您求婚吗？"叔叔说，忧郁地差不多是绝望地看着她。

"不要，叶戈尔·伊里奇，不要！我们还是罢手吧，"娜斯坚卡回答说，现在轮到她完全灰心了，"这一切都是虚无缥缈的事，"她继续往下说，同时握着他的手，泪流满面，"这是因为发生了昨晚的事，您才这样……但这是不可能的，您自己也明白。我们错啦，叶戈尔·伊里奇……我会把您当做恩人永远记着您，而且……而且我会永远、永远为您祈祷！……"

说到这里，她已泣不成声。显然，可怜的叔叔早已预料到了这样的回答。他甚至也没有想要反驳，坚持……他听着她……俯身依旧握着她的手，一声不响，一副垂头丧气的样子。他的两眼噙着泪水。

"昨天我就对您说过，"娜斯坚卡继续说道，"我不能成为您的妻子。您瞧，你们家并不愿意接纳我……而我对这早有预感：您的妈妈不会给我们祝福……其他的人也是一样。再说您本人虽然日后不会后悔，因为您是最宽宏大量的人，但终归由于我的缘故不会幸福……以您这样善良的性格……"

"正是有着善良的性格！正是一位善良的人！是这样，娜斯坚卡，是这样的！"站在椅子另一边的娜斯坚卡的老父亲附和着说,"正该这样,这个字眼是该提到的。"

"我不想因为我给您家里种下不和的种子,"娜斯坚卡继续往下说,"叶戈尔·伊里奇,请您不必为我担心,谁也不会动我的,谁也不会欺侮我的……我要回到我爸爸那里去……今天就走……叶戈尔·伊里奇,我们还是分开的好……"

于是娜斯坚卡又泪如雨下。

"娜斯塔西娅·叶芙格拉福芙娜!难道这就是您最后的话了吗?"叔叔说道,以一种无法表达的绝望神情看着她,"只要您说一句话,我就为您牺牲一切!……"

"叶戈尔·伊里奇,是最后的话了,是最后的话了,"叶热维金接过话来说道,"她已经把一切给您解释得那么清楚,我得承认,这一点我甚至也未曾料到。叶戈尔·伊里奇,您是一位最善良的人,的的确确是最善良的人,多蒙关照,我们很荣幸!非常荣幸!……叶戈尔·伊里奇,但终究我们跟您并不般配。叶戈尔·伊里奇,您需要的未婚妻,必须既有钱又出身名门,她必须漂亮,又有一副好嗓子,浑身珠光宝气,在您的那些房间里走来走去……那时候,福马·福米奇或许会做出小小的让步……而且也会祝福!说到福马·福米奇呢,就请您叫他回来吧。何苦,您何苦这样把他得罪了呢!要知道,他也是出于维护美德的心愿,由于过分激动才说得过了头……事过境迁,您本人日后也会说,这是他出于维护美德的好心。您将来会明白的……最好现在就叫他回来……他可是位最有德行的人。瞧着吧,他现在准是全身湿透……最好现在就把他叫回来……因为,要知道,最终也不得不把他请回来的呀!……"

"叫他回来!快叫他回来!"将军夫人叫嚷道,"我的亲爱的儿子,他给你讲的全都是真话!……"

"是的,"叶热维金继续说道,"您看,您的母亲痛苦得要死。何苦呢……去把他叫回来吧!我和娜斯佳一会儿也就上路啦……"

"叶夫格拉夫·拉里翁内奇,等一等!"叔叔叫道,"我求求您!还有一句话要说,叶夫格拉夫,只说一句话……"

说完这句话后,他就走到一边去,坐到角落里的一把椅子上,垂下了头,用两手捂住眼睛,仿佛考虑着什么。

这时,一声可怕的响雷几乎正好在屋顶上炸开。整幢建筑物都震动了。将军夫人喊叫起来,佩列佩莉岑娜小姐同样也叫喊起来,那些女食客都吓傻了,画着十字。巴赫切耶夫先生也同她们一块儿画着十字。

"天哪,这可是先知伊利亚显圣呢!"有五六个声音齐声悄悄说道。

响雷之后,下起了非常可怕的瓢泼大雨,无异于整整一塘湖水突然倾倒在斯捷潘奇科沃之上。

"可是福马·福米奇现在在田野里该怎么办呢?"佩列佩莉岑娜小姐尖声说道。

"叶戈鲁什卡,快叫他回来!"将军夫人以一种绝望的声音叫喊道,同时像疯子一样朝门口奔去。那些女食客们拉住了她,围拢起来安慰她,嘤嘤啜泣,大呼小叫。真是可怕至极的混乱!

"他只穿了一件常礼服走的,哪怕带上件大衣也好嘛!"佩列佩莉岑娜小姐继续说道,"连一把伞也都没带。现在他老人家非得给闪电击毙不可!……"

"一定得给劈死!"巴赫切耶夫接着佩列佩莉岑娜小姐的话说道,"而且还得给雨水淋湿。"

"您不开口就不行吗!"我悄声对他说。

"那么他到底是不是一个人呢?"巴赫切耶夫愤怒地对我说道,"要知道,他可不是一条狗。我想,你自己现在不会跑到大街上去的。要不你就出去洗个澡试试看,开开心嘛。"

我预感到结局即将来临,并为这个结局担心,我走到叔叔跟前,他在椅子里仿佛在发呆。

"叔叔,"我俯身在他的耳边说道,"难道您会同意叫福马·福米奇回来?您要明白,这是极端不体面的,不为别的,至少娜斯塔西娅·叶芙格拉福芙娜暂时还是在这里的呀。"

"我的朋友,"叔叔抬起了头并以毅然决然的神态看着我的眼睛回答说,"此刻我反躬自问,现在我知道我该怎样办了!你不必担心,娜斯佳不会再受到欺侮的,我就这样安排……"

他从椅子上站起来,走到母亲跟前。

"妈妈,"他说道,"请您安静下来。我这就叫福马·福米奇回来,我去追他,他还不会走得太远。但我发誓,叫他回来非得有个条件:他要在这里公开地,当着所有目击者的面,承认自己的罪过,并且郑重地请求这位高尚的姑娘宽恕他。我一定要做到这一点!我要强迫他这样做!……否则,他休想跨进这所房子的门槛!妈妈,我还要向您郑重发誓:如果他自己同意这一点,而且是自愿的,那时我就准备跪倒在他的脚下,在不委屈我的孩子们的条件下,把一切我能够送给他的通通送给他!至于我自己,从今天开始我要摈弃一切。我的幸福之星已经殒落!我要离开斯捷潘奇科沃。你们大家在这里平静、幸福地生活下去吧。我要回到我的团队去,要在战斗的风暴中,要在战场上了结我这绝望的命运……够啦!我这就去!"

可这时门开了,加夫里拉浑身透湿,满身泥巴,狼狈不堪地出现在满屋惊慌失措的人们面前。

"你怎么啦?你从哪里来?福马在什么地方?"叔叔奔向加夫里拉叫喊道。

随着叔叔,大家也都冲向加夫里拉,带着一种如饥似渴的好奇将老人团团围住。这时,老人身上泥水简直像溪流一样往下淌。加夫里拉的每句话都引发阵阵尖叫、叹息、呼喊。

"我把他留在了桦树林边上,离开这里大概有一俄里半远,"加夫里拉带着哭声说了起来,"电闪雷鸣,马受了惊,就冲到沟里去了。"

"后来呢……"叔叔叫喊道。

"车子翻啦……"

"以后呢……福马怎么样?"

"他掉到了沟里。"

"哎呀,你往下说呀,真能折磨人!"

"他把肋部碰伤了,而且还哭了起来。我把马卸下来,骑上它到这里来报告。"

"那么福马留在那里了?"

"他站起身来,拄着拐杖自顾自往前走了。"加夫里拉结束了他的话,然后叹了一口气并垂下了头。

女士们的眼泪和哭泣是无法描述的。

"备那匹叫波尔坎的马!"叔叔一声呼喊,就从屋子里冲了出去。波尔坎牵来了,叔叔纵身跳上没有备鞍的马背,一分钟后,马蹄的奔跑声向我们宣告,追赶福马·福米奇的行程开始了。叔叔疾驰而去,甚至连帽子都没有戴。

女士们纷纷拥向窗口。在她们的大呼小叫和长吁短叹中,还可以听到各种建议。她们议论着要立即准备好温水浴,要用酒精给福马·福米奇擦身,要准备好润滑汤茶,还说什么福马·福米奇"从一大早起来连一小片面包都没有进口,现在他老人家还空着肚子呢"。佩列佩莉岑娜小姐发现了福马遗忘在眼镜盒里的眼镜,这一发现产生了非凡的效应:将军夫人一下子扑向这副眼镜。她又是号哭又是抹泪,抓住眼镜不肯放手,然后重又趴在窗口朝路上张望。期待达到了紧张的顶点……在房间另一个角落里,萨申卡正在安慰着娜斯佳;她们俩相互搂抱着,也在哭泣。娜斯坚卡抓着伊柳沙的一只手没完没了地吻他,这是同自己的学生吻别。伊柳沙在号啕大哭,然而连他自己也不知道在哭什么。叶热维金和米津奇科夫在一边谈论着什么事。巴赫切耶夫看着姑娘们,我觉得他仿佛也准备要哭鼻子了。我走到了他跟前。

"不,小兄弟,"他对我说,"福马·福米奇或许会离开这里,但时间还没到。因为长着金犄角的拉车公牛他还没有弄到手呢!小兄弟,请放心好了,他准会把主人一家全撵出家门,自己留下来当家!"

暴风雨过去了,显然,巴赫切耶夫先生已经改变了自己的信念。

突然喊声大作:"带回来了!带回来了!"于是女士们尖声喊着叫着一起朝门口奔去。此时距离叔叔前去追赶还不到十分钟的工夫。似乎不可能这么快就把福马·福米奇带回来。这个谜后来很简单就解开了:福马·福米奇放走加夫里拉之后,的的确确"拄着拐杖自顾自往前走了"。但一感到自己十分孤单,而且还在暴风雨中,电闪雷鸣,他就非常可耻地胆怯起来,因此就转身朝斯捷潘奇科沃村走来，紧跟在加夫里拉之后奔跑。叔叔碰到他的时候，他已经回到村里了。于是立即拦住了一辆路过此地的马车。农民们跑过来七手八脚把已经百依百顺的福马·福米奇安置到车上。就这样他被直接送到将军夫人张开的双臂里。将军夫人看到他的狼狈相，差点儿没吓疯。他比加夫里拉湿得更透，泥污得更厉害。人们又是一阵可怕的忙乱：有人要把他立即拖到楼上换贴身衣服；有人叫喊着要煎接骨木花的汤，拿别的强筋壮骨的药给他服用；有的则四处奔跑瞎忙一气。大家都一起开口，争先恐后地说长道短……但是福马仿佛对所有的人和事都一概充耳不闻，视而不见。人们扶着他的手臂进了屋。他终于走到自己的座椅前，沉重地坐了下去，闭上了双眼。有人叫喊说，他就要死啦。于是又响起可怕的惊呼和号叫。但比所有人号哭最凶的是法拉列伊，他竭力往太太们的人堆里挤，想过去立刻亲吻福马·福米奇的手。

五 福马·福米奇普施恩泽

"这是把我带到哪儿啦?"福马终于开口说话了。这是一个为真理而献身的垂死者的声音。

"这个可恶的浑身泥浆的家伙!"米津奇科夫在我身旁悄声说,"好像他看不见把他带到什么地方来了。瞧着吧,现在就要装腔作势了!"

"福马,你和我们大家在一起,你在自己人中间!"叔叔叫喊道,"振作起来,放宽心吧!福马,说真的,你现在最好换换衣服,不然会得病的……想不想来点儿什么提提神呢?嗯?比方……喝一小杯什么酒暖和暖和……"

"现在能有点马拉加酒①倒不错。"福马呻吟道,又重新合上了双眼。

"喝点儿马拉加酒?咱们家里未必有吧!"叔叔说道,不安地望着普拉斯科维娅·伊莉伊尼奇娜。

"怎么会没有!"普拉斯科维娅·伊莉伊尼奇娜紧接着话茬儿说道,"还剩下整整四瓶呢。"于是立刻在一串钥匙

---

① 一种葡萄酒,因产于西班牙南部滨海城市马拉加而得名。

的哗啦声中,伴随着所有在场女士们的大呼小叫,她跑去给福马取马拉加酒。而那些女士们则如同苍蝇粘在果酱上一样团团围住了福马。巴赫切耶夫先生却气愤到了极点。

"想喝马拉加酒了!"巴赫切耶夫先生差一点儿嘟哝出声来说道,"居然要喝谁也不喝的那种酒!呸,除了像他这样的下流家伙,现在谁还喝马拉加酒哇?哼,你们这些可恶的人!啊,我干吗还站在这儿?我在这里等待什么呢?"

"福马!"叔叔开口说道,他的话前言不搭后语,"那么,现在……你也休息了一会儿,而且又同我们在一起了……福马,也就是说,我想要说的是,我理解,刚才,这么说吧,加罪于最天真纯朴的人……"

"它在哪里,我的天真纯朴在哪里?"福马紧接着叔叔的话说道,仿佛在发高烧讲胡话,"我的黄金时代到哪里去了?你在哪里,我的黄金般的童年;那时候我纯真活泼,在田野上玩耍,追逐春天的蝴蝶。那种时日在哪里?请把我的纯真还给我,请把它还给我!……"

于是,福马说着话伸出双手,逐个儿探向我们大家,仿佛他的纯真就藏在我们之中某个人的口袋里。巴赫切耶夫先生此刻气得肚皮都要爆裂了。

"他又要搞什么名堂!"他愤怒地嘟哝道,"请把他的纯真给他!怎么,他是不是想同他的纯真拥抱接吻呢?或许他还是个孩子的时候,就已经像现在这样成了强盗呢!是的,我敢发誓,准是这样。"

"福马！……"叔叔又开始说他要说的话。

"在哪里，它们都在哪里，我的那些时日，那时我还相信爱，也爱过人？"福马叫嚷道，"那时，我同人拥抱在一起并且伏在他的胸脯上哭泣？可是现在——我在哪里？我在哪里？"

"福马，你放心吧，你和我们大家在一起！"叔叔叫喊说，"福马，你看，我现在想对你说……"

"您现在保持沉默不行吗？"佩列佩莉岑娜小姐尖声说道。她那双蛇样的小眼睛恶狠狠地闪亮了一下。

"我在哪里？"福马继续往下说，"我的周围都是些什么人？这是些水牛和公牛，它们把自己的犄角对准我冲来。生活呀，你究竟是什么东西？人活着却得身败名裂，蒙受耻辱，遭到蔑视，遍体鳞伤。只到坟墓盖满沙土的时候，人们才恍然大悟，于是就在你可怜的尸骨上重重压上一块纪念碑！"

"我的天，居然连纪念碑都说出来了！"叶热维金两手一拍悄声说道。

"哦，请不要给我立纪念碑！"福马叫喊道，"不要给我立纪念碑！我不需要纪念碑这类东西！请在你们自己的心里为我立一座丰碑，此外我一无所求，一无所求，一无所求！"

"福马！"叔叔打断他的话说，"行啦！安静一会儿吧！没必要讲什么纪念碑。你听我说……福马，我理解，刚才你责怪我是因为你心里燃烧着高尚的火焰。但你说过了头,违反了道德的准则,福马,你要相信我的话,你错了……"

"您别说了行不行?"佩列佩莉岑娜小姐又尖声细气地抱怨说,"因为这个不幸的人在您的掌握之中,您就要杀了他不成?……"

佩列佩莉岑娜小姐刚讲完,将军夫人浑身突然抖动了一下。紧接着将军夫人的那些随从也都突然抖动不已,一致向叔叔挥舞双手,要他住口。

"安娜·尼洛芙娜,请您闭上嘴吧,而我知道我在说什么!"叔叔坚定地回答说,"这是一件神圣的事!这是一件有关名誉和正义的大事。福马!你是一个明白事理的人,你必须立即向受你侮辱的这位最高尚的姑娘道歉。"

"向哪个姑娘道歉?我侮辱了哪个姑娘?"福马说道,同时一片茫然地扫视所有在场的人,似乎完全忘记了发生的事,不理解现在讲的是什么。

"福马,现在如果你自己主动承认自己的过错,那我可以向你保证,我会跪倒在你脚下……"

"我究竟侮辱了谁?"福马号叫道,"侮辱了哪个姑娘?她在哪里?这位姑娘在哪里?哪怕给我提醒一点儿这位姑娘的情况也好!……"

这时局促不安和惊慌失措的娜斯坚卡走到叶戈尔·伊里奇跟前,拉了拉他的袖子。

"不要,叶戈尔·伊里奇,随他去吧,我不要道歉!这又何苦呢?"她用恳求的声音说道,"就此罢手吧!……"

"啊!现在我记起来了!"福马叫喊道,"上帝呀!我记起来了!噢,请帮助我,请帮助我恢复记忆!"他请求道,好像处于可怕的激动之中。"请告诉我:是不是把我当讨厌的癞皮狗从这里赶走了?真是这样吗?是不是我遇到雷击了?是不是把我从这里门阶上扔下去了?这都是真的吗,是真的吗?"

女人们的哭声和号叫,给了福马·福米奇最雄辩的回答。

"是这样,是这样!"他肯定说,"我记起来了……现在我记起来了,电闪雷击以及我倒地之后,我就往这里跑,头顶上雷电交加。我跑回来是想履行自己的义务,然后永远消失!快把我扶起来!无论这会儿我多么虚弱,也得履行我的职责。"

人们立即把他从安乐椅里扶起来。福马站着,俨然一个演说家,举起自己的一只手。

"上校!"他叫道,"现在我完全清醒了。响雷没能使我丧失思考能力。不过右耳的确还有点背,与其说是雷震的,不如说是从门阶上摔的……不过何必谈这些呢!福马的右耳又与别人有什么相干呢!"

福马最后的几句话,带着十分悲戚的讥诮色彩,随之又露出可怜的苦笑,深受感动的女人们又发出一阵唏嘘和叹息。她们全都以责备的神情,有的甚至还以愤怒的不满望着叔叔。叔叔见众人一致对他不满,已开始感到有些无地自容了。米津奇科夫啐了一口唾沫,走向窗口。巴赫切耶夫越来越使劲地用胳膊肘捅我;他几乎在原地都站立不稳了。

"现在请大家听听我的全部忏悔!"福马号叫道,并用傲慢而坚定的目光扫视所有在场的人,"同时请大家来决定不幸的奥皮斯金的命运。叶戈尔·伊里奇!我早就在注意观察您了,我早就以紧张的心情在观察您了,并且看到了所有的一切,可您竟毫无觉察。上校!或许是我错了,但是我早已知道您的自私自利,知道您那无以复加的虚荣心,知道您反常的好色;谁能责备我不由自主地为一位纯真的女子的名誉而战栗不安呢?"

"福马,福马!……你可别把话扯得太远!"叔叔叫喊道,并且不安地望着娜斯坚卡脸上痛苦的表情。

"使我深感不安的,倒不是这位女子的天真和轻信,而是她的缺乏经验,"福马继续往下说,仿佛根本没有听到叔叔对他的警告,"我注意到,如同春天的玫瑰一样,柔情在她心中绽放,我不由得想起彼得拉克说过:'贞洁往往如临深渊。'[①]我叹息,我呻吟,虽然我为这位如珍珠般纯洁的姑娘甘愿以全部鲜血来担保,可是,叶戈尔·伊里奇,谁能

[①] 这里大概指的是意大利文艺复兴时代大诗人彼得拉克(1304—1374)在《歌集》中咏唱劳拉的一首十四行爱情诗,但福马将她的形象庸俗化,这表明了福马的浅薄。

给我为您担保呢?我知道您无法控制情欲的冲动,知道您能为满足一时的情欲而不惜牺牲一切,因而我突然为这位最高尚的姑娘的命运开始担惊受怕……"

"福马!难道你真会认为是这样吗?"叔叔叫喊道。

"我怀着紧张不安的心情一直在关注着你们。您可知道我是多么痛苦。您不妨请教莎士比亚,他在《哈姆雷特》一剧中向您讲述了我的心情。我变得多疑和可怕。我在不安和愤怒中,把一切都看得漆黑。但这并非是一首有名的浪漫曲所唱的那种'黑色',请您相信这一点!① 因此,您当时看得到我极力要使她远离这所宅子,我想要拯救她。因此,您看得到最近一个时期我动辄发怒,对整个人类都怀有敌意。哦!有谁能使我同人类和好呢?我觉得,或许我对您的客人们,对您的侄子,对巴赫切耶夫太过挑剔而且不够公平,比如要求后者懂得天文学。不过,谁又能为我当时的心境而责备我呢?让我再一次援引莎士比亚的话,当时在我看来,未来只不过是一个阴森森的万丈深渊,底下伏着一条鳄鱼②。我觉得,我的责任就是防止发生不幸。

---

① 感伤主义的浪漫曲《黑色,悲哀的黑色》当时在市民阶层中很流行,奥斯特罗夫斯基的剧本《家庭幸福图》中的女主人公唱的就是这首曲子。
② 此处提到的形象说法并非出自莎士比亚的作品,而是出自法国作家夏多布里昂(1768—1848)的中篇小说《阿达拉》(1801),俄国浪漫主义文学作品中常引用这一形象说法。原文的大意是:人的最明澈的心,表面像一泓泉水,但它的底部有一条鳄鱼。

我觉得，上天所以安排我在此，因为我的天职就是这样。您看，您并没有理解我心中最高尚的动机，从而最近一直用怨恨、忘恩负义、讥诮和侮辱来回报我……"

"福马，如果事情竟然是这样……当然，我觉得……"叔叔非常激动地叫喊道。

"上校，如果您当真觉得，那么就请您赏脸听完我的话，不要打断我。现在我继续往下说，由此看来，我的全部罪过就在于，我太过关心这个孩子的命运和幸福以致痛不欲生了，因为她对您来说还只是个孩子。对人类最崇高的爱，在当时导致我变成了愤怒和多疑的魔鬼。我随时准备扑向人们把他们撕成碎片。叶戈尔·伊里奇，您可知道，您的一切行为像是故意地每时每刻都证明我的疑虑是有根据的，证明我的怀疑是对的，这一切您知道吗？您可知道，昨天当您把钱扔给我，让我离您而去的时候，我当时就想：'他打发我离开，就是要抛弃我所体现的他的良心，以便得手去犯罪……'"

"福马，福马！难道这就是你昨天心里想的吗？"叔叔惊恐地叫道，"上帝，我的主哇，可我当时毫无觉察！"

"正是上天使我产生了怀疑，"福马继续往下说道，"您自己不妨想一想，当偶然的机会在那天晚上把我引向园中那倒霉的长凳时，我又能想什么呢？哦，上帝呀！在我终于亲眼看见我的所有怀疑突然得到鲜明印证时，此刻我的感觉又当如何呢？不过，当时我还心存一线希望，当然啰，是很微弱的一线希望，但终归还是希望。可结果呢？今天早晨您自己却将这一线希望打得粉碎！您给我送来了那封信，您提出要娶她为妻，您恳请我不要将此事张扬出去……但是我想：'为什么，为什么他早也不给我写信，晚也不给我写信，恰好在现在，当我已经撞上了他，他才写信给我呢？他以前为什么就不来找我，一副幸福而漂亮的样子？因为爱情会使人变得漂亮。为什么他当时不投到我的怀抱里，不伏在我的胸脯上流下无限幸福的眼泪，并且把一切通通向我倾吐呢？'难道我竟然是一条只会吞噬您的鳄鱼，而不会给您良言忠告吗？难道我是一只咬您的令人憎恶的甲虫，而不能促成您的幸福？'我到底是他的朋友呢，或者只不过是一只最丑恶可憎的昆虫？'这就是我在今天早晨向自己提出的问题！我当时想：'到底为什么，为什么？他写信把侄子从彼得堡叫回来并撮合他俩成亲，让侄子娶这位姑娘？难道不是要以此欺骗我们大家，欺骗那个没有头脑举止浮躁的侄子，同时却在暗中继续他最罪恶的行径？'不，上校，如果有谁在我心中引起了这种想法，即你们之间的爱情是罪恶的，那这个人就是您自己，仅仅是您一人而已！这还不够，您在这位姑娘面前也是一个罪人，因为由于您自己的笨拙和自私多疑，纯洁而正派的她遭到了诽谤和严重的怀疑！"

叔叔垂下了头，无言以对。显然福马的巧言善辩完全压倒了他的所有反驳之词，他已经感到自己是一个彻头彻尾的罪人。将军夫人以及她那一伙人都默默而崇敬地聆听福马说话，而佩列佩莉岑娜小姐则幸灾乐祸地、得意扬扬地看着可怜的娜斯坚卡。

"我感到震惊，我愤慨至极，我悲痛欲绝，"福马继续往下说道，"今天，我把自己关在房间里，我向上帝祈祷，愿上帝赐我以正确的想法！我终于决定，最后一次公开地考验您。或许我行事太急躁，或许我过于愤怒。而对我最高尚的动机的回报，却是您将我从窗口抛了出去！从窗口摔下去的时候，我暗自寻思道：'看吧，世上总是这样来回报美德的！'我猛地一下子摔到地上，后来发生的事我就难以记清了！"

在福马讲述这段悲惨往事的过程中，尖叫和哀叹不时打断他的话。将军夫人双手捧着刚从返回房间的普拉斯科维娅·伊莉伊尼奇娜手中夺过来的一瓶马拉加酒奔向福马，想递给他，福马却威严地用手推开了马拉加酒，也推开了将军夫人。

"慢来！"福马叫喊道，"我要把话说完。我摔倒之后发生了什么事，我一概不知。我知道的只是，现在我浑身透湿，可能要发烧，但我现在要站在这里成全你们俩的幸福。上校，根据我现在不想加以解释的种种迹象，我终于确信，你们俩的爱情是纯洁的并且甚至是崇高的，尽管同时也包含着不该有的疑虑。我这个跌得浑身是伤、横遭欺凌、被怀疑侮辱了一位姑娘的人，要像中世纪的骑士那样，随时准备为那位姑娘的名誉流尽自己最后一滴鲜血。我现在已经拿定主意要向您表明，福马·奥皮斯金怎样为自己受的屈辱进行报复。上校，请把您的手伸给我！"

"福马，我很愿意！"叔叔叫喊道，"因为你现在已充分说明了一位高尚女子的名誉问题，那么……理所当然……给你，我把手给你，福马，这同时也是我的悔过……"

于是，叔叔热情地将手递给福马，他还丝毫没有猜到这样做的结果将会如何。

"请您也把手递给我。"福马用微弱的声音继续说，同时推开围在他周围的一群女士，转向娜斯坚卡。

娜斯坚卡局促不安起来，慌乱不知所措，同时胆怯地望着福马。

"我的可亲可爱的孩子，请您到我跟前来，请您到我跟前来！这对你们的幸福是必不可少的。"福马亲切地补充说道，仍然继续把叔叔的手握在自己手中。

"他又异想天开在搞什么把戏？"米津奇科夫脱口而出。

娜斯佳惶恐不安，浑身哆嗦着慢慢地走到福马跟前，怯生生地向他伸出了自己的一只纤手。

福马把这只纤手放到了叔叔的手里。

"我把你们结合在一起，并且祝福你们，"福马用最庄重的声音宣布说，"如果一个痛苦受难者的祝福能对你们有用的话，那我愿您俩幸福。瞧吧，福马·奥皮斯金就是这样来进行报复的！乌拉！"

大家的惊讶真是无以复加。结局竟是如此出人意料，以致所有在场的人顿时都呆若木鸡。将军夫人本来双手捧着一瓶马拉加酒，现在仍然站在那里，目瞪口呆。佩列佩莉岑娜小姐气得脸色发白，浑身哆嗦。那些女食客都双手一拍在原地呆住不动了。叔叔浑身颤抖着，想要说些什么却说不出来。娜斯佳脸色苍白如同死人一般，胆怯地说了声"这不可能"……但已经晚了。首先是巴赫切耶夫（应该还他以公道）一马当先，紧随福马·福米奇喊出了"乌拉"，其次是我。在我之后，则是萨申卡放开嗓子发出清脆的喊声，接着扑上去拥抱父亲。然后是伊柳沙，再后是叶热维金，最后是米津奇科夫。

"乌拉！"福马又喊了一声，"乌拉！我心中的孩子们，跪下吧，在你们最慈爱的母亲面前跪下！请求她为你们祝福。如果需要的话，我自己也要屈膝在她面前，同你们一起……"

叔叔和娜斯佳没有来得及相互望上一眼，就惊慌地也似乎不知为何地跪倒在将军夫人面前。大家都拥到他们周围。可老太婆呆呆地站在那里，全然不知该怎么办。福马又来帮忙解围：他自己也跪倒在女庇护人面前。这样一来，她的所有疑虑和不解全都冰释了。她终于淌着泪说她同意。叔叔一跃而起把福马紧紧抱在怀里。

"福马，福马！……"叔叔说道，可是他的嗓子哽咽了，再也说不下去。

"快拿香槟酒来!"斯捷潘·阿列克谢伊奇吼叫道,"乌拉!"

"不,不要拿香槟酒,"佩列佩莉岑娜小姐接茬儿说道,她已经清醒过来,权衡了所有情况,并考虑到与之俱来的后果,"应该给圣像点上蜡烛,应该祈祷,用圣像来祝福,应该像信奉上帝的人们那样履行仪式……"

于是大家立即赶忙去实行这一明智的忠告,乱成了一团。需要点燃蜡烛。斯捷潘·阿列克谢伊奇放好一把椅子,爬上去在圣像前插蜡烛,可椅子被踩塌了,他重重地从椅子上跳到地板上,所幸站稳没有摔倒。他一点儿也没有生气,反而毕恭毕敬地让位给佩列佩莉岑娜小姐,由她来做这件事。瘦弱的佩列佩莉岑娜小姐眨眼工夫就把事办妥了:蜡烛已经点燃。那个修女和那群女食客开始画起十字来,并且都倒地磕头。人们把救世主的圣像取下来捧给将军夫人。叔叔和娜斯佳重新双双跪下,于是仪式就在佩列佩莉岑娜小姐虔诚的教诲下完成了,她不住口地说:"磕头,吻圣像,吻妈妈的手!"继未婚妻和未婚夫之后,巴赫切耶夫先生认为自己也理应亲吻一下圣像,而且还亲吻了将军夫人的手。他那份欣喜若狂的劲儿简直无法描述。

"乌拉!"他又喊叫起来,"现在该喝香槟酒了!"

不过,所有的人也都欣喜若狂。将军夫人哭了起来,现在流的却是快活的眼泪,因为由福马认可了的这一结合在她心目中立即变得既体面又神圣。而更主要的是,她觉得福马·福米奇大大地露了脸，如今将永生永世陪伴她了。所有她的那些女食客至少表面上都分享了共同的欢欣。叔叔一会儿跪在母亲面前亲吻她的手，一会儿跑过来拥抱我，拥抱巴赫切耶夫、米津奇科夫和叶热维金。他甚至把伊柳沙搂抱在怀里差点儿将他闷死。萨莎跑去拥抱并亲吻娜斯坚卡，普拉斯科维娅·伊莉伊尼奇娜高兴得热泪盈眶。巴赫切耶夫先生看到这一情景就走过去亲吻她的手。小老头儿叶热维金深受感动，躲在一个角落里抹眼泪，用的就是昨天那块方格手帕。加夫里拉则躲在另一个角落里抽抽搭搭低声啜泣，而且用一种崇敬的目光望着福马·福米奇。而法拉列伊则放声号啕大哭，他走到每个人的跟前亲吻他们的手。大家都因为感情的激动而感到窒息。谁也不开口，谁也不做什么解释，仿佛该说的话都已经说过了，只听到一片欢快的惊叹声。谁也弄不明白，这一切怎么会如此突然、如此迅速而不费周折地安排妥当。大家只知道一点，即福马·福米奇做成了这一切，而这又是绝对必要的和确定不移的。

　　大家的幸福感觉还没有过去五分钟，塔季娅娜·伊万诺芙娜突然出现在我们中间。她原本待在楼上自己的房间里，不知凭借哪种嗅觉如此快地得知了这桩爱情和婚礼的事。她容光焕发，两眼噙着欢快的泪水，身着迷人的雅致服装（她已经来得及在楼上把衣服换好），大声叫喊着径直扑过去拥抱娜斯坚卡。

"娜斯坚卡,娜斯坚卡!你早已爱上了他,可我一直蒙在鼓里,"她叫喊道,"上帝呀!他们俩相互倾心爱着,他们俩悄悄地、在秘密地忍受折磨!他们受到迫害!是一部多么好的小说呀!娜斯佳,我的亲爱的,请给我吐露你全部真情:难道你确实爱这个疯子吗?"

娜斯佳用拥抱她和亲吻她代替了回答。

"上帝呀,这是一部多么迷人的小说呀!"接着塔季娅娜·伊万诺芙娜兴高采烈地拍起巴掌。"听我说,娜斯佳,听我说,我的天使,所有这些男人们,毫无例外全都是忘恩负义的,全都是坏蛋,全都不值得我们去爱。不过,或许他是他们之中最好的一个。疯子,你到我跟前来!"她转向叔叔叫喊道,并且抓住他的一只手,"难道你热恋上了?难道你也会爱?注视着我:我要看看你的眼睛;我想要知道这双眼睛是不是在撒谎?不,不,它们没有撒谎!它们闪耀着爱的光辉。啊,我多么幸福哇!娜斯坚卡,我的朋友,你听着,你并不富有:我赠给你三万。看在上帝的分上,你收下吧!我不需要它们,我不需要。我自己还留着很多呢。不,不,不,不!"她看见娜斯佳想要拒绝接受,就挥着双手叫喊起来,"叶戈尔·伊里奇,也请您给我闭上嘴,这不关您的事。不,娜斯佳,我已经这样决定了,赠送给你,我早就想要赠送给你了,只是在等待着你的初恋……我将祝愿你们幸福。如果你不收下这笔钱,那你就惹我生气啦,我将要痛哭,娜斯佳……不,不,不,绝不行!"

塔季娅娜·伊万诺芙娜此时如此欣喜若狂,起码在这时不可能拒绝她,甚至拒绝她会于心不忍。这件事还没有最后解决,留待别的时间再说吧。塔季娅娜·伊万诺芙娜跑去亲吻将军夫人,亲吻佩列佩莉岑娜小姐,亲吻我们所有在场的人。巴赫切耶夫毕恭毕敬地挤到她的身边要求吻她的手。

"我的姑奶奶!我的十分敬爱的好人!请你在不久前那件事上原谅我这个傻瓜吧:我不知道你有一颗金子般的心!"

"疯子!我早就知道你了。"塔季娅娜·伊万诺芙娜以一种兴高采烈的戏谑口吻喃喃说道,并用手套打了一下斯捷潘·阿列克谢伊奇的鼻子,然后如同一阵轻风拂动着自己华丽的衣服,悠然从他旁边擦身而过。胖子尊敬地给她让开了路。

"一个多么值得称赞的姑娘!"他很感动地说道,"要知道,那个德国人的鼻子已经给粘上去啦!"他又十分机密地悄声对我说,快活地看着我的眼睛。

"什么鼻子?给哪个德国人?"我惊奇地问道。

"就是我订购来的那个玩偶,他吻自己那个德国女子的手,而后者则用手帕擦眼泪。叶夫多基姆昨天就已经给我修理好啦。刚才我们追人回来的时候,我就打发人骑马去取了……很快就会带来的。一件非常出色的玩意儿!"

"福马!"叔叔欣喜若狂地叫喊道,"你是我们幸福的缔造者!我怎样来报答你好呢?"

"上校,无须报答,"福马以一种闷闷不乐的神情回答道,"请您继续对我不加理会,而且没有福马您也会幸福的。"

显然,他感到自己受到冷落:在皆大欣喜之中仿佛他被遗忘了。

"福马,这都是由于太高兴的缘故!"叔叔叫喊道,"老兄,我都不记得我这是站在哪里了。福马,你听着:我得罪了你。我的整个生命,我的全部热血都不足以补偿你的委屈,因此我才哑口无言,甚至也不向你道歉。但如果什么时候你需要我的头颅,需要我的生命,如果需要我为你跳下无底深渊,那么你就吩咐好了,并且你将会看到……福马,我不想再说什么了。"

于是叔叔把手一挥,他充分意识到,为了更加强烈地表达他的思想,他已经不可能再补充什么了。他只是用一双饱含感激之情的眼睛热泪盈眶地看着福马。

"瞧,他老人家是一位多好的天使啊!"佩列佩莉岑娜小姐尖声尖气夸耀福马说。

"是的,是的!"萨申卡接口说道,"福马·福米奇,我甚至还不知道您是这样好的一个人,因此我对您不够尊重。福马·福米奇,请您原谅我,而且请您相信,我将全心全意地爱您。如果您知道我现在多么景仰您就好了。"

"是的，福马！"巴赫切耶夫也接着说，"请你也原谅我这个傻瓜！我过去是不了解你，是不了解！福马·福米奇，你不仅仅是一位有学问的人，而且还是，简直是一位英雄！我的全家愿为你效劳，老兄，后天最好到我家做客，当然偕同将军夫人，当然还有未婚夫和未婚妻。我在这里是说些什么呀！你们全家人都来我家做客！也就是说，咱们十分像样地共进午餐。我预先不夸什么海口，但是我只说一点：只有鸟禽的乳汁我不能给你们弄到！我向你们庄严保证！"

在这种情绪激动的气氛中，娜斯坚卡走到福马·福米奇跟前，她没有说多余的话，紧紧地拥抱他，并且亲吻他。

"福马·福米奇，"她说道，"您是我们的恩主。您为我们做了这么多的事，我简直不知道怎样报答您才好。我只知道，我将成为您最温柔、最敬重您的妹妹……"

她说到这里再也说不下去了，哭声和泪水阻止了她。福马吻了一下她的头，然后自己也老泪纵横了。

"我的孩子们，我心坎里的孩子们！"福马说道，"愿你们生活得美满、幸福、健康，并且在你们幸福的时刻能够有时也想起我这个可怜的被驱逐的人！关于我自己，我要说的是，或许不幸是美德之母。这话好像是那个果戈理说的[1]，他虽然是个轻浮的作家，不过有时他也有极精辟的思

---

[1] 果戈理在《与友人书简选》的《论帮助穷人》一文中说："不幸可使人心平气和；那时他的天性将变得更加敏感……"

想。被驱逐是一桩不幸的事！我现在要作为一个漂泊者拄着我的拐杖去浪迹天涯。可是谁又知道呢？或许由于不幸我将变得更具美德！这一想法是我仅有的唯一安慰！"

"可是……福马，你要到哪里去？"叔叔惊恐地叫喊起来。

大家都打了个冷战，一起向福马拥去。

"上校，在您不久前的那种行为之后，难道我还能再留在您家里吗？"福马做出一种不同寻常的尊严姿态问道。

但大家没让他把话说下去：众人的齐声呼喊淹没了他的话。人们把他扶到安乐椅上坐好，一致央求他，为他伤心地痛哭流涕。我不知道，他们对他还做了怎样的努力。当然啰，他根本就不想离开"这个家"，无论是刚才，无论是昨天，也无论是他在园子里刨地的时候，他都不曾有过离去的想法。他明白，现在人们诚心挽留他，死死抓住他不放，特别是现在他让所有的人都感到幸福快活，人们重又信任他，随时准备把他捧在手上引以为荣，引以为幸福，这时候更不会放他走了。但是，不久前在雷电交加中胆怯而返回一事大概多少触动了他的自尊心，从而促使他无论如何要显示他的英雄行为，更主要的是，眼前有个可让他装腔作势的诱惑。他可夸夸其谈，可巧舌生花，可给自己涂脂抹粉。他没有任何可能来抗拒这种诱惑，他原本也并不想抗拒这种诱惑。他摆脱开那些不放他走的人，他要自己的拐杖，他乞求给他自由，让他天南海北去云游。

他说在"这个家"里名誉扫地,遭到殴打。他说他所以回来,是为了成全大家的幸福。最后,他说他怎么能待在这个"忘恩负义的家里,去喝虽很饱人却伴着殴打的菜汤"?后来他不再挣脱着要走了。人们再次把他扶到安乐椅里坐好。不过他的如簧之舌仍没有停止鼓动。

"这里难道没有欺侮过我吗?"他叫喊道,"这里难道没有口枪舌剑地刺伤过我吗?难道您,上校,您自己,没有像城里街上市民群中愚昧无知的孩子们那样,每时每刻都在侮辱我,极力嘲弄、蔑视我吗?是的,上校!我坚持这一比喻,因为即使您没有在肉体上实施嘲弄,那也是在精神上嘲弄。而精神上的嘲弄在某些情况下甚至比肉体上的嘲弄更令人感到屈辱。我且不说对我实施肉体上的殴打了……"

"福马,福马!"叔叔喊道,"请你别用这件事来折磨我。我已经对你说过,我献出全部鲜血也不足以补偿你受的委屈。请你宽宥些,忘掉吧,饶恕我!留下来分享我们的幸福吧!福马,这可是你的成果呀!……"

"……我想要去爱,去爱人,"福马叫喊道,"可是不给我这么一个人,不许我去爱,从我这里把他生生地夺了去!给我呀,请把那人给我呀,好让我能够去爱他!这个人现在在哪里?这个人现在藏到什么地方去了呢?就如同第奥根尼①大白天提着灯笼找人一样,我一生也在找这个

---

① 第奥根尼(约前404—前323),古希腊犬儒主义哲学家,他曾在中午打着灯笼走路,人们问他为什么这样,他说:"我在找人。"

人,但是找不到。因此,直到我找到这个人之前,就没有人可以去爱。谁将我变得仇恨人类,谁就将不幸!我大声呼喊:请把那个人给我,好让我能够去爱他。但人们把法拉列伊塞给了我!我会去爱法拉列伊吗?我愿意去爱法拉列伊吗?即便我情愿去爱法拉列伊,那么最终我能够真爱吗?不,为什么不能够呢?就因为他是法拉列伊。为什么我不爱人类呢?因为人世上的一切,都是法拉列伊,或者都像法拉列伊!我忍受不了法拉列伊,我憎恶法拉列伊,我唾弃法拉列伊,我要把法拉列伊躐死。如硬要我进行选择的话,那我宁愿去爱亚斯马提①,也不会去爱法拉列伊!过来,到这边来,我永远摆脱不开的残酷折磨人的家伙,你到这边来!"福马突然对法拉列伊吼喊道。法拉列伊此时正以一副极其纯朴天真的模样踮着脚尖从围着福马的人群后面探头张望。"到这边来!上校,我要向您证明,"福马接着叫喊道,同时用一只手把法拉列伊拉到自己身边。法拉列伊吓得快晕过去了,"我要向您证明,您嘲弄我和轻蔑我是真的!法拉列伊,你说,而且要说真话:昨天夜里你梦见了什么?上校,您就会看到您的成果的!嗯,法拉列伊,你倒是说呀!"

可怜的孩子吓得哆嗦着,用绝望的目光向周围扫了一眼,寻求有谁出来救他。但是大家战战兢兢地待着,并且

---

① 《圣经》神话中的恶魔。

恐惧地等候他的回答。

"法拉列伊,你倒是说呀,我在等着你回答呢!"

代替回答的是,法拉列伊皱起眉,拉长嘴巴,如同牛犊一样号叫起来。

"上校!您看到这顽固不化的劲儿了吧?难道它是自然而然的吗?法拉列伊,我最后再问你一次,你说:昨天晚上你做了一个什么梦?"

"关于……"

"你就说梦见了我。"巴赫切耶夫悄声提示法拉列伊说。

"你就说,梦见您的美德善行啦!"叶热维金也从另一边咬耳朵提示他说。

法拉列伊只是回过头来看了看。

"梦见……梦见您的美……梦见一只白——牛!"法拉列伊终于讷讷地说了出来,接着泪水滂沱,号啕大哭起来。

所有在场的人都哎呀了一声。但是福马·福米奇显得异常仁慈。

"法拉列伊,至少我看到了你的真诚,"福马说道,"这种真诚我在别人身上是看不到的。上帝保佑你!如果你是听从别人的诽谤有意拿这个梦来戏弄我的话,那么上帝就会惩罚你和惩罚那些诋毁我的人。如果不是这样的话,那么我尊重你的真诚。因为即使在你这类下等造物身上,我也习惯了区分真的和假的上帝形象……法拉列伊,我饶恕你!我的孩子们,都来拥抱我吧,我留下不走了!……"

"他留下不走啦!"大家都欣喜若狂地欢呼起来。

"我留下不走啦,并且我要宽恕一切。上校,赏给法拉列伊一些糖吃,别让他在大家如此幸福的好日子哭个不停了。"

不用说,如此的宽宏大量大家都认为是令人惊叹的。如此的关怀在如此的时刻表现出来,而且是对谁呢?是对法拉列伊呀!叔叔立刻跑去执行福马的命令,给法拉列伊拿糖吃。就在这一刻,普拉斯科维娅·伊莉伊尼奇娜的手里不知怎么就出现了一个盛糖的银罐。叔叔伸出哆哆嗦嗦的手,想从罐里取出两块,后来想拿三块糖,结果都掉在地上。叔叔终于发现,由于激动他什么事也做不成。

"唉!"叔叔叫喊起来,"赶上这么好的日子!法拉列伊,拿着!"接着他就把整个糖罐拿过来全倒在了法拉列伊的怀里。

"这是为奖赏你的真诚给你的。"叔叔以一种训诫的神态补充说道。

"科罗夫金先生到。"突然出现在门口的维多普利亚索夫报告说。

出现了一场小小的骚动。显然科罗夫金的来访不是时候。大家都用疑问的目光看了看叔叔。

"科罗夫金!"叔叔多少有点慌乱地叫道,"当然,我很高兴……"他补充说道,同时又胆怯地望着福马,"可是,真的,我不知道现在是否该请他进来,毕竟是在这样一种时刻嘛。福马，你看怎么样？"

"没有什么，没有什么！"福马宽厚地说道，"把科罗夫金也请进来。让他也来参与咱们的幸福欢庆。"

一句话，福马·福米奇正处于天使般的心境。

"我斗胆禀报，"维多普利亚索夫说道，"科罗夫金先生有些失态。"

"失态？怎么回事？你胡说些什么呀？"叔叔叫喊道。

"的确如此，他处于不清醒的状态……"

但叔叔还没来得及开口，没来得及脸红，没来得及害怕和窘迫得无地自容，谜底便已被揭穿。科罗夫金本人出现在门口，他用手把维多普利亚索夫推开，站到惊愕的观众面前。这是一位身材不高但很壮实的四十岁上下的先生。他有一头略带斑白的深色头发，发式是平头，圆圆的紫铜色脸庞，一双充血的小眼睛。他系着一条从后边挂扣的、高高的鬃毛领结，穿着一件破旧不堪的燕尾服，上面还粘着些绒毛和干草之类的东西，腋下已经绽开大口子，下身是一条不可思议的裤子①，还伸开手拿着一顶油渍污秽到极点的帽子。这位先生已经烂醉如泥。他走到房子中央站住，身体晃晃悠悠，向前拱着鼻子，醉醺醺地寻思着什么；然后慢慢地张大口笑了一下。

"诸位先生，对不起，"他开口说道，"我……这

---

① 原文为法文。

个……"这时他用手指弹了一下领子,"灌了几口!……"

将军夫人立即摆出一副尊严受损的神态。福马则坐在安乐椅里讥诮地打量着古怪滑稽的客人。巴赫切耶夫迷惑不解地盯着他看,然而在不解中多少有些同情。叔叔可特别地难堪,他真心为科罗夫金感到痛苦。

"科罗夫金!"叔叔开口说道,"请您听我说!"

"阿坦杰斯①,"科罗夫金打断叔叔的话说道,"我来自我介绍一下:我是大自然的孩子……我看见这里有女士在……你这个坏蛋,为什么没告诉我这里有女士呢?"他补充说,带着狡黠的微笑看着叔叔,"没有什么?别胆怯!……让我们来向漂亮女人自我介绍一下……美丽的女士们!"他艰难地转动着舌头,一字一停地说道,"你们现在看见的,是个不幸的人,他……嗯,如此等等。就不必再往下说别的了……乐师们!来一曲波尔卡!"

"您不想去睡一觉吗?"米津奇科夫安闲地走到科罗夫金身边,问道。

"睡觉?您是带着侮辱的意思说这话的吧?"

"一点儿也没有这种意思。您要知道,长途跋涉,睡一觉还是有好处的……"

"决不!"科罗夫金愤愤地回答说,"你以为我喝醉啦?丝毫没有……不过,你们这里在哪儿可以睡觉?"

---

① 法语 attendez 的音译,意为请等一等。

"走吧，我马上带您去。"

"上哪儿去？去板棚里睡觉？不，老兄，你骗不了我！我已经在那里睡过一夜了……不过，你带我去吧……为什么不同好人一同去呢？……不要枕头；军人是不需要枕头的。老兄，你给我凑合弄一个小沙发，小沙发……对啦，你听着，"他又停顿了一下补充说道，"我发现你是一个热情的好小伙。你给我凑合……这个……明白吗？罗密欧①，不过，我只求再喝一杯……只求再喝一杯，就是说，给我一小杯酒。"

"好的，好的！"米津奇科夫回答说。

"好啦……你先等一等，还该说声再见呢……再见，太太们和小姐们！……②可以说，你们刺穿了……嗯，没什么好说了！咱们以后再解释吧……只是开始时就得叫醒我……要不，甚至在开始前五分钟叫醒我……没有我的参加不要开始！听见了吗？不要开始！……"

接着，这位快活的先生跟在米津奇科夫之后消失不见了。

大家都一言不发，仍感到迷惑不解。终于福马开始有了点动静，他悄悄地、几乎是无声地笑起来。笑声越来越大，终于哈哈起来。将军夫人看到这种情况，也变得快活

---

① 莎士比亚的《罗密欧与朱丽叶》中的主人公。这里用做"情人"的代名词。
② 原文为法文。

了,尽管尊严受辱的表情还留在脸上。不由自主的笑声开始从四面八方响起。叔叔呆子似的站在那里一动不动,满面通红,差点儿要掉眼泪,半响说不出一句话来。

"上帝呀!"叔叔终于开口说道,"谁又能先就知道这个呢?但任何人都可能发生这种事的。福马,我向你保证,这可是一位最忠诚、最高尚、甚至是极其博学的人。福马……你就会看见的!……"

"我看见啦,我看见啦,"福马笑得上气不接下气地说,"极其博学的人,可不是博学的人嘛!"

"关于铁路的事他讲得多么好哇!"叶热维金压低嗓声说道。

"福马!……"叔叔又要叫喊着说什么,但是哄堂大笑淹没了他的话。福马简直是前仰后合。看到这种情况,叔叔也笑开了。

"嗯,这真没话说!"他激动地说道,"福马,你宽宏大度,你有一颗博大的心,你成全了我的幸福……你一定也会原谅科罗夫金的。"

只有娜斯坚卡一个人没有笑。她用充满爱怜的眼神望着自己的未婚夫,她仿佛想说:"你可是一个多么好、多么卓越、多么善良、多么高尚的人哪,而我又是多么地爱你呀!"

六　结局

福马的胜利是完全的，也是不可动摇的。的确如此，如果没有他，什么事也办不成功，而既成事实压倒了一切的怀疑和反对意见。得到幸福的人都对他怀着无限感激之情。当我略有暗示，说究竟福马同意他俩结婚是经由怎样一个过程时，叔叔和娜斯坚卡就一个劲儿地向我摆手反对。萨申卡叫喊道："福马·福米奇真善良，真仁慈，我要用绒线给他绣一个枕头。"她甚至还笑话我铁石心肠。改变了看法的斯捷潘·阿列克谢伊奇，恨不得把我活活地掐死，要是我竟敢在他面前说福马·福米奇的坏话。他如今好像一条哈巴狗一样跟在福马后面亦步亦趋，恭恭敬敬地望着他。对福马说的每句话，他都要补充说："福马，你是一个最高尚的人！福马，你是一个很有学问的人！"至于叶热维金，他简直欣喜若狂到了极点。这个小老头儿老早就看出，娜斯坚卡已经把叶戈尔·伊里奇迷得神魂颠倒。从那时起，他就没日没夜地梦寐以求，只盼着把自己的女儿嫁给他，直到不能不放弃这种想法的时候才作罢。可福马一举把事情颠倒了过来。当然，尽管老头儿欣喜若狂，但他还是看透了福马·福米奇的用心。总之,有一点是非常清楚的,那就是福马·福米奇在这个家里要永远统治下去。而且从此之后,他的暴虐也将永无止境了。大家都知道,即使是那些最可恶的人,那些最喜怒无常的人,当人们满足了他们的愿望时,他们哪怕暂时也会有所收敛。可是福马·福米奇则恰恰相反,在得逞的时候反倒变得更蠢,鼻子也就翘得更高。快要开饭的时候,他更换了内衣并重新穿好衣服,然后安然坐在他的安乐椅里,把叔叔叫来,当着全家人的面,对他开始了新一轮的说教。

"上校!"他开口说道,"您就要缔结合法婚姻了。您明白那种义务吗……"

他如此这般地大放厥词。请设想一下,《辩论日报》[①]那样大的篇幅,用最小号字排印,通篇是最荒诞无稽的胡言乱语,就相当于福马·福米奇的说教了。其中根本没有讲什么义务之类的话,只不过是对他福马·福米奇的智慧、温顺、仁慈、英勇和无私的最无聊的吹嘘而已。大家都已经饥肠辘辘,大家都很想吃饭。尽管如此,却没有人敢反对,都一直毕恭毕敬地把他的全部胡说八道听到底。甚至那个巴赫切耶夫,尽管痛苦地忍受着食欲的熬煎,也一动不动地恭恭敬敬坐下去。满足了自己夸夸其谈的欲望之后,福马·福米奇终于快活起来,用餐时还喝了相当多

---

① 原文为法文。

的酒，不停地举杯说些最不寻常的祝酒词。他说起了俏皮话，并且还开玩笑，当然都是针对那对未婚夫妇的。所有在场的人都哈哈大笑，还鼓起掌来。但那玩笑有的如此猥琐不堪，如此露骨，连巴赫切耶夫听了也感到害臊。娜斯坚卡终于忍受不了，从座位上跳起来离席而去。这使得福马·福米奇更加欣喜得无法形容。但他立即又随机应变，三言两语大大把娜斯坚卡的好品德描述了一番，并且举杯提议为离席而去的她的健康干杯。叔叔在一分钟前还羞得无地自容并且忍受着痛苦的折磨，此刻则准备要跑上前去拥抱福马·福米奇了。总之，未婚夫和未婚妻仿佛彼此都感到害羞，对他们自己的幸福也感到羞愧。我还发现，从为他们俩祝福的那一刻起，他们相互还没有说过一句话，甚至仿佛还互相躲闪着，避免相互对视。大家用完午餐之后，叔叔突然不知去向。为了寻找他，我信步走上凉台。在那里，福马正喝着咖啡，醉醺醺的模样，坐在他那安乐椅里，夸夸其谈。他身旁只有叶热维金、巴赫切耶夫和米津奇科夫三个人。我停了下来听听他说些什么。

"为什么，"福马叫喊道，"为什么我准备立即为我的信念去赴汤蹈火，你们却没有人能舍身就义呢？为什么，为什么呢？"

"福马·福米奇，要知道，什么赴汤蹈火都是多余的呀！"叶热维金逗笑说，"嗯，这又会有什么益处呢？首先会很疼，其次会烧死的，那还剩下什么呢？"

"还剩下什么？还会剩下高尚的骨灰。不过你哪能理解我，哪能真正认识我的价值呢！在你们看来，除了什么恺撒①以及什么马其顿王亚历山大②之外，就没有伟人了！你们的那些恺撒又干了什么呢？又给了谁幸福呢？你那个被吹捧上了天的马其顿王亚历山大干了什么？难道他征服了全世界吗？如果我有他那么好的密集步兵方阵，我也能征服，你也能征服，他也能征服……可是他杀害了恩主克利特③，而我可没有杀害过恩主克利特……那简直是个幼稚的孩子！下流的东西！应该用树条狠狠地赤身抽他一顿，而不是在世界史上给他歌功颂德……而且恺撒也不例外！"

"福马·福米奇，您就把恺撒饶恕了吧！"

"我是不会饶恕傻瓜的！"福马叫道。

"那就别饶恕！"斯捷潘·阿列克谢伊奇热烈地附和着说道，他也喝得醉意蒙眬了，"干吗饶恕他们，他们都是些轻浮的人，只要能用一只脚打转就行！全都是些腊肠贩子！有个人不久前打算设立一项什么助学金，而助学金

---

① 恺撒（前100—前44），古罗马统帅，独裁统治者。
② 马其顿王亚历山大（前356—前323），以武功著称，曾建立东起印度河，西至尼罗河和巴尔干半岛的大帝国。
③ 克利特（？—前328），在战斗中曾救过马其顿王亚历山大的命，但在一次宴席上二人发生争吵，亚历山大在盛怒之下一剑将他刺死。——俄编注

是什么东西？鬼才知道它是什么玩意儿！我敢打赌，准是一种什么新的坏事。另一个前不久在一个高尚的社交场合醉得趔趔趄趄站立不稳，可是还要再喝一杯罗姆酒！依我说，为什么不喝呢？那就喝吧，喝吧。间隔一会儿不妨再喝……干吗饶恕他们！全都是些江湖骗子！福马，只有你一个人才是大学问家！"

巴赫切耶夫要是信服什么人，那就五体投地，无条件地、不加批判地百依百顺。

我在园里池塘边一处最幽静的地方找到了叔叔。叔叔正同娜斯坚卡在一起。娜斯坚卡一见到我，就一溜烟躲到树丛里去了，仿佛做错了什么事似的。叔叔光彩照人地朝我走过来，他的双眼噙着欣喜的泪水。他抓起我的双手并紧紧地握住它们。

"我的朋友！"他说道，"到现在为止，我仿佛还不相信我得到的幸福……娜斯佳也有同感。我们只是惊叹不已，一再赞颂至高无上的上帝。刚刚她还在哭。你相信吗，到此刻为止我仿佛还没有回过神来，我像完全丢了魂的人：又信又不信！我这是凭什么？凭什么？我究竟做了什么呢？凭什么我配得到这种幸福呢？"

"叔叔，如果说有谁配得到这种幸福，那就是您，"我热情地说道，"我还从来没有看见过像您这样诚实、这样美好、这样善良的人……"

"谢廖沙，不，不，这太过分了，"他好像不无遗憾地回答说,"糟就糟在我们处于顺境的时候,我们就善良(我只是说我自己);而一旦处于逆境,那你休要靠近我!刚才我还同娜斯佳谈论这个。可是你相信吗?无论福马在我面前多么光彩夺目,或许我一直到今天也没有完全信任他,尽管我一再说服你相信他的完美无缺。甚至在昨天,当他拒绝我的大笔赠款时,我也没有相信他!说起来也真惭愧!一想起不久前发生的事,我的心就震颤不已!当时我控制不住自己……当他针对娜斯佳说了那番话之后,我的心仿佛被什么东西狠狠刺了一样。我当时没有理解他的用意,就像头猛虎那样行事了……"

"叔叔,那又有什么好说的呢,或许这样做甚至是很自然的。"

叔叔连连挥着他的双手。

"小兄弟,不,不,别这样说!这全都由于我沾染了恶习,是个阴暗的和好色的利己主义,毫无节制地放纵自己的欲望。福马也是这样说的。(对此又能说什么呢?)谢廖沙,你不知道,"叔叔继续深情地说道,"我曾经有许多次变得易怒、残忍、不讲道理、傲慢,而且不仅对福马一个人!现在这一切都突然让我记起来了,以致我感到有些愧疚。直到现在,我还没有做过什么值得我获得这种幸福的事。娜斯佳刚才也是这么说的,虽然我的确还不知道她身上有什么罪过可言,因为她是一位天使,并非什么凡人!她对我说,我们欠上帝的债太多太多,因此现在就应该努力变得更加善良，多做好事……如果你听到她刚才说的那样热烈、那样精彩的一番话，那该多好哇！我的上帝，她是一位多么好的姑娘啊！"

叔叔激动地停下来，过了一会儿又继续往下说：

"小兄弟，我们商定，要特别爱护福马、妈妈和塔季娅娜·伊万诺芙娜。塔季娅娜·伊万诺芙娜是一位多么高尚的人哪！哦，我太对不起大家啦！我也对不起你呀……如果现在谁还胆敢欺侮塔季娅娜·伊万诺芙娜的话，哦！那么……嗯，没有什么好再说的了！……也应该对米津奇科夫做点儿什么才对。"

"叔叔，是的，我现在也改变了对塔季娅娜·伊万诺芙娜的看法。不能不尊敬她，要对她表示同情。"

"正是这样，正是这样！"叔叔热情地附和着说道，"不可能不对她表示尊敬！哪怕科罗夫金呢，你大概在讥笑他呢，"叔叔怯生生地瞅着我的脸补充说，"那次我们大家都讥笑他。可要知道，这或许是不可饶恕的……这可能是一个最卓越、最善良的人，可命运……他遭遇过不幸……你不相信，或许这可真是这样的呢。"

"叔叔，我为什么不信呢？"

于是我开始热烈地说，一个最堕落的人身上也能保留崇高的感情；人心的深奥是不可测的，不应该蔑视堕落的人，正好相反应当寻求人性并使之恢复；一般衡量善恶和道德的标准是不正确的，如此等等。总之，我兴奋激昂地说了一通，甚至还提到了自然派①。最后又读了一首诗：

　　当我从迷误的黑暗中……②

叔叔听了我读的这首诗后，高兴得不得了。

"我的朋友，我的朋友！"叔叔深受感动，他说道，"你完全理解我，而且你比我更好地讲出了这一切，这也是我原先就想要讲的。是这样，是这样！主哇！人为什么要凶狠呢？做一个善良的人是如此美好、如此高尚，可我为什么有时那样凶呢？刚刚娜斯佳也说了同样的话……不过，你看，这个地方多么可爱啊，"叔叔环视着自己的周围，补充说道，"多么好的自然景色呀！多么好的一幅画呀！瞧那么美的树木！你看，它有人的一抱粗呢！长得多么青翠，枝叶多么茂盛啊！太阳多么亮丽呀！仿佛在一场暴风雨之后，周围的一切都变得快活起来了，都被清洗得干干净净了！……你不由得要想，连树木本身也好似懂得些什么，也有所感觉，也在享受着生活……难道不是这样的吗？你是怎样想的呢？"

"叔叔，很可能是这样的。当然，它们是用自己的方

---

① 19世纪40年代俄罗斯文学中的一个流派，形成于1842年至1845年间，后来成为俄罗斯文学早期现实主义派的别名，其重要阵地为《祖国纪事》和《现代人》两杂志。
② 这是涅克拉索夫一首诗中的诗句，原诗发表于《祖国纪事》，1846年，第4期。

式……"

"是的，当然啰，用自己的方式……不可思议的，不可思议的造物主！……谢廖沙，要知道，你该是很清楚地记得这座园子的：你小的时候，在这个园子里跑来跑去，到处玩耍！我可是现在还记得你小时的情形，"叔叔以无法形容的疼爱与幸福的表情看着我，补充说，"那时候，只是不允许你独自一个跑到池塘边上去。你可记得，有一次傍晚时分，已故的卡佳把你叫到她跟前开始抚爱你……在此之前你刚在园子里东跑西奔，累得满脸绯红。那时候你一头漂亮的浅发……已故的卡佳不住手地抚弄着你的发卷，并且说道：'你做得真好，你把他这个孤儿给领回咱们家来了。'你还记不记得呢？"

"叔叔，勉强记得。"

"那时正是傍晚，太阳照在你们俩身上，而我坐在一个角落里，抽着烟斗，注视着你们俩……谢廖沙，每个月我都要进城去一趟，到卡佳的墓地看看，"叔叔压低了声音补充说道，从他的声音里可以听出他抑制着颤抖的眼泪，"这事我刚才也对娜斯佳说过，她说我们以后将一起去墓地看她……"

叔叔不再说下去，他在竭力控制自己的激动。

就在这个时候，维多普利亚索夫来到我们跟前。

"维多普利亚索夫！"叔叔猛地全身抖动了一下叫喊道，"你是从福马·福米奇那里来的吗？"

"不是的,主要是我自己有点事。"

"啊,那好极了!咱们可以了解一下科罗夫金的情况。要知道,刚才我正想要问问呢……谢廖沙,我吩咐过,让他在那里看着,就是照顾科罗夫金。维多普利亚索夫,怎么回事?"

"请容我禀告,"维多普利亚索夫说道,"昨天您老人家说到我的申请,答应格外开恩不让我整天受欺侮。"

"难道又是你改姓的事吗?"叔叔惊恐地叫喊道。

"有什么法子呢?每时每刻都受人欺侮哇……"

"哎呀,维多普利亚索夫,维多普利亚索夫哇!我拿你有什么法子呢?"叔叔难过地说道,"怎么欺侮你了?你这样简直会发疯的,会到疯人院了此一生!"

"我的脑子真好像……"维多普利亚索夫本来想开口说些什么。

"嗯,是啊,是啊,"叔叔打断他说道,"小伙子,我这样说不是有心挖苦你,是为了你好。那你说说,究竟有什么好抱怨的呢?我敢打赌,又是些鸡毛蒜皮的事?"

"老缠着我不放。"

"谁缠着你不放?"

"是大家,主要是那个玛特莲娜在挑唆他们。由于她,我这辈子老得痛苦了。大家都知道,凡是从小见过我的人,有识别能力的人,全都说我很像外国人,主要是脸庞。老爷,你猜怎么着?因为这个现在我寸步难行。只要我从他们身边走过,全都冲着我喊叫些非常难听的话。甚至连那些毛孩子们,真该让他们光着身子,用树枝条抽打他们,他们也跟着嚷嚷……就说刚才吧,我向这里走的时候,他们就冲我叫嚷……我可受不了啦。老爷,请您为小人做主,请您保护我吧!"

"哎呀,维多普利亚索夫哇!……他们究竟叫嚷些什么呢?大概都是些胡说八道的蠢话吧,你就别理它们好啦。"

"说出来很难听呢。"

"究竟是些什么蠢话呢?"

"说出来叫人恶心。"

"你倒是说呀!"

"荷兰佬格里什卡①吃了一只酸橙子。"

"唉,你这个人也真是的!我还以为说了什么了不得的呢!你就不能不理睬,从一旁走过去就是了。"

"我是没理睬,可他们叫嚷得更凶。"

"叔叔,您听我说,"我说道,"要知道他抱怨的无非是在这个家里无法安生。何不把他送到莫斯科去,哪怕是暂时也好,就送到那个书法家那里。你不是说过,他在一个书法家那里待过吗。"

"嗯,小兄弟,那人死了,很惨!"

"怎么回事?"

---

① 维多普利亚索夫的小名。

"他老人家,"维多普利亚索夫回答道,"不幸侵吞了别人的财产,为此尽管才华出众还是被投进了大狱,一去不复返,惨死在狱中了。"

"行啦,行啦,维多普利亚索夫,你现在放心吧,我会把一切弄清楚,并且处理好的,"叔叔说道,"我向你保证!嗯,科罗夫金怎么样?还在睡觉吗?"

"根本不是,他老人家刚才就走啦。我就是为这件事才来向您报告的。"

"怎么就走了呢?你是怎么搞的呀?你怎么就放他离开了呢?"叔叔叫喊道。

"我是出于好心,看着他很可怜。他一睡醒就想起了这事的前后经过,于是用手猛击自己的脑袋,狂呼乱叫……"

"狂呼乱叫!……"

"说得尊敬一点儿,就是:他老人家发出了各种各样的号叫。他老人家叫喊道:'他现在怎么还有脸去见女士们哪?'然后他又补充说:'我不配做人啦!'他老人家就一直这么可怜巴巴地说道,尽用些好词儿。"

"这是一个最讲礼貌的人!谢尔盖,我对你说过……维多普利亚索夫,我特别吩咐过你,让你看着他,可是你怎么就放他走了呢?啊,我的上帝,我的上帝!"

"多半是出于怜悯之心。他老人家请我千万别说出去。他老人家的车夫为他喂好了马,为他套上车。对三天前给他的那笔款子,他老人家叮嘱我对您多多致谢,还说这笔欠款随后就寄过来。"

"叔叔，什么欠款？"

"他老人家说，是二十五银卢布。"维多普利亚索夫说道。

"小兄弟，这是我在驿站上借给他的钱，他当时手头很紧。不用说，他会尽快寄来的……啊，我的上帝，我感到多么遗憾哪！谢廖沙，是不是该派人去追他回来呢？"

"叔叔，不用，最好不要派人去追赶。"

"我也是这样想的。谢廖沙，你看，我当然并非什么哲学家，但是我以为，任何人身上内里的善要比外边表露出来的多得多。科罗夫金正是这样一个人，他忍受不了耻辱……不过，现在我们还是到福马那里去吧！我们已经耽搁了。他会为我们的不知恩图报和怠慢他而感到屈辱的……咱们走吧！啊，科罗夫金，科罗夫金哪！"

故事结束了。有情人终成眷属。福马·福米奇身上体现的善的化身从此无疑在这个家里主宰了一切。这里本可以做出许多很得体的解释，不过说实在的，所有这些解释现在完全是多余的了。起码我的看法是这样。放下解释不说，我只讲一讲这部小说中所有主人公后来的命运。因为众所周知，不这样做，任何小说都不能算结束。这甚至是小说作法的一条规定。

"获赠幸福的一对"，在我描述的事件之后六个星期举行了婚礼。一切都办得不太声张,只局限在家庭范围内,也不特别豪华奢侈,没有请多余的客人。我当了娜斯坚卡的傧相,米津奇科夫做了叔叔一方的伴郎。不过客人还是有些的。不用说,最主要的人物,首屈一指的客人,乃是福马·福米奇。大家都竭力讨他的欢心,众星捧月般围着他。但是不知怎么搞的,有一次送香槟酒的时候,竟然把他给漏掉了。立刻就掀起了一场轩然大波,又是责备,又是号哭,又是大呼小叫。福马跑回自己房间躲起来,还把门锁上了。他叫喊说,大家都看不起他,现在"新人"在家里就位啦,因此他就一钱不值了,充其量只不过是应当抛掉的一片劈柴而已。叔叔陷入了绝境,娜斯坚卡不住地哭。将军夫人像往常一样,照例又晕了过去……喜庆的婚宴无异于一场丧事。命运注定了我可怜的叔叔和娜斯坚卡同恩人福马·福米奇,这样共同生活了整整七年的时光。福马·福米奇一直到死为止(他于去年弃世),都常常闷闷不乐,情绪很坏;又总是装腔作势,无端生气,动辄骂人。然而"获赠幸福的人"对他的崇敬不仅没有减少,反而与日俱增,与他的任性妄为恰成正比。叶戈尔·伊里奇和娜斯坚卡相互在一起是如此幸福,甚至为此感到担忧,觉得上帝给他们的恩赐太多,他们不配享有。因此他们认为,日后也许命中注定得受苦受难,用来报偿今天的幸福。这就不难理解福马·福米奇为什么在这个谦和温馨的家里恣意妄为了。这整整七年里什么事他没有干呢!简直难以设想，他这饱食终日、游手好闲的人怎么会想出如此奇巧古怪的东西来折磨人的精神！叔叔结婚三年后，奶奶弃世而去，孤独无伴的福马痛不欲生。甚至时至今日，叔叔家的人们讲起福马当时的情况都惊恐万分。当下葬后坟墓要封上土的时候，福马突然冲到墓穴里并叫喊着说把他也一块儿埋掉吧。整整一个月人们都不敢拿刀、叉给他使用。有一次，他想把一枚别针吞到肚子里去，四个人只好强行从他嘴里把别针掏出来。据一位当时看见这场争斗的旁观者说，争斗时福马·福米奇有上千次的机会能够把这枚别针吞到肚子里去，然而他却没有吞下去。但大家听到这样一种猜测后十分气恼，立即揭发这个猜测者，说他是铁石心肠并且有失体面。只有娜斯坚卡一个人保持沉默，并且对此嫣然一笑。此时，叔叔略带不安地瞅了她一眼。总之，必须指出的是，福马后来在叔叔家里虽然照旧胡作非为，虽然照旧喜怒无常，但像以前那样对叔叔蛮横霸道地申斥却是不再有了。福马还诉苦、哭泣、责备、抱怨、羞辱人，但不敢如同以前那样随便骂人了。像逼着叔叔尊称他为"将军阁下"之类的场景，也没有再出现过。这好像应该归功于娜斯坚卡的所作所为。她几乎是丝毫不使人觉察地迫使福马在某些事情上有所让步，在某些方面有所屈从。她不愿意看到自己的丈夫受屈辱并且坚持这一愿望而不退让。福马明白无误地看到，娜斯坚卡差不多对他了解得很透彻。我说差不多，是因为娜斯坚卡对福马也很宠爱，并且当她的丈夫兴高采烈赞美他这位圣贤的时候，她甚至每次都支持他的意见。她想要迫使别人尊重她丈夫身上的一切，因此她也公然为她丈夫对福马的依恋之情进行辩护。但是，我坚信，娜斯坚卡金子般的心早已忘记了她过去受到的一切凌辱。当福马把她和叔叔结合在一起的时候，她就已经宽恕了福马的一切。除此之外，她现在似乎真的与叔叔的思想完全融为一体了，也就是对这个过去的小丑、这个"受难者"不应当苛求，相反应该医治他心灵的创伤。可怜的娜斯坚卡自己就是一个被凌辱过的人，她自己也受过折磨，她是记得这个的。过了一个月，福马安静下来了，他甚至还变得亲切而随和。但是随之而来的，却又开始发作另一种意想不到的疾病：他陷入催眠似的痴呆状态，这使大家极度恐慌起来。比如说吧，这位受苦受难者正在说着什么，甚至正在笑着，却突然在一瞬间就呆住了，停留在发病那一刻的状态中。比如说他那时正在笑着，那么他仍然嘴角挂着微笑木木地待在那里，一动不动。如果他手里拿着一件什么东西，就说是一把叉子吧，那么这叉子就停在举到半空的手里一动不动。当然，手终归还是落下来了，不过福马·福米奇则毫无感觉，也不记得这手是怎样放下来的。他坐着，睁着眼睛也在看，甚至还眨他的眼睛，但是他什么话也不说，什么也听不见，什么也不明白。这种状态有时要延续整整一个小时。不用说，家里上下都吓得死去活来，连大气都不敢喘一口，走路也都踮起脚尖,并且都泪水涟涟。最后,福马终于苏醒过来了,他感到疲惫不堪,并且打包票说,在这整段时间内他简直就一无所见、一无所闻。一个人为了极尽装腔作势、故弄玄虚之能事,居然甘愿整小时整小时地忍受折磨,其唯一的目的不过是为了事后能够说:"看看我吧,我比你们感觉要好得多!"最后,福马·福米奇借口叔叔对他"每时每刻的欺侮和不尊重",诅咒了叔叔,并搬到巴赫切耶夫先生家里去住了。叔叔结婚之后,斯捷潘·阿列克谢伊奇还同福马·福米奇吵过多次,但总是以他自己向福马·福米奇请罪而告终。这一次他以不同寻常的热情来办这件事:他以极大的热忱接待福马,让福马的肚子尽其可能有好吃好喝,并且他当下就决定与叔叔翻脸,甚至还递了一纸状子,上告叔叔。他俩在某处的一小块土地上有争议,却从未因这块地有过争吵,因为叔叔毫不争执地就把这块地让给了斯捷潘·阿列克谢伊奇。此时,巴赫切耶夫先生二话不说就吩咐备车,飞奔进城,并在那里匆匆写了状子递了上去,请求法院把那块土地正式判给他所有,同时还要求叔叔赔偿他全部费用和损失,以此来惩戒横行霸道和掠夺行径。与此同时,福马在巴赫切耶夫先生家中感到寂寞烦闷,就在第二天宽恕了专程来请罪的叔叔,又返回了斯捷潘奇科沃村。巴赫切耶夫先生从城里回到家里,却没有见到福马,其愤怒是不可名状的。不过三天之后,他来到斯捷潘奇科沃村请罪,泪流满面地请求叔叔饶恕他,并当场销毁了那一纸讼状。叔叔又在当天让他同福马·福米奇和解,于是斯捷潘·阿列克谢伊奇又像一条哈巴狗一样跟在福马屁股后面亦步亦趋;又像以前一样,福马每说一句话,他都要加上一句:"福马,你是一个聪明人!福马,你是一个学识渊博的人!"

福马如今已经躺在将军夫人之侧的一个墓穴中了。墓上立着一块昂贵的白色大理石碑,碑上密密麻麻镌刻着各种悲怆的引文和颂词。叶戈尔·伊里奇和娜斯坚卡有时外出散步时,就崇敬地顺路拐进教堂院墙拜谒福马的墓。他们在谈到福马时,一直到现在都不能不带着一种特殊的感情。他们能记起他的每一句话,他吃什么,他喜欢什么等等。他的遗物都像珍宝似的被好好收藏着。叔叔和娜斯坚卡感到自己已是孤苦伶仃,就越发相互依恋。上帝没有赐给他们孩子,为此他们都很伤心,但是不敢有什么抱怨。萨申卡早已出嫁,嫁给了一个非常出色的年轻人。伊柳沙在莫斯科上学。叔叔和娜斯佳就这样独自住在农村,相互十分恩爱。他们相互的关心达到了病态的程度。娜斯佳无休止地祈祷上帝。我觉得,倘若他俩之中有谁先死,那么另一个人也不会多活一个星期。但愿上帝赐福他们长寿!他们满腔热情地接待所有的人,并随时准备与任何不幸的人分享他们所有的一切。娜斯坚卡喜欢阅读圣者传,并伤心地说一般的行善是不够的,应该把所有的一切都分给穷苦的人们才好,这样就在贫困中成为幸福的人。如若不是还得为伊柳沙和萨申卡操心，叔叔早就会这样做了，因为他在一切方面都完全同意妻子的看法。普拉斯科维娅·伊莉伊尼奇娜同他们住在一起，她管理着他们的家务。她以在一切方面使他们感到称心如意而欣慰。还在叔叔婚礼之后不久，巴赫切耶夫曾向她求过婚，但是她坚决拒绝了。因此人们得出结论说，她将去修道院，但这事也没有发生。在她的天性中有一种非常可贵的品质：在她所钟爱的人们面前不显山不露水，时刻都在回避，注视着他们的眼睛，顺从他们任何一种任性的苛求，侍候他们，为他们效力。她自己的母亲——将军夫人死后，她认为不同哥哥分离并在一切方面使娜斯坚卡满意现在就是她的天职。小老头儿叶热维金还活着，并且最近一个时期频繁地来看望他的女儿。起先他使叔叔非常伤心的是，他差不多将自己和他的小不点儿（他是这样称呼他那些孩子们的）完全远离了斯捷潘奇科沃村。叔叔的一次次邀请都没有起作用，与其说他骄傲，还不如说他过分慎重和有所疑虑。他的自尊心极强，由此而来的疑虑有时达到了病态的程度。有一种想法经常折磨得他要死：有钱人家出于慈悲才接待他这样一个穷人；别人会以为他是摆脱不开、赖着不走的人。有时他甚至常常拒绝娜斯坚卡对他的帮助而只接受最必需的东西。他从来也坚决不接受叔叔给他的什么帮助。娜斯坚卡曾经在园子里对我说，她父亲完全是为了她才把自己扮演成一个小丑。这话是大错特错了。不错，那时他非常想把娜斯坚卡嫁出去。但他把自己弄成一个小丑样子却只是内心的需要,是为了发泄郁积在心的愤恨。讥诮和说嘲讽的话——这种需求已经融化在他的血液中了。比如说,他把自己丑化成一个最下流、最卑躬屈膝的阿谀奉承者,但同时他又清楚地表明,他这样做只不过是表面文章。他的阿谀奉承越是低三下四,其中蕴涵的揶揄就越显得刻薄和露骨。这就是他的风格。他所有的孩子后来都送到莫斯科和彼得堡最好的学府上学去了,这事得以办成,只是因为娜斯坚卡明白无误地向他证实,所有费用都是她的私房钱,也就是取自于塔季娅娜·伊万诺芙娜赠给她的那三万卢布。说实在的,他们从来也没有拿过塔季娅娜·伊万诺芙娜的这三万卢布。为了不让她难过和见怪,他们答应她说,一旦家用急需时,他们就立即向她求助。这才使她心平气和。他们也是这样做的:为了做个样子,他们在不同的时间曾向她借了两笔相当可观的钱。但是塔季娅娜·伊万诺芙娜三年前去世了,娜斯坚卡终归还是得到了自己的那三万卢布。可怜的塔季娅娜·伊万诺芙娜是猝然而逝的。当时全家正准备要去邻近的一个地主家参加舞会,塔季娅娜·伊万诺芙娜刚穿好舞会服装,并把一顶用白色玫瑰花编成的非常美丽的花冠戴在头上,就突然感到不适,往安乐椅里一坐便与世长辞了。人们就让她戴着这顶花冠入土埋葬。娜斯坚卡悲痛欲绝。家里的人对塔季娅娜·伊万诺芙娜都很钟爱,如同对待小孩子一样看护她。她使大家感到十分惊讶的是，她的遗嘱考虑得很周全：除了赠给娜斯坚卡的三万卢布之外，其余约三十万卢布纸币，都用做培养贫穷的孤女，并在她们从学校毕业后给予金钱奖励。在塔季娅娜·伊万诺芙娜逝世的当年，佩列佩莉岑娜小姐出嫁了。她在将军夫人死后仍然留在叔叔家里，希望能巴结上塔季娅娜·伊万诺芙娜。与此同时，一个做过官吏的地主正好丧偶，他就是那个叫做米申诺的小村庄的所有者。我们为了追回塔季娅娜·伊万诺芙娜与奥勃诺斯金母子争吵的一幕，就发生在这个小村庄。这个做过官吏的地主曾经是一个讼棍，与前妻生了六个孩子。他满以为佩列佩莉岑娜小姐会很有钱，就派人来向她求婚，她立即表示同意。但是佩列佩莉岑娜小姐却穷得像只母鸡一样：她总共才有三百银卢布，这还是娜斯坚卡赠给她举行婚礼用的。如今夫妻俩从早吵到晚。她揪他孩子们的头发，并捶打他们。对待他呢（人们起码是这样讲的），她则抓破他的脸，时不时地用自己出身于中校家庭来教训他。米津奇科夫也得到了安排。他明智地从脑子里抛弃了娶塔季娅娜·伊万诺芙娜的希望，开始多少学习了点儿农业。叔叔把他推荐给一位富有的伯爵。这位伯爵也是个地主，拥有三千农奴，在离斯捷潘奇科沃村八十俄里远的地方有他的庄园，不过他只是间或去庄园一趟。伯爵看到米津奇科夫的才干，又很在意叔叔的那封推荐信，就让他做了自己庄园的管家，而原先那个德国管家则被伯爵赶走了。尽管德国人的诚实颇有口碑，但他如同剥椴树皮一样，把伯爵剥得精光。五年之后，庄园已经今非昔比了：农民们都已富裕起来，开辟了过去不可能有的新的经济来源，收入几乎增加了一倍。总之，新来的管家干得很出色，而且还以他的经营管理才能轰动了全省。使伯爵感到非常惊讶和难过的是，五年期满，无论伯爵怎样请求，无论怎样许愿增加工资，米津奇科夫还是坚决拒绝继续任职，随后就退了下来！伯爵原以为，肯定是邻近的那些地主把他引诱走了，要不然他就是要去别的什么省。而使大家更加惊讶的是，伊万·伊万诺维奇·米津奇科夫离职才两个月，就拥有了一处非常出色的自己的庄园。这处庄园是他从过去的一个朋友，一个荡尽了家产的骠骑兵手里买来的，有一百个农奴，距离伯爵的庄园整整四十俄里！米津奇科夫把这一百名农奴立即抵押了出去。一年之后，他在邻近地区又增加了六十名农奴。如今他本人也成了地主，他的产业是无与伦比的。大家都很惊讶：他突然从哪里弄到钱的呢？另外一些人则只是大摇其头。然而伊万·伊万诺维奇·米津奇科夫则处之泰然，觉得自己完全理应如此。他写信到莫斯科把他的妹妹叫来同住。就是那个给了他仅有的三个卢布让他买靴子来斯捷潘奇科沃村的妹妹。这是一位非常可爱的姑娘，但是已不太年轻了，她温顺、多情、有教养，却很胆小怕事。她一直在莫斯科东跑西颠充任陪伴女郎，给一位女恩主做伴。这位可爱的姑娘如今对她哥哥十分崇敬，就在她哥哥家中操持家务,视她哥哥的意志为法律,认为自己十分幸福。兄长对她并不娇纵,还多少对她有点苛求,她对此却不觉得。在斯捷潘奇科沃村,大家都非常喜欢她,并且据说巴赫切耶夫对她很有好感。要不是怕遭到拒绝,他准会向她求婚的。不过,关于巴赫切耶夫先生,我们希望能在下一次,即在另一部小说里谈得更详细一点。

看来,好像所有的人物都交代过了……对!我还是忘记说:加夫里拉已经非常衰老了,并且已经把法国话忘光了。而法拉列伊则成了一名非常像样的马车夫,那个可怜的维多普利亚索夫早已住进了疯人院,大概也已经死在那里了……近日我将要去斯捷潘奇科沃村,一定要向叔叔打听一下他的情况。